Wuthering Heights

푸 른 숲
징 검 다 리
클 래 식
0 0 3

폭풍의 언덕

Wuthering Heights

에밀리 브론테 지음
공경희 옮김

푸른숲주니어

'푸른숲 징검다리 클래식'을 펴내며

어린 시절, 할머니께서 조근조근 들려주시던 옛날이야기는 새로운 세상과 통하는 작은 창이었다. 상상의 날개를 달고 떠나는 창 너머 세상으로의 여행은 들어도 들어도 질리지 않는 재미와 마음속 깊은 곳을 울리는 감동을 선사해 주곤 했다. 그뿐 아니라 우리의 삶을 어떻게 꾸려 가야 하는지 곰곰이 생각해 보게 하는 지혜를 가르쳐 주었다. 말하자면 우리는 그 이야기들을 통해 '삶'을 배운 셈이다.

우리가 문학 작품을 읽어야 하는 까닭 또한 '삶을 배운다'는 점에서 크게 다르지 않다. 우리는 한 편 한 편의 문학 작품을 만나 사랑을 배우고, 우정을 배우고, 진실을 배우고, 지혜를 배운다.

그런 점에서 '푸른숲 징검다리 클래식'은 참 의미가 깊다. 오랜 세월을 거치며 각 나라의 문학사에 확고히 자리매김한 작품들을 한데 모았기 때문이다. 문학을 사랑하는 사람들이 즐겨 읽어 세계적인 명저로 일컬어지는 작품들……. 이를테면 우리 부모 세대, 아니 그 이전 세대부터 즐겨 읽었던 작품들로 많은 이들에게 삶의 의미와 가치를 일러주고, 또 '인생'이란 망망대해에서 등대 역할을 담당했던 것들이다.

세월이 흘러 사람들이 사는 모습도 달라지고 생각도 달라졌다. 그러나 시대와 장소를 뛰어넘어 변하지 않는 것이 있다. 바로 '삶'이다. 사람이 있는 곳이라면 어디든지 존재하는 삶은 항상 저마다의 무게를 떠안고 있다. 그 무게는 진실이라는 옷을 입고 문학 작품 속에 영원한 생명을 불어넣는다. 우리는 그것을 '고전'이라 부른다.

　그러나 제아무리 훌륭한 고전이라 해도 독자가 읽고 소화할 수 없다면 아무런 소용이 없다. 지나치게 방대한 분량과 길고 어려운 문장은 책을 읽으려는 청소년들의 의지를 꺾을 뿐 아니라 좌절감마저 불러일으킨다.

　'푸른숲 징검다리 클래식'은 바로 그러한 점을 염두에 두고 기획된 세계 명작 시리즈이다. 작품이 본디 지닌 맛과 재미를 고스란히 살리면서 우리 청소년들이 읽고 소화하기 쉽게 글을 다듬었다.

　그리고 본문 뒤에는 현직 국어 교사들이 직접 쓴 해설을 붙였다. 작가나 작품에 대한 풍부한 설명은 물론, 그 작품들이 지니고 있는 현재적 의미까지 상세하게 짚어 보이고 있다. 아울러 해설 곳곳에 관련 정보를 담은 팁과 시각 자료를 배치해, 읽는 재미를 넘어 보는 재미까지 만끽할 수 있도록 했다.

　아무쪼록 '푸른숲 징검다리 클래식'을 통해 우리 청소년들의 삶이 더욱더 깊고 풍성해지기를……

2006년 4월
기획위원 강혜원·계득성·전종옥

| 차례 |

기획위원의 말 004

제 1 장
이상한 저택

　지금 막 주인집에 다녀오는 길이다. 몇 킬로미터 내에 이웃이라곤 오로지 그 집 한 채뿐이다. 영국 전체를 통튼다 해도 세상과 이렇듯 동떨어져 있는 집은 찾기가 어려우리라. 그런 뜻에서 본다면, 히스클리프와 나는 외로움을 나누기에 가장 적당한 사람들일지도 모른다.

　내가 말을 타고 달려갔을 때, 거무스름한 이마에 검은 눈을 가진 그는 몹시 못마땅한 눈초리로 나를 쏘아보았다.

　"히스클리프 씨입니까?"

　내가 묻자, 그가 고개를 끄덕였다.

　"스러시크로스 저택에 세든 록우드입니다. 도착하는 대로 인사를 드리는 게 도리일 것 같아서 이렇게 찾아왔습니다."

하지만 그는 주머니에 손을 찌른 채 악수도 청하지 않았다.

"들어오시오!"

히스클리프는 이를 악문 채 이렇게 내뱉고는, 한참 동안 그대로 대문에 몸을 기대고 서 있었다. 그 바람에 말 머리가 몇 번인가 대문에 부딪히자, 그 때서야 빗장을 풀고 앞장서서 안으로 걸어 들어갔다. 돌길을 지나 마당으로 들어서자, 그가 대뜸 소리를 질렀다.

"조지프, 록우드 씨의 말을 마구간에 매놓고 와인을 가져와!"

'하인이 한 명뿐인가 보군. 그래서 화초들이 이렇듯 아무렇게나 자라고 있는 건가?'

나는 속으로 중얼거렸다.

"하느님, 맙소사!"

한참 만에 나타난 조지프는 무엇이 못마땅한지, 이렇게 투덜거리며 내 말을 끌고 갔다. 그는 매우 퉁명스러워 보이는 노인네였다.

히스클리프의 집 이름은 '워더링 하이츠'다. 여기서 '워더링 (wuthering)'은 요크셔 지방의 사투리로, 폭풍우가 거세게 몰아치는 날씨를 뜻한다. ('하이츠heights'는 '높은 곳' 또는 '언덕'을 가리킨다.—옮긴이)

집 끄트머리에 서 있는 몇 그루 안 되는 나무가 땅 쪽으로 심하게 기울어져 있는 걸 보면, 이 곳의 북풍이 얼마나 드센지 짐작할 만했다. 키 작은 관목들은 따스한 햇살을 구걸이라도 하듯, 가지를 한 방향으로 늘어뜨린 채 줄지어 서 있었다.

나는 집 안으로 들어서려다, 현관 위에 매달려 있는 독특한 모양의 석조 장식물을 발견하고 걸음을 멈추었다. 그 장식물에는 '1500'이라는 연도와 '헤어턴 언쇼'라는 이름이 새겨져 있었다.

이런 경우, 평소의 나 같으면 주인을 붙잡고 그 집에 관해 꼬치꼬치 캐물었을 터였다. 하지만 이번에는 차마 그렇게 하지 못했다. 집주인이 몹시 서두르는 듯한 기색을 내비쳤기 때문이다.

안으로 한 발자국 들어서니, 손님을 접대하는 응접실이 나왔다. 한쪽 벽면에 큼직한 철제 접시가 줄줄이 진열돼 있었고, 은으로 만든 냄비와 컵이 천장까지 높다랗게 쌓여 있었다. 천장에는 아무런 장식이 없었다.

대신 벽난로 위에는 으스스해 보이는 총 몇 자루가 걸려 있었다. 바닥에는 매끄러운 흰 돌이 깔려 있었으며, 등받이가 긴 의자에는 초록색 칠이 되어 있었다. 그리고 한쪽 구석에는 큰 개와 새끼들이 어슬렁거렸다.

요크셔 지방의 평범한 농부의 집에 이런 방과 가구가 있었다면 조금도 이상하게 보이지 않았을 터였다. 그러나 히스클리프와는 좀체 어울려 보이지 않았다. 피부가 검은 집시 출신이긴 하지만, 그의 차림새와 태도는 자못 신사다워 보였다. 단순한 신사가 아니라 시골 지주 같아 보인다고나 할까.—아무렇게나 걸쳐 입은 것 같은데도 어딘가 모르게 반듯하고 멋져 보이는 인상이었다. 다소 엄격해 보이는, 웃음기 없는 표정도 그랬고.

나는 난롯가에 자리를 잡아 앉았다. 하지만 둘 사이에 흐르는 침묵의 시간이 너무도 어색하게 느껴져, 응접실 한쪽 구석에 있는 커다란 개와 사귀어 보려 애를 썼다.

"그 개는 가만히 놔두는 게 좋을 거요."

히스클리프가 개를 발로 툭 걷어차면서 퉁명스럽게 말했다. 순간 개가 나에게 이빨을 드러내 보였다. 히스클리프는 옆문으로 다가가더니 다시 한 번 소리를 버럭 질렀다.

"조지프!"

아래층에서 조지프가 중얼대는 소리가 들려왔지만, 한참이 지나도 올라올 기미는 보이지 않았다. 결국 주인은 그를 찾아 아래층으로 내려갔다. 그 바람에 나는 개들과 마주보고 있지 않으면 안 되었다. 개들은 내 움직임을 주시하였다.

나는 꼼짝하지 않은 채 자리에 그대로 앉아 있었지만, 개를 싫어하는 마음만큼은 온전히 감추지 못했다. 갑자기 큰 개가 내무릎 위로 뛰어오르자, 본능적으로 밀쳐내다가 그만 가운데에 있던 탁자를 넘어뜨리고 말았다. 그러자 다른 개들까지 내 쪽으로 몰려와서 한꺼번에 달려들었다. 순식간에 개들이 나를 에워싸자, 나는 누구에게든 도와 달라고 소리치지 않을 수 없었다.

그런데도 히스클리프와 조지프는 감감 무소식이었다. 다행히 얼굴이 빨갛고 덩치가 큰 부인이 부엌에서 나와 프라이팬으로 개들을 쫓아 주었다. 잠시 후, 히스클리프가 돌아왔다.

"대체 무슨 일이오?"

나는 조금 전에 있었던 일을 설명했다. 그는 내 앞에 술병을 내려놓더니, 탁자를 제자리에 세워 놓으며 말했다.

"개들이야 원래 감시하는 것이 임무지. 와인 한잔 들겠소?"

"아뇨, 됐습니다."

"그렇다고 마음이 상한 건 아니겠지요?"

"그랬다면 개들을 가만두지 않았겠지요."

순간 히스클리프가 웃음을 터뜨렸다.

"음, 화가 나셨구려, 록우드 씨. 자, 와인이나 한잔 드시오. 이 집을 찾는 손님이 원체 없는 터라, 나나 개들이나 손님을 접대하는 법을 잘 모르오. 내 인정하리다. 당신의 건강을 위하여!"

나는 빙그레 웃었다. 버릇없는 개들 때문에 화가 나서 주인에게 불쾌한 태도를 보인 나 자신이 어리석게 느껴져서였다. 그는 선량해 뵈는 세입자의 부아를 돋우는 게 미련한 짓이라는 것을 진즉 깨달은 듯했다. 아주 예의 바르게 말을 하기 시작했으며, 내가 관심 가질 만한 얘기를 들려주려 애썼다.

히스클리프는 꽤 지성적인 사람이었다. 나는 그 집을 나설 때, 내일 다시 오겠다고 약속했다. 그는 나와 사귀고 싶은 듯한 기색을 전혀 내비치지 않았지만. 그래도 가 볼 작정이었다.

　다음 날은 오후 내내 안개가 잔뜩 끼어 있는 데다 날씨까지 몹시 쌀쌀했다. 그래서 웬만하면 응접실의 난롯가에 앉아 시간을 보내려 했으나, 식사를 다 마칠 때까지도 하인이 불을 피우지 못해 애를 태웠다.

　나는 기다리다 못해, 모자를 눌러쓴 뒤 집을 나섰다. 그리고 육칠 킬로미터가량 떨어져 있는 히스클리프의 집을 향해 터벅터벅 걸어갔다. 그 집의 마당 앞에 도착했을 때는 하늘에서 깃털 같은 눈발이 흩날리기 시작했다.

　언덕배기는 아예 꽁꽁 얼어붙어 있었다. 찬 공기에 몸이 덜덜 떨려 왔다. 현관문을 두드리자, 개들이 시끄럽게 짖어 댔다. 나는 다시 문을 두드렸다. 돌로 만든 집의 둥근 유리창에 퉁명스럽게 생긴 조지프의 얼굴이 나타났다.

　"무슨 일이오? 주인님께서는 농장에 내려가셨는데요."

　"문 좀 열어 주시면 안 될까요?"

　"마님밖에 안 계십니다. 아마도 문을 열어 주지 못하게 하실 걸요. 손님이 거기서 밤새도록 소리를 질러 댄다 해도 어림없을 거요."

　"어째서 그런가요? 부인께 내가 누구인지 말해 주면 되지 않겠소?"

"내 일이 아닌걸요."

하고, 그는 유리창에서 사라져 버렸다.

눈발이 굵어졌다. 다시 문을 두드리려고 할 때, 뒷마당에서 청년 한 명이 나타났다. 그는 외투도 입지 않은 채 손에 삽을 들고 있었다. 청년은 내게 따라오라고 하더니, 앞장서서 창고 쪽으로 걸어갔다.

석탄 창고와 우물을 지나자, 넓고 따뜻한 방이 나왔다. 전날 들어갔던 응접실이었다. 난로에는 장작이 불타고 있었고, 음식이 차려져 있는 식탁 앞에는 '마님'이 앉아 있었다. 순간 나는 반가운 마음이 들어서 그녀에게 인사를 건넸다. 이내 앉으라는 말이 나오리라고 기대했지만, 그녀는 나를 힐끗 쳐다보기만 했을 뿐 한참이 지나도록 아무 말이 없었다.

"날씨가 많이 궂네요. 댁의 하인이 제 소리를 듣고도 얼른 나오지 않아 많이 힘들었습니다, 히스클리프 부인."

하지만 그녀는 여전히 아무런 대꾸도 하지 않았다. 대신 아주 불쾌하다는 듯한 태도로 내 얼굴을 빤히 바라보았다.

"앉으시죠, 곧 들어오실 겁니다."

청년이 퉁명스럽게 말했다. 나는 시키는 대로 했다. 개 한 마리가 나를 보더니, 전날보다는 좀더 다정스런 표정으로 다가왔다. 나는 다시 그녀에게 말을 걸었다.

"개가 아주 잘생겼습니다. 새끼들도 댁에서 기르실 작정인가요?"

"나는 개 주인이 아니에요."

그녀는 히스클리프보다 더 불손한 태도로 대꾸하였다. 그리고는 자리에서 일어나, 벽난로 위의 선반에 놓여 있는 차통 쪽으로 손을 뻗었다. 그러자 얼굴과 몸매가 또렷이 드러나 보였다. 그녀는 소녀같이 맑은 외모에 감탄할 만한 몸매를 가지고 있었다. 그렇게 곱고 자그마한 얼굴은 생전 처음 보았다.

그런데 그녀의 손이 쉽사리 차통에 닿지 않았다. 그것을 보고 내가 도와주려 하자, 이내 못마땅한 표정을 지었다.

"도와주지 않아도 됩니다. 혹시 히스클리프 씨한테 차를 들자고 초대를 받았나요?"

그녀는 찻잎을 숟가락으로 떠서 주전자 안에 넣으려다 말고 이렇게 물었다.

"아닙니다, 부인께서 제게 권해 주셔야 될 것 같은데요."

나는 싱긋 웃으며 대꾸했다. 그녀는 주전자에다 찻잎을 넣은 다음 원래의 자리로 돌아갔다. 금세라도 울음보를 터뜨리려는 어린아이처럼 아랫입술을 삐죽이 내민 채로.

그런데 아까 그 청년이 사나운 눈초리로 나를 계속해서 쏘아보았다. 문득 그가 진짜로 하인인지 궁금해지기 시작했다. 옷차림이나 말투가 엉망인 데다, 머리카락까지 기다랗게 흐트러진 채 늘어져 있었다. 손은 농부처럼 거무튀튀했다. 하지만 몸가짐이 지나치게 자유스러웠으며, 어딘가 모르게 거만해 보이기까지 했다. 그리고 안주인의 시중을 드는 듯한 기미가 전혀 보이지 않았다.

오 분쯤 후, 히스클리프가 집으로 돌아왔다.

"이런 눈보라 속을 걸어오다니…… 놀랐소이다. 이런 날엔 길을 잃을 수도 있다는 걸 모르시오?"

그는 외투에 묻은 눈을 털어 내면서 말했다.

"혹시 하인 중의 한 명을 길잡이로 붙여 주실 수 있겠습니까?"

"아니, 그럴 수 없소."

그 때 청년이 젊은 부인을 바라보며 물었다.

"차를 준비해야 하지 않겠니?"

그러자 그녀가 히스클리프에게로 고개를 돌리며 물었다.

"저 사람도 차를 줘야 하나요?"

"잔말 말고 서둘러 준비나 하도록 해!"

히스클리프가 대꾸했다. 말투가 어찌나 거칠던지 나는 깜짝 놀라서 몸을 움찔했다.

잠시 후 차가 준비되자, 모두들 탁자 앞으로 의자를 끌어당겨 앉았다. 그리고 한참 동안 아무 말 없이 차를 마셨다. 그들이 이렇듯 썰렁한 분위기 속에서 함께 살아왔다는 것이 도저히 믿기지 않았다.

'나 때문에 분위기가 이렇게 무거운 건가? 아무래도 내가 분

위기를 바꿔야겠군.'

나는 속으로 이렇게 중얼거리며 말문을 열었다.

"세상과 동떨어져서 이렇듯 행복하게 산다는 것은 정말 상상하기 어려운 일이지요. 그런데 히스클리프 씨와 부인께서는 어떤 연유로……."

"내 아내는 세상을 떠났소."

순간 내가 오해하고 있었다는 사실을 깨달았다. 나는 청년의 얼굴을 바라보았다. 그러자 히스클리프가 못마땅한 표정을 지으며 다시 말했다.

"당신이 말하는 히스클리프 부인은 내 아들의 아내요."

"그럼 이 청년은……."

"내 아들이 아니오. 내 아들은 죽었소."

순간 청년의 얼굴이 빨개졌다.

"내 이름은 헤어턴 언쇼입니다. 아마도 조심하는 게 좋을 거요!"

청년은 거칠게 말한 뒤, 위협적인 태도로 내 눈을 쏘아보았다. 순간 이 묘한 가족 구성원의 틈새에 내가 끼어 있다는 사실이 몹시 어색하게 느껴지기 시작했다. 다음번에 또 오게 될 때는 정말로 조심해야겠다는 생각이 들었다.

차를 마신 다음, 나는 자리에서 일어나 창가로 다가갔다. 밤이 오고 있었다. 바람결에 흩날리는 눈발에 가려서 하늘과 언덕의 경계가 전혀 보이지 않았다. 내가 말했다.

"이제 길잡이 없이는 집으로 돌아갈 수 없을 것 같습니다."

히스클리프는 대답 대신 이렇게 말했다.

"헤어턴, 양 떼를 우리에 넣어라."

나는 답답한 마음을 어찌해야 좋을지 몰라, 초조함을 감추지 못하고 다시 말했다.

"히스클리프 부인! 성가시게 해 드려서 죄송합니다. 제가 집까지 무사히 가기 위해선 어떤 것들을 주의해야 하는지 일러주시겠습니까?"

"온 길을 되짚어 가세요. 저는 더 이상 자세히 길을 가르쳐 드릴 수 없어요. 이 사람들이 마당 밖으로는 한 발자국도 못 나가게 하니까요."

그녀가 대답했다.

"농장에 일꾼이 없습니까?"

"없소. 이번 기회에 이렇게 험한 언덕길은 미리미리 상황을 따져 보고 다녀야 한다는 교훈을 얻길 바라오. 묵어 가게 하고 싶지만 우리 집엔 빈 방이 하나도 없소."

히스클리프가 말했다.

"저기, 소파에서 자면 되겠는데요."

"안 되오! 부자든 가난뱅이든, 모르는 사람은 모르는 사람이오. 손님 맞을 준비가 돼 있지도 않은데, 누군가가 내 집 안을 마음대로 돌아다니는 것은 딱 질색이오."

나는 모욕감을 참을 수가 없어, 그 길로 히스클리프를 지나쳐 마당으로 나갔다. 하지만 어찌나 어두운지, 대문 밖으로 나가는 길조차 제대로 보이지 않았다.

마침 마당의 한쪽 귀퉁이에서 조지프가 등불을 켜 놓은 채 우유를 짜고 있었다. 나는 등불을 낚아채면서, 다음 날 돌려주겠다고 말했다. 그리고 가장 가까이에 있는 문 쪽으로 재빨리 달려갔다.

"주인님, 주인님! 저 자가 등불을 훔쳐 갑니다! 개들아, 저 자를 잡아!"

조지프가 소리쳤다. 털이 복슬복슬한 개 두 마리가 내 목덜미에 향해 달려들었다. 나는 순식간에 바닥으로 나자빠져 버리고 말았다. 그 때 저만치서 히스클리프와 헤어턴의 불손한 웃음소리가 들려왔다. 나는 분노와 수치심으로 몸을 떨었다. 히스클리프가 계속해서 웃어 대자, 나는 분노를 참지 못하고 이를 바득바득 갈았다. 그 때 몸집이 산만 한 가정부 질라가 마당으로 나왔다가 이 광경을 보고 깜짝 놀라 소리쳤다.

"우리 집 문간에서 사람을 죽게 할 셈인가요? 가여운 이 신사분 좀 보시라고요. 숨도 제대로 못 쉬잖아요! 얼른 안으로 들어가세요, 제가 치료해 드릴 테니."

그녀는 말을 마치자마자, 내 목에 얼음물을 끼얹고는 부엌으로 끌고 들어갔다. 통증이 어찌나 심하던지 금세라도 까무러칠 것만 같았다. 질라는 곧 나에게 잠잘 곳을 마련해 주었다.

질라는 위층으로 올라가면서, 내게 아무 소리도 내지 말라고 당부했다. 내가 묵을 방에 대해 주인이 이상한 생각을 품고 있어서, 아무도 거기서 자지 못하게 한다는 것이었다.

질라가 물러가자 나는 문을 닫고 방 안을 둘러보았다. 방 안에 가구라곤 의자 하나와 길쭉한 서랍장 하나, 그리고 커다란 나무 상자가 전부였다. 나무 상자 위쪽에는 창이 나 있었다. 나무 상자를 자세히 들여다보니, 다소 특이한 구조를 띤 침대였다.

상자 자체가 작은 방처럼 생겼는데, 모서리가 넓어서 탁자로 쓰면 아주 편리할 듯이 보였다. 나는 상자의 문을 밀어낸 다음 촛불을 들고 안으로 들어가 조심스레 다시 닫았다.

촛불을 내려놓은 창턱의 한쪽 귀퉁이에는 낡은 책이 몇 권 놓여 있었다. 책에는 글씨가 빼곡히 적혀 있었다. '캐서린 언쇼'라는 이름이 여러 번 씌어 있었는데, 그것이 '캐서린 히스클리프'로 바뀌었다가 다시 '캐서린 린턴'으로 바뀌었다.

나는 창에다 머리를 대고 앉은 채 그 이름을 반복해서 읽었다. 그러다 나도 모르게 스르르 눈이 감긴 모양이었다. 채 오 분도 되지 않아서 책에 촛농이 떨어지고 있음을 알아차렸다. 가죽 타는 냄새가 났기 때문이다.

나는 벌떡 일어나 앉은 뒤 책을 구석구석 살펴보았다. 첫 장에 '캐서린 언쇼'라는 이름과 이십오 년 전의 날짜가 적혀 있었다. 책장을 덮고 다른 책을 꺼냈다. 그러다 결국엔 책을 모두 꺼내어서 속을 낱낱이 살펴보고 말았다.

하나같이 손때가 잔뜩 묻어 있었다. 그리고 여백마다 아이의 글씨가 가득 차 있었는데, 매일매일 일어난 일들을 일기처럼 적어 놓은 대목도 있었다. 어느 쪽엔 맨 위의 여백에 조지프의 얼굴이 제법 그럴듯하게 그려져 있기도 했다. 불현듯 나는 캐서린이라는 미지의 아이에게 관심이 일어서, 그 빛바랜 글씨를 따라 읽어 내려가기 시작했다.

끔찍한 일요일. 아버지가 살아 있었다면 정말로 좋았을 텐데. 힌들리 오빠가 아버지 대신이라니, 생각할수록 끔찍하다. 오빠는 히스클리프한테 너무 못되게 군다.

온종일 비가 쏟아지는 바람에 우리는 교회에 갈 수가 없었다. 힌들리 오빠와 올케는 난롯가에 편안히 앉아 불을 쬐면서, 우리더러는 기도서를 들고 다락방으로 올라가 조지프의 설교를 들으라고 했다. 예배는 세 시간이나 계속되었다. 그런데도 오빠는 우리가 내려오는 것을 보고, "아니, 벌써 끝난 거야?" 하고 소리를 버럭 질렀다.

전에 우리는 일요일 저녁만큼은 떠들지만 않으면 마음대로 놀아도 괜찮았는데, 지금은 조금 웃기만 해도 한쪽 구석으로 쫓겨나야 했다. 폭군 같은 오빠가 말했다.

"너는 이 집에 주인이 있다는 걸 잊었니? 나를 화나게 만드는 놈은 누구든 박살내 버리겠어. 오, 그래? 너였구나? 여보, 프랜시스, 그놈의 머리칼을 좀 잡아당겨 줘. 아까 그 녀석이 손가락 퉁기는 소리가 몹시 시끄러웠거든."

올케는 오빠가 시키는 대로 히스클리프의 머리카락을 힘껏 잡아당겼다. 우리는 찬장 밑의 아치 아래로 기어 들어가 숨었다. 하지만 곧 조지프한테 들켜서 쫓겨나고 말았다. 그는 나의 뺨을 후려치며 사악하다고 말했다.

내가 이십 분 가까이 이 책에다 글을 쓰고 있으니까, 히스클리프가 갑갑하다고 하면서 들판으로 나가자고 졸랐다. 빗속을 뛰어다닌다 해도 여기보다 더 춥지는 않을 거라고.

그들은 들판으로 나갔던 것 같다. 다음 문장에서 새로운 이야기가 나오는 걸 보면…….

힌들리 오빠가 나를 이렇게 울릴 줄은 꿈에도 생각지 못했어! 머리가 지끈지끈 아프다! 불쌍한 히스클리프! 힌들리 오빠는 그를 집시라고 부르면서, 이제 우리랑 함께 앉아 있지도 못하게 하고 식사도 같이하지 못하게 하겠단다.

내가 히스클리프와 어울려 노는 것도 안 된다고 했다. 만약 자신의 명령을 어기면 히스클리프를 아예 쫓아내 버리겠다고 으름장을 놓았다. 아버지가 히스클리프에게 너무 잘해 주셨다고 투덜대면서. 이제부턴 히스클리프에게 어울리는 처지로 되돌려 놓겠다며 욕설을 퍼부었다.

나는 누런 책장 위로 고개를 떨군 채 꾸벅꾸벅 졸기 시작했다. 이따금 다음 페이지로 눈길을 돌려 보곤 하다가, 나도 모르는 사이에 침대에 누워 잠이 들고 말았다.

나는 무시무시한 꿈을 연달아 꾸었다. 조지프가 나를 집으로 안내하고 있었다. 그런데 그가 데려간 곳은 집이 아니라 교회였다. '워더링 하이츠'로 가는 길에 지나쳤던 그 교회였다. '일흔 번씩 일곱 번'이라는 유명한 성경 구절의 설교를 들으러 간다는 것이었다.

정말로 목사는 예배당을 가득 메운 신도들을 향해 그 주제를 가지고 설교를 하고 있었다. 그 설교는 별나게도 사백구십구 부분으로 나누어져 있었는데, 그 하나하나가 다 별개의 죄를 논하고 있었다.

나는 너무나 고단한 나머지 몸을 비비틀면서 하품을 해댔다. 그러다 나도 모르게 졸고 말았는데……. 갑자기 목사가 천둥 같은 목소리로 신자들에게 사악한 나를 벌하라고 지시하였다. 신도들은 각목을 든 채 내게로 달려들었고, 무기가 없는 나는 가장 가까이에서 공격해 오는 조지프와 몸싸움을 하기 시작했다. 교회 안은 이내 주먹다짐으로 소란스러워졌다. 그 소리가 어찌나 크던지, 어느 순간 나도 모르게 정신이 번쩍 들었다.

'왜 이렇게 시끄러울까?'

그 때 나뭇가지가 창문을 스쳤다. 나는 누운 채로 몸을 뒤척이다 다시 잠이 들었다. 그러자 내가 지금 어디에 누워 있는지가 생각났다. 다시 나뭇가지가 창문을 스치는 소리가 들렸다. 그 소리가 귀에 거슬려서 잠을 잘 수가 없었다. 나는 자리에서 일어나 창문을 닫으려 했으나 좀처럼 닫히지 않았다.

"그래도 저 소리를 막아야 해!"

나는 혼자서 중얼거리며 손으로 유리창을 깨뜨렸다. 깨진 틈으로 손을 내밀어, 창문을 스치고 있는 나뭇가지를 잡아챌 작정이었다. 그런데 얼음장같이 차가운 손이 내 손을 꽉 움켜잡았다. 순간 엄청난 공포가 밀려들었다. 나는 그 손을 뿌리치려 했지만, 그것은 내 손을 더욱더 꽉 붙든 채 슬픈 목소리로 말했다.

"들어가게 해 주세요! 들어가게 해 주세요!"

"누구요?"

나는 여전히 손을 뿌리치려 애쓰며 물었다.

"캐서린 린턴이에요. 제가 돌아왔어요. 들판에서 길을 잃었던 거예요."

그 슬픈 목소리가 대답했다. 그러고 보니 창 너머에 내 쪽을 향해 서 있는 어린아이의 모습이 있었다. 나는 두려움을 떨치지 못한 채 그 아이의 손을 뿌리치려 안간힘을 썼다. 그래도 소용이 없자, 그 아이의 팔목을 깨진 유리창으로 끌어당겨 이리저리 문질렀다. 이내 피가 이부자리를 적셨다.

"들어가게 해 주세요!"

그 아이는 내 손을 악착같이 붙잡고 서서 그렇게 다시 울부짖었다. 나는 겁이 나서 미칠 지경이었다.

"나더러 어쩌란 말이야? 들어오고 싶으면 내 손부터 놔!"

그러자 그 아이의 손에서 힘이 풀렸다. 나는 얼른 손을 뺀 뒤 창문에 난 구멍을 책으로 막았다. 그 아이의 목소리도 듣고 싶지 않아서 두 손으로 귀를 틀어막았다. 십오 분 넘게 그렇게 귀를 막고 있었던 것 같다. 다시 손을 떼자, 그 슬픈 울부짖음이 다시 들려왔다.

"저리 가! 설령 네가 이십 년 동안 거기 서서 그렇게 애걸한다 해도 널 안으로 들여놓지는 않을 테니까!"

"진짜로 이십 년이에요. 이십 년 동안 이렇게 떠돌아다니고 있는 거라고요!"

그 때 밖에서 약하게 긁는 소리가 나더니, 쌓아 놓은 책들이 무언가에 떠밀린 것처럼 서서히 움직이기 시작했다. 나는 몸을 일으키려 했으나 꼼짝할 수가 없었다. 결국 두려움에 떨면서 미친 듯이 소리를 질렀다.

잠시 후 발자국 소리가 내가 있는 방 쪽으로 다급하게 다가왔다. 곧 문이 열리면서 불빛이 나타났다. 방으로 들어온 사람이 나지막한 소리로 물었다.

"여기, 누가 있소?"

나는 방처럼 생긴 침대의 문을 드르륵 밀었다. 그 다음에 일어난 일들은 지금까지도 잊히지 않을 정도였다. 셔츠와 바지 차림의 히스클리프가 손에 촛불을 들고 어귀에 서 있었다. 그의 얼굴은 하얗게 질려서 뒤쪽의 벽이랑 구분이 되지 않았다.

내가 말했다.

"저는 오늘 당신이 재워 준 사람입니다. 무서운 꿈을 꾸는 바람에 저도 모르게 소리를 지르고 말았습니다. 성가시게 해 드려서 죄송합니다."

"이런, 제기럴! 록우드 씨 당신이었군. 당신 같은 사람은 그냥……"

히스클리프는 대뜸 욕설을 내뱉더니, 촛불을 의자 위에 내려 놓으면서 다시 말을 이었다.

"누가 당신을 이 방으로 데려왔소? 당장이라도 이 집에서 쫓아내 버려야지."

"댁의 가정부 질라가 데려다 주었습니다. 당신의 가정부를 내쫓는다 해도 나는 아무런 상관이 없소. 그녀는 아무래도 이 집에 유령이 나온다는 단서를 잡고 싶었던 모양이오. 이 집엔 정말 유령이 득시글거리고 있습니다!"

"대체 그게 무슨 말이오?"

히스클리프가 물었다.

"그 어린 유령이 창문으로 들어왔다면, 아마 지금쯤 날 없애 버렸을 거요! 캐서린 린턴인가 언쇼인가……. 이름이 뭐든 간에 이십 년 동안이나 바깥에서 그렇게 헤매고 있다더군요."

이 말을 내뱉는 순간, 조금 전에 보았던 빛바랜 책에 캐서린의 이름이 히스클리프의 이름과 함께 씌어 있었던 게 떠올랐다.

"도대체 무슨 의도를 가지고 나한테 그런 말을 하는 거요? 어떻게 감히 내 집에서? 당신은 분명 미친 모양이군."

히스클리프는 화가 난 나머지 제 손으로 이마를 내려쳤다.

"실은 내가 잠들기 전에…… 창턱에 놓여 있는 책에 낙서해 놓은 이름을 한 자 한 자 되풀이해서 읽었어요. 그러다 잠이 들어서……."

나는 그의 태도에 화를 내야 할지 변명을 해야 할지 알 수가 없었다. 그러다 지나치게 흥분한 듯한 그가 불쌍해져서 꿈 이야기를 늘어놓았다. 실제로 '캐서린 린턴'이란 이름을 들어 본 적은 없지만, 그것을 되풀이해서 읽는 동안 나도 모르게 상상력이 발동하여 새로운 인물을 만들어 낸 것이라고…….

내가 말하는 동안 히스클리프는 침대 위에 주저앉았다. 불규칙하게 들려오는 숨소리로 보아, 심한 격정을 가라앉히느라 애

쓰고 있는 듯했다. 한참 뒤, 그는 시계를 내려다보더니 혼잣말처럼 중얼거렸다.

"록우드 씨, 내 방으로 가도 좋소. 당신이 어린아이처럼 비명을 질러 대는 바람에 난 잠이 다 달아나 버렸소."

"나도 마찬가지입니다. 날이 밝을 때까지 마당을 거닐다가 떠나도록 하지요."

"어디든 가고 싶은 데로 가시오. 하지만 마당에는 나가지 않는 게 좋을 거요. 개들을 풀어 놓았으니……. 아무튼 여기서만 제발 좀 나가 주시오."

나는 시키는 대로 그 방에서 나왔다. 그러나 그 좁은 복도가 어디로 연결되는지를 몰라서, 한참이나 문 앞에 우두커니 서 있었다. 그러다가 본의 아니게 집주인의 이상한 행동을 보게 되었다. 그는 침대 위로 올라가서 창문을 열어젖히더니, 처절하게 울음을 토하기 시작했다.

"들어와! 들어오라고! 캐시(캐서린의 애칭—옮긴이), 제발 들어와! 아, 한 번만 더 와 줘! 내 사랑, 캐시! 이번만은 내 말을 들어주오. 아, 그리운 그대, 캐시!"

그러나 유령은 유령다운 변덕을 보여 주었다. 도무지 나타날 기미를 보이지 않았다. 다만 눈보라만이 사납게 회오리치며 불어 들어와 촛불을 꺼 버리고 말았다.

그의 울부짖음에서 너무나 쓰라린 고뇌가 엿보이자, 내 안에서 뜻하지 않은 동정심이 고개를 들었다. 바보 같은 꿈 이야기로 그에게 고통을 준 것이 심란하게 느껴져서 짐짓 그 자리를 피해 버렸다.

나는 복도를 헤매고 다니다 한참 만에야 아래층으로 내려갔다. 응접실에는 이미 여자들이 내려와 있었다. 질라는 커다란 풀무로 난로에 불꽃을 불어 올리고 있었고, 히스클리프 부인은 난롯가에 무릎을 꿇고 앉아 책을 읽고 있었다.

어느 틈에 나보다 먼저 내려와 있던 히스클리프는 나를 보자 이내 당황스런 표정을 지었다. 그는 이미 질라 옆에 붙어 서서 한바탕 잔소리를 퍼부어 댄 듯했다. 질라는 때때로 일손을 멈추고 앞치마 자락으로 눈물을 훔치며 신음 소리를 내었다.

나는 그들의 투닥거림을 더 이상 구경하고 싶지 않아서, 아침 식사도 거절한 채 바깥으로 나갔다. 새벽 공기는 수정처럼 맑고 얼음처럼 차가웠다. 내가 마당을 채 빠져 나가기도 전에, 히스클리프가 쫓아 나와서 불러세웠다. 그는 들판을 함께 건너가 주겠다고 하였다. 산등성이 전체가 눈으로 덮여 있었기 때문에 나로선 그의 제안이 고마울 뿐이었다.

우리는 말없이 한참을 걷다가, 스러시크로스 공원 어귀에서 헤어졌다. 숲에서 길을 잃는 바람에 발이 푹푹 빠지는 눈밭을 하염없이 헤맨 끝에야, 나는 스러시크로스 저택의 가정부인 넬리 딘의 따스한 환영을 받을 수 있었다. 그녀는 내가 지난 밤 들판을 헤매다 얼어 죽은 줄 알았다고 했다.

　나는 몸이 반쯤 얼어 있었다. 다리를 질질 끌고 위층으로 올라가서 곧 마른 옷으로 갈아입었다. 응접실의 소파에 앉으니 온몸의 기운이 쭉 빠지는 듯하였다. 넬리가 준비해 준 뜨거운 커피를 마실 수도, 활활 타오르는 난롯불을 쬘 수도 없을 지경이었다.

　이 집이 외따로 있다는 이유 때문에 세를 얻기로 마음먹었던 일이 떠올랐다. 하지만 우리는 자기 자신의 마음을 얼마나 모른 채로 살아가고 있는지……. 나는 이제 내가 진정으로 이 곳에 살고 싶은지 장담할 수 없게 되었다. 어느 틈엔가 나를 지배해 버린 우울과 고독에 두 손을 들고 말았던 것이다.

　얼마 후 넬리가 저녁 식사를 차려 오자, 필요한 살림살이에 관해 조언을 얻는다는 구실로 그녀를 내 곁에 붙잡아 두었다.

　"넬리는 여기 산 지 한참 됐지요? 십육 년이라고 했던가?"

　"십팔 년째랍니다. 마님이 결혼하실 때 시중을 들어 드리기 위해 왔지요. 마님이 돌아가신 후에는 주인님이 저를 가정부로 삼으셨고요."

　그러고 나서 잠시 동안 이야기가 끊겼다. 사실 나는 그녀에 관한 이야기에 별 흥미가 없는 데다가, 넬리 또한 자신의 이야기가 아니고는 길게 떠들어 대는 성미가 아닌 듯했다.

　'아무래도 화제를 집주인의 집안 이야기로 돌려야겠군. 그 젊

은 부인에 대해서도 듣고…….'

나는 이러한 생각을 가지고 넬리에게 히스클리프가 왜 스러시크로스 저택을 세놓고, 이 곳보다 훨씬 더 작은 워더링 하이츠에 살고 있는지 물어보았다.

"그에게 이 저택을 유지할 만한 돈이 없나요?"

"돈이야 있지요. 그분한테 돈이 얼마나 많은지는 아무도 정확히 모르지만, 해마다 불어나고 있는 것만은 틀림없어요. 하지만 그분은 엄청난 구두쇠예요. 외톨이로 살면서도 왜 그렇게 욕심이 많은지, 참 이상한 일이에요."

"아들이 하나 있는 것 같던데?"

"네, 있었어요. 죽었지만요."

"그럼 그 젊은 부인은…… 아들의 미망인인가요?"

"네, 그분은 돌아가신 제 주인님의 따님이랍니다. 결혼하기 전의 이름은 캐서린 린턴이었지요. 제가 보모였어요. 가여운 아씨!"

"뭐요! 캐서린 린턴?"

나는 캐서린 린턴이란 말에 깜짝 놀라 소리를 버럭 질렀다. 하지만 곰곰이 생각해 보니, 내 앞에 유령으로 나타났던 그 캐서린은 아닌 듯했다.

"그럼 그 언쇼……, 그러니까 히스클리프 씨와 같이 사는 헤어턴 언쇼는 누구죠? 둘이 친척인가요?"

"아니에요. 그분은 캐서린 마님의 조카이고, 또 젊은 아씨의 사촌입니다. 헤어턴 도련님은 언쇼 집안의 마지막 자손이에요. 언쇼 집안은 워더링 하이츠를 소유했던 유서 깊은 가문이고요. 그리고 캐서린 아씨는 린턴 집안의 마지막 자손이랍니다. 원래는 린턴 집안이 스러시크로스 저택에 살았어요. 참, 워더링 하이츠에는 가 보셨지요? 캐서린 아씨의 안부가 궁금하네요."

"히스클리프 부인 말이오? 아주 건강해 보이더군. 굉장히 예쁘고……. 하지만 행복해 보이진 않던데."

"아, 그렇군요. 사실 그리 놀랄 일도 아니지요. 그래, 주인님은 마음에 드시던가요?"

"아주 괴팍한 사내였소. 넬리, 그의 내력에 대해 아는 게 있으면 좀 들려주오."

"다 알지요. 물론 어디서 태어났는지, 부모가 누구인지, 처음에 어떤 식으로 돈을 벌었는지에 대해선 잘 모르지만요. 아, 그리고 어쩌다 헤어턴 도련님이 자신의 권리를 몽땅 잃게 되었는지도 알 수 없답니다! 그 운 나쁜 도련님은 그에게 속아서 자기 땅을 모두 빼앗기고도 아무것도 모른 채 살아가고 있지요!"

나는 벽난로에 가까이 다가가 앉았다. 머리에선 열이 나고 몸에선 오한이 일었다. 지난 이틀 동안에 벌어진 일 때문에 적잖이 지친 상태여서, 이러다 건강을 해치지나 않을지 속으로 걱정이 되었다.

오래지 않아 내 염려는 현실로 나타났다. 다음 몇 주일 동안을 내리 누워서 지냈기 때문이다. 앓고 있는 동안, 넬리가 자주 찾아와 말동무가 되어 주었다. 그녀는 내 곁에 앉아서, 아주 조금씩 이야기를 들려주었다.

제 2 장
주워 온 아이

워더링 하이츠는 삼백 년 전 언쇼 집안에서 지었답니다. 최근까지도 그 집안이 살았지요. 그리고 전 이 저택으로 오기 전까진 쭉 워더링 하이츠에서 지냈어요. 제가 어린아이였을 때, 어머니가 힌들리 언쇼 주인님의 보모였거든요.

아참, 힌들리 언쇼 주인님이 바로 헤어턴 도련님의 아버지랍니다. 힌들리 주인님이 어렸을 때 자주 어울려 놀았지요. 그분의 누이동생인 캐서린 아가씨와 함께요. 집 안에서 잔심부름도 하고, 농장에서 일을 거들기도 하면서요.

어느 화창한 여름날 아침이었습니다. 옛 주인님인 언쇼 씨께서 여행할 차림으로 아래층에 내려오셨어요. 그분은 조지프에게 낮에 할 일을 지시한 후, 힌들리 도련님과 캐서린 아가씨를 불러 놓고 리버풀 항에서 무엇을 사다 줄까 물으셨어요.

"자, 애들아, 난 오늘 리버풀에 간단다. 무얼 사다 줄까? 갖고 싶은 것이 있으면 하나씩 말하렴. 단, 작은 물건이라야 해. 걸어서 갔다와야 하니까. 갈 때나 올 때나 구십 킬로미터나 되는, 아주 먼 길이거든."

그러자 힌들리 도련님은 바이올린을, 캐시 아가씨는 말 채찍을 사다 달라고 했지요. 아가씨는 그 때 여섯 살도 안 되었지만, 농장에 있는 말을 모두 탈 수 있을 만큼 승마를 즐겼거든요. 주인님은 아이들에게 입을 맞춘 뒤 길을 떠나셨어요. 우리 모두에게는 주인님이 안 계신 사흘 동안이 무척 길게 느껴졌답니다.

사흘째 되는 날 저녁, 마님은 주인님이 저녁 식사 때까지는 돌아오실 거라고 하면서 식사 시간을 자꾸만 미루셨죠. 그런데 주인님은 좀처럼 돌아오지 않으셨습니다. 그러다 날이 어두워져 버리자, 서둘러 아이들을 재우려 하셨지요. 하지만 둘은 아버지가 오실 때까지 기다리겠노라고 떼를 썼어요.

열한 시쯤 되었을 때에야 주인님이 문의 걸쇠를 들어올리면서 들어오셨어요. 활짝 웃으시면서 의자에 앉더니, 피곤해 죽을 지경이라고 하시며 푸념을 늘어놓으셨습니다. 얼마 후, 둘둘 말아서 옆구리에 끼고 있던 외투를 펼치면서 이렇게 말씀하셨지요.

"여기 좀 봐요! 여보, 내 평생 이렇게 난처했던 적은 없었소. 하지만 당신은 신의 선물이라 생각하고 받아 주어야 하오. 악마에게서 물려받은 것마냥 얼굴색이 새까맣긴 하지만."

우리는 금세 주인님의 주위에 모여 섰습니다. 캐시 아가씨의 머리 위로 검은 머리칼의 사내아이가 보였어요. 아이는 너덜너덜하게 해진 옷을 입고 있었는데, 몹시 지저분해 보였습니다. 얼굴만 보아선 캐시 아가씨보다 두어 살쯤 더 많은 듯했고요.

그런데 바닥에 내려놓자, 그 아이는 주위를 둘러보며 아무도 알아들을 수 없는 말을 계속해서 중얼거렸어요. 마님은 그 아이를 문 밖으로 던져 버릴 기세였지요. 집에도 돌봐야 할 아이들이 있는데, 저 집시 자식을 어떻게 데려올 생각을 했냐고 하면서 펄펄 뛰셨습니다.

주인님은 리버풀 거리에서 집도 없이 떠돌고 있는 그 아이를 보고 차마 발길을 돌릴 수가 없으셨다더군요. 며칠 동안 굶주린 듯한 행색에다 영어도 한마디 못하는 아이를 어떻게 할까 고민하다가, 시간도 없고 여비도 넉넉지 않아서 집으로 데려오게 된 거라고 하셨습니다. 결국 마님은 몇 마디 더 투덜대다가 잠자코 계셨어요. 주인님은 제게 그 아이를 씻기고 깨끗한 옷으로 갈아입힌 뒤 아이들과 함께 재우라고 이르셨습니다.

힌들리 도련님과 캐시 아가씨는 소동이 가라앉을 때까지 옆에서 얌전히 지켜보고 있다가, 둘 다 약속한 선물을 찾느라 아버지의 외투 주머니를 뒤지기 시작했어요. 힌들리 도련님은 그때 열네 살이었는데, 주머니에서 산산이 부서진 바이올린 조각이 나오자 엉엉 소리내어 울었답니다. 캐시 아가씨 역시 약속한 말 채찍을 잃어버렸다는 아버지의 말씀을 듣고는 화를 내며 그 지저분한 아이에게 으르렁거리며 침을 뱉었지요.

두 아이는 주워 온 아이와 함께 자는 것은 고사하고 한 방에 같이 있는 것조차 싫어했습니다. 저도 그들보다 철이 더 든 게 아니어서, 다음 날엔 꺼져 버리고 없기를 바라며 층계참에다 내버려두었고요.

우연인지 아닌지 모르겠지만, 그 아이는 주인님의 방문 앞까지 기어갔던 모양입니다. 주인님이 방에서 나오시다가 그 아이를 발견하고는 어찌 된 일인지 캐물으셨습니다. 그 일로 저는 집에서 쫓겨나고 말았지요.

며칠 후 워더링 하이츠에 돌아가 보니, 그 아이는 '히스클리프'란 이름으로 불리고 있었어요. '히스클리프'는 어려서 죽은 언쇼 집안의 아들 이름이었는데, 그 후로 그 이름이 그 아이의 성도 되고 이름도 됐지요.

캐시 아가씨는 곧 히스클리프와 친해졌지만, 힌들리 도련님은 그를 몹시 싫어했어요. 마님은 도련님이 못되게 굴어도 아무 말씀도 안 하셨고요.

히스클리프는 무뚝뚝하지만 참을성이 많은 아이였습니다. 아마도 학대를 받아 굳세어진 거겠지요. 힌들리 도련님한테는 얻어맞아도 눈 하나 깜빡하지 않고 꾹 참았습니다. 저한테 꼬집혀도 한숨을 내쉬며 눈만 끔벅끔벅할 뿐이었고요.

주인님은 입버릇처럼 아비 없는 불쌍한 자식이라고 하시면서, 누구든 그 아이를 괴롭히는 것을 보면 야단을 치셨어요. 그분은 이상하게도 히스클리프를 좋아하셔서 그가 하는 말은 뭐든지 다 믿으셨답니다. 어떤 면에선 캐시 아가씨보다 더 예뻐하시는 듯했지요. 캐시 아가씨는 워낙 고집이 센 데다 버르장머리가 없어서 사랑을 받지 못하고 있었거든요.

이렇게 해서 히스클리프는 처음부터 집안 사람들의 미움을 사게 되었어요. 그러고 나서 채 이 년도 안 돼 마님이 세상을 떠나셨습니다. 그 때부터 힌들리 도련님은 아버지를 폭군으로 여기기 시작했고, 히스클리프를 부모의 사랑과 자신의 특권을 가로챈 아이로 보게 되었답니다. 그리하여 점점 더 깊은 원한을 품었지요.

저는 가끔 주인님이 그 아이의 어떤 점을 높이 사서 귀여워하시는지 궁금해지곤 했어요. 히스클리프는 그렇게 분에 넘치는 대접을 받고도 조금도 고마워하는 기색을 보이지 않았거든요.

한번은 주인님이 히스클리프와 힌들리 도련님에게 말을 사주셨어요. 히스클리프가 그 중 더 좋은 말을 차지했는데, 오래지 않아 그 말은 발에 병이 나 절름발이가 되었지요. 그것을 알고 힌들리 도련님에게 가서 이렇게 말했답니다.

"말을 바꿔 줘. 그렇지 않으면 이번 주에 네가 나를 세 차례나 때린 걸 네 아버지한테 일러바치고 멍든 팔을 보여 줄 거야."

힌들리 도련님은 혓바닥을 날름 내밀어 보이더니 대뜸 그의 뺨을 후려갈겼어요. 그리고는 쇠로 만든 저울추를 던지려 했지요.

"던져 봐, 던지기만 해! 네 아버지가 죽으면 나를 쫓아내 버리 겠다고 을러대던 걸 고스란히 일러줄 테니. 그 말을 들으면 네 아버지가 널 당장 쫓아내 버릴걸. 두고 봐."

힌들리 도련님은 정말로 저울추를 던졌어요. 히스클리프는 가슴을 맞고 고꾸라졌지요. 그는 숨을 쉬지 못해 하얗게 질린 채 비틀거리면서 일어났어요. 제가 말리지 않았더라면 곧장 주인님께 달려가서 히들리 도련님에게 복수를 했을 거예요.

"내 말을 가져, 이 더러운 집시 놈아. 그놈 갖고 지옥에나 떨어 져 버려, 이 거지 새끼야! 내 아버지가 가진 것들을 모조리 빼앗아 버리라고. 그러고 나서 먼 훗날, 네가 마귀 새끼였다는 정체만은 꼭 밝혀 드려라."

힌들리 도련님은 화가 나서 말했습니다. 하지만 히스클리프는 아무렇지도 않은 듯한 표정으로 도련님의 말을 자신의 마구간으로 옮겨 놓았어요.

시간이 흐르면서, 주인님의 건강이 나빠지기 시작했어요. 건강하고 활동적인 분이셨는데, 원기를 잃으셨던 것이지요. 난롯가에만 앉아 계시게 된 후로는 한심할 정도로 짜증을 자주 내셨습니다. 그분이 유난히 귀여워하던 히스클리프를 누군가가 업신여기거나 곯려 주려고 할 때면 특히 더 그러셨답니다. 주인님은 당신이 히스클리프를 좋아하기 때문에, 다들 그를 미워한다고 생각하셨어요.

그런데 그런 생각은 그에게도 썩 이롭지 않았지요. 힌들리 도련님을 제외한 나머지 사람들은 주인님의 심기를 언짢게 하지 않으려고 일부러 비위를 맞춰 주곤 했습니다. 그 바람에 성질이 더 나빠졌으니까요.

그러다 주인님의 친구이자 린턴 집안과 언쇼 집안의 가정 교사로 있던 부목사님이 힌들리 도련님을 대학에 보내라고 충고했어요. 주인님은 별로 내키지 않는 눈치였지만 굳이 거절하지도 않으셨답니다.

오래지 않아 힌들리 도련님은 대학에 입학하기 위해 집을 떠났습니다. 저는 이제 집안이 평화로워지겠거니, 기대했지요. 실제로 캐시 아가씨와 조지프가 그렇게 못되게만 굴지 않았어도 그런대로 편안히 지냈을 거예요.

록우드 씨께서도 거기 가셨을 때 조지프를 보셨겠지요? 그 영감은 지금도 그렇지만, 다른 사람들을 꽤 성가시게 하는 인물이었어요. 걸핏하면 성경 구절을 끄집어 내어 잘난 체를 하면서 자신한테만 유리하게 이야기를 하고, 다른 사람들에겐 저주를 퍼붓곤 했지요.

주인님을 충동질해서 힌들리 도련님을 망나니로 여기게 만들었고, 히스클리프와 캐시 아가씨에 대해서도 있는 이야기 없는 이야기 다 늘어놓으면서 투덜거렸답니다. 그 중에서도 캐시 아가씨를 가장 나쁘게 말하곤 했지요.

사실 캐시 아가씨가 별난 성격이긴 했어요. 하루 종일 어찌나 말썽을 부리던지 단 일 분도 안심할 수가 없었거든요. 입을 한시도 가만두지 않았죠. 하지만 이 지역에서는 가장 예쁘고 사랑스런 아가씨였답니다.

캐시 아가씨는 히스클리프를 몹시 좋아했어요. 아가씨에게 가장 큰 벌은 두 사람을 떼어놓는 것이었을 만큼요.

마침내 주인님이 이 세상에서의 고통을 접을 날이 왔어요. 10월의 어느 날 저녁, 의자 위에 앉은 채 조용히 숨을 거두셨지요. 대학에 다니고 있던 힌들리 도련님이 장례식을 치르기 위해 집으로 돌아왔습니다. 아내와 함께 말이에요. 이웃 사람들이 여기저기서 수군거렸지요. 하지만 도련님은 아내가 어느 집안 출신인지, 또 어떤 여자인지 한 마디도 설명하지 않았습니다. 아마도 대단치 않은 집안 출신이었던 것 같아요. 그렇지 않다면 왜 그 결혼을 주인님께 비밀로 했겠습니까?

새마님은 몹시 가냘픈 몸매를 하고 있었는데, 아주 젊고 풋풋했답니다. 눈은 다이아몬드처럼 반짝거렸고요. 하지만 계단을 오를 때마다 몹시 숨가빠 했고, 조금만 큰 소리가 나도 온몸을 부들부들 떨었습니다.

힌들리 도련님, 아니 주인님은 집을 떠나 있던 삼 년 동안에 참 많이 변해 있었어요. 말하는 품새도 달라지고 옷차림도 달라졌지요. 전보다 많이 여윈 데다 얼굴빛도 나빠 보였습니다.

새마님은 시누이가 있다는 것을 알고는 몹시 기뻐했습니다. 처음에는 캐시 아가씨에게 말도 자주 걸고 선물도 많이 주었지요. 그러나 시누이에 대한 사랑은 오래 가지 못했습니다. 아가씨가 히스클리프와 어울려 다니는 걸 보고 싫어하기 시작했거든요. 주인님은 그런 마님의 마음을 읽고는 히스클리프를 하인들의 숙소로 쫓아내 버렸답니다.

부목사님한테서 글도 배우지 못하게 하고, 농장에 나가서 일꾼들과 함께 일을 하게 했습니다. 의외로 히스클리프는 그런 대접을 잘 참았어요. 캐시 아가씨가 배운 것을 가르쳐 주기도 하고 들판에서 일을 거들기도 하면서 함께 놀아 주었으니까요.

두 사람은 들짐승처럼 거칠게 자라날 수밖에 없었어요. 주인님은 자기 눈에만 띄지 않으면 그들이 무슨 짓을 하든 개의치 않았거든요.

그러던 어느 일요일 저녁, 캐시 아가씨와 히스클리프가 시끄럽게 떠들다가 응접실에서 쫓겨나 버렸습니다. 몹시 화가 난 주인님은 문을 모두 닫아걸라고 한 다음, 그 둘을 집 안에 들여놓지 말라고 했어요.

집안 식구들이 잠든 뒤, 저는 걱정이 되어서 비가 오는데도 불구하고 창문을 열어 놓은 채 바깥의 기척을 살폈습니다. 잠시후 발소리가 들리더니, 불빛이 대문 쪽으로 비쳐 들었어요. 저는 숄을 뒤집어쓰고 불빛 앞으로 달려갔습니다. 그런데 히스클리프 혼자 서 있는 게 아니겠어요?

"캐시 아가씨는 어디 있니? 설마 사고가 난 건 아니겠지?"

"스러시크로스 저택에 있어. 나도 거기서 자고 싶었는데, 그집 사람들은 도무지 예의라곤 없더군. 나한테는 자고 가란 말을하지 않지 뭐야. 어서 옷이나 벗겨 줘. 몽땅 젖어 버렸어. 이걸 벗겨 주면 무슨 일이 있었는지 다 말해 줄게."

저는 주인님이 깨지 않도록 주의하면서 히스클리프가 젖은옷을 벗을 수 있도록 불을 비춰 주었습니다. 그가 옷을 벗으면서 말했어요.

"캐시랑 두어 시간쯤 편히 놀 곳을 찾다가 빨래터 있는 데까지 갔어. 그러다 스러시크로스 저택의 불빛을 보게 됐지. 갑자기 린턴네 가족이 일요일 저녁 시간을 어떻게 보내는지 궁금해지지 뭐야. 그래서 생울타리에 뚫린 구멍으로 기어 들어간 뒤 응접실 창 밑의 꽃밭으로 들어섰지. 받침돌 위에 올라선 다음 창턱에 매달려서 안을 들여다보았는데……. 아, 얼마나 아름답던지! 그 곳엔 빨간색 천으로 둘러싼 의자와 테이블이 죽 늘어서 있었어. 바닥도 붉었고……. 새하얀 천장의 가장자리에는 금빛이 칠해져 있었고, 천장의 한가운데에 은사슬로 매달아 놓은 촛대에는 유리 장식이 쏟아질 듯이 드리워져 있었지.

에드거와 누이동생 이사벨라밖에 없더군. 이사벨라는 한쪽 구석에 주저앉아, 마치 마귀 할멈이 새빨갛게 달군 바늘로 찌르기라도 하는 듯 비명을 질러 댔어. 에드거도 벽난로 앞에 서서 소리없이 훌쩍거리고 있었고……. 나중에 보니까 탁자 한복판에 강아지 한 마리가 앉아 있었는데, 그 강아지를 서로 차지하려고 싸우고 있었던 거야. 우리는 그 응석받이들을 경멸하면서 비웃어 주었어.”

“쉿, 쉿! 목소리 좀 낮춰! 어떡하다 캐시 아가씨를 그 곳에 두고 왔는지는 아직 말 안 했잖아.”

제가 그의 입을 막았어요. 그러자 그가 대답했습니다.

“우리가 비웃어 주었다고 했지? 린턴네 아이들이 그 소리를 듣고 저희 부모를 부르기 시작했어. 그러자 곧 현관의 빗장이 열리는 소리가 들리지 뭐야. 우리는 곧장 도망치려 했는데, 캐시가 그만 넘어지고 말았어. 그 순간 캐시가 다급히 속삭였어.

‘도망쳐, 히스클리프! 어서 도망쳐! 이 집의 불도그가 내 뒤꿈치를 물었어.’

캐시는 나를 위해 비명조차 지르지 않았지만 나는 도저히 참을 수가 없었어. 그래서 그 개에게 욕을 퍼부으면서 입에다 돌멩이를 잔뜩 물려 주었지. 그 때 들짐승 같은 하인놈이 등불을 들고 나오지 뭐야. 그는 개한테 이렇게 소리쳤어.

'스컬커, 꽉 물어! 꽉 물고 있어.'

하지만 개가 물고 있는 캐시를 보고는 말투가 달라지더군. 그 하인은 개의 목을 졸라 입을 벌리게 한 뒤, 캐시를 부축해서 안으로 데리고 들어갔어. 나는 원수를 갚겠다고 욕을 퍼부으면서 뒤쫓아 들어갔지.

그 때 린턴 영감이 현관에 서서 무슨 일이냐고 물었어.

'스컬커가 계집아이를 붙잡았어요. 머슴애도 한 명 있고요.'

그리고는 나를 붙잡으면서 말을 이었어.

'아주 가당찮아 보이는 놈이에요. 도둑놈들이 우리가 잠들고 나면 문을 열어 주게 하려고 애들을 먼저 들여보낸 것 같습니다. 주인님, 총을 치우지 마세요!'

'그럼, 치우지 말아야지! 어제 내가 지세 받은 걸 알고 그놈들이 털려고 한 게야. 치안 판사 집에, 그것도 안식일에 겁도 없이 들어오려 하다니, 그놈들이 사람을 어디까지 깔볼 셈인가?'

린턴 영감은 나를 집 안으로 끌고 갔어. 린턴 부인은 무서워서 어쩔 줄 모르더군. 그 때 이사벨라가 이렇게 종알거렸어.

'저 아이를 가둬요, 아버지. 내 새를 훔쳐 간 집시의 아들이랑

똑같이 생겼어요.'

캐시는 그제야 정신을 차렸는지, 이사벨라의 말을 듣고 웃음을 터뜨렸어. 에드거는 캐시의 얼굴을 뚫어지게 바라보더니 제 어머니에게 이렇게 속삭이더군.

'언쇼 댁 따님이에요.'

'언쇼 씨네 딸? 말도 안 돼! 언쇼 씨네 딸이 왜 집시처럼 들판을 뛰어다니겠니? 오, 그러고 보니 상복을 입고 있네? 정말인가 보구나.'

그 때 린턴 영감이 말했어.

'이 아이의 오빠가 틀려먹었어. 부목사한테 들으니, 이 아이를 이교도처럼 자라게 내버려둔다는 거야. 그런데 이 녀석은 누구야? 아, 그렇군. 죽은 언쇼 씨가 리버풀에서 주워 온 바로 그놈이로군.'

그러자 린턴 부인이 끼어들었어.

'고약한 아이구먼. 점잖은 집안에 놔둘 아이가 아니에요. 이 아이가 말하는 것 들었어요? 우리 아이들이 들을까 봐 무서워요.'

나는 다시 한바탕 욕설을 퍼부어 주었지. 그랬더니 하인을 시켜 날 내쫓아 버리더군. 나는 캐시와 함께가 아니라면 가지 않겠다고 버텼어. 하지만 하인은 나를 뜰로 끌고 나간 뒤, 내가 한 짓을 힌들리에게 모두 일러바치겠다고 윽박지르며 문을 잠가 버리지 뭐야.

　나는 창턱에 붙어 서서 안을 들여다보았지. 캐시는 돌아가고 싶어하는데, 그들이 붙잡고 있는 거라면 유리창을 깨뜨려 버릴 작정이었거든. 그런데 캐시는 꽤 유쾌해 보였어. 하녀가 대야에 따뜻한 물을 떠 와서 발을 씻겨 주더군. 린턴 영감은 따뜻한 음료를 건네주었고, 이사벨라는 케이크 접시를 무릎 위에 놓아 주었어. 그 아이를 바라보고 있는 린턴네 가족의 명청한 눈에 생기가 도는 듯했지. 그걸 보고 나는 집으로 돌아왔어. 그들은 캐시에게 온통 반해 버린 것 같더군. 하긴 캐시는 이 세상 그 누구보다 어여쁜 아이니까.”

　제가 대꾸했습니다.

　“이번 일은 네가 생각하는 것보다 훨씬 더 큰일로 번질지도 몰라, 히스클리프!”

　제 말은 정확하게 맞아떨어졌습니다. 그 불행한 모험은 주인님을 펄펄 뛰게 만들었거든요. 다음 날 아침 일찍, 린턴 씨가 일부러 찾아와서 설교를 하고 가는 바람에, 주인님은 앞으로 단속을 더욱더 제대로 해야겠다는 생각을 하게 되었어요.

　히스클리프는 매를 맞지는 않았지만, 그 뒤로 캐시 아가씨에게 말 한 마디 걸 수 없게 되었답니다. 마님도 캐시 아가씨가 돌아오는 대로 감독을 철저히 하기로 했고요.

캐시 아가씨는 크리스마스까지 오 주일 동안이나 스러시크로스 저택에서 머물렀습니다. 그 곳에 있는 동안 불도그에게 물렸던 뒤꿈치의 상처도 말끔히 나았고, 몸가짐도 많이 얌전해졌지요.

그 덕분에 집으로 돌아온 캐시 아가씨는 예전과 완전히 달라 보였습니다. 모자도 쓰지 않은 채 멋대로 들판을 뛰어다니던 말괄량이가 아니라, 옷을 예쁘게 차려입을 줄 아는 요조숙녀가 되어 우리 앞에 나타난 것이지요. 아가씨는 옷매무새가 흐트러지지 않게 조심하면서 말에서 내렸습니다.

힌들리 주인님은 아가씨를 말에서 내려 주며 기쁨에 찬 목소리로 소리쳤어요.

"아니, 캐시. 정말 몰라보게 예뻐졌구나? 숙녀 티가 팍팍 나는걸."

오랜만에 캐시 아가씨를 본 개들이 반가워서 쏜살같이 달려들었지만, 예쁜 드레스가 망가질까 봐 그러는지 쓰다듬어 주지도 않았답니다. 아가씨는 히스클리프를 찾는지 연신 주위를 두리번거렸습니다.

처음에는 히스클리프를 찾기가 쉽지 않았어요. 캐시 아가씨가 없는 사이, 그는 전보다 몇 배나 더 홀대를 받고 있었거든요. 저 말고는 그에게 씻으라는 말조차 해 주는 사람이 없을 정도였으니까요.

히스클리프는 진흙이 잔뜩 묻은 옷을 그대로 입고 다니는 데다, 숱 많은 머리칼은 빗질을 하지 않아 항상 헝클어져 있었답니다. 아가씨 앞에 나타나지 못하고 긴 의자 뒤에 숨을 만도 했지요. 캐시 아가씨가 물었습니다.

"히스클리프는 집에 없어?"

"히스클리프, 이리 나와도 된다. 나와서 다른 하인들처럼 캐시 아가씨께 환영 인사를 드려야지."

힌들리 주인님은 히스클리프가 창피당하는 꼴을 보려고 일부러 큰 소리로 외쳤습니다. 캐시 아가씨는 숨어 있는 히스클리프를 발견하곤 날아가듯 뛰어갔어요. 그리고 뺨에다 예닐곱 번가량 입을 맞추다가, 갑자기 깔깔깔 웃음을 터뜨리며 말했습니다.

"이런, 진짜로 새까맣고 흉측하게 생겼네! 그 동안 내가 에드거와 이사벨라만 보아서 그런 거겠지. 히스클리프, 그새 나를 잊은 거야?"

하지만 히스클리프는 꼼짝도 하지 않았습니다.

"악수를 하거라, 히스클리프. 그 정도는 괜찮아."

힌들리 주인님이 친절을 베풀 듯이 말했어요. 창피하고 자존심이 상해서 꼼짝하지 않던 히스클리프가 마침내 한마디 내뱉었습니다.

"악수 안 해. 네가 나를 비웃다니, 도저히 참을 수 없어."

그리고는 그 자리를 벗어나려 했지만, 캐시 아가씨가 그의 손을 꼭 붙잡았어요.

"널 비웃으려던 게 아니야. 그냥 네가 좀 이상해 보여서 그랬어. 사실 너무 지저분하잖아!"

캐시 아가씨는 잡고 있던 히스클리프의 손을 염려 섞인 눈길로 바라보았습니다. 자신의 옷이 히스클리프의 지저분한 옷에 닿아 때가 묻었을까 봐 불안해 하는 기색을 역력히 내비친 채로요.

"내 몸에 굳이 손을 댈 필요까진 없었어. 나는 마음 내키는 대로 하고 지낼 거야. 더러워도 상관없어."

히스클리프는 캐시 아가씨의 눈치를 살피다가, 슬그머니 손을 빼면서 말했습니다. 그것을 본 주인님 내외가 껄껄대며 웃음보를 터뜨렸고요. 반면에 캐시 아가씨는 몹시 속상해 했지요. 그 순간 히스클리프가 잽싸게 밖으로 뛰어나가 버렸습니다.

그 날은 크리스마스 이브였답니다. 그래서 저는 아가씨의 시중을 들고 나서, 크리스마스 파티를 준비하기 위해 과자를 오븐에 넣고 불을 지폈습니다. 조지프는 자기 방에 기도하러 가고 없었고, 캐시 아가씨는 오빠 내외와 응접실에 앉아 있었어요.

저는 부엌에 혼자 남아서 청소를 하며 속으로 흡족해 했습니다. 이렇게 말끔히 정리를 해 놓은 날이면 돌아가신 주인님께서는 크리스마스를 즐겁게 보내라며 용돈을 집어 주시곤 했지요.

옛날 생각에 잠기자, 불현듯 전 주인님이 히스클리프를 몹시 아끼던 일이 떠올랐습니다. 당신이 돌아가신 뒤 히스클리프가 고생을 하지나 않을까 걱정이 많으셨지요. 그러자 갑자기 히스클리프가 불쌍하다는 생각이 들었습니다. 저는 곧 히스클리프를 찾아 나섰어요. 그는 마구간에 웅크리고 앉아 있더군요.

"이리 와, 히스클리프! 캐시 아가씨가 나오기 전에 깨끗이 씻겨 줄게. 조지프도 없으니까 걱정할 것 없어. 옷도 깨끗한 걸로 갈아입혀 줄게. 부엌의 난롯가로 와."

그러나 히스클리프는 눈길 한번 주지 않았습니다.

"올 거지? 꼭 와야 해."

제가 다시 한 번 다그쳤지만, 그는 여전히 아무런 대답도 하지 않았습니다. 결국 저는 혼자서 부엌으로 돌아왔어요. 저녁 식사 시간이 끝난 뒤에도 히스클리프는 모습을 드러내지 않았답니다. 그러다가 아홉 시가 넘어서야 무뚝뚝한 표정으로 터벅터벅 걸어 들어오더군요.

캐시 아가씨는 늦도록 잠을 자지 않은 채, 새 친구들을 맞이할 준비로 분주했습니다. 다음 날 에드거 도련님과 이사벨라 아가씨가 방문하기로 했거든요.

다음 날 아침, 여느 때보다 일찍 일어난 히스클리프는 몹시 언짢은 기색을 한 채 들판으로 나갔습니다. 그러다 집안 사람들이 교회로 출발한 뒤에야 다시 나타났지요. 그는 제게로 다가오더니, 한동안 머뭇거리다가 용기를 내어 말했습니다.

"넬리, 나를 좀 깨끗하게 씻겨 줘. 깔끔하게 보이고 싶어."

"잘 생각했어. 이제 얌전히 굴 때가 됐지. 넌 자존심이 너무 강해. 네가 캐시 아가씨를 슬프게 만든 건 알고 있지? 화를 낸 게 부끄럽게 느껴진다면 아가씨에게 사과를 해. 지금 식사 준비로 많이 바쁘긴 하지만, 짬을 내서 너를 멋지게 꾸며 줄게."

저는 히스클리프의 몸을 깨끗이 씻겨 준 뒤, 미리 세탁해 둔 옷으로 갈아입혔습니다. 머리도 말끔하게 빗겨 주었고요.

"에드거 도련님이 네 옆에 서면 한낱 인형처럼 보일 거야. 네가 에드거 도련님보다 나이는 적지만, 키도 크고 어깨도 넓잖아. 그 도련님을 단숨에 넘어뜨릴 수 있어, 안 그래?"

순간 히스클리프의 얼굴이 환하게 밝아졌다가 다시금 어두워 졌습니다.

"그런데 넬리, 내가 그 자식을 넘어뜨린다 해도 그 자식보다 더 멋있어 보이진 않을 거야. 나도 머리칼이 옅고 피부가 희면 좋겠어. 게다가 그 자식처럼 부자면 정말 좋을 텐데!"

"만날 엄마 품에 싸여 있고 싶다는 말이야? 비가 조금만 내려 도 하루 종일 집구석에 틀어박혀 있고……. 히스클리프, 배짱을 가져. 자, 거울을 봐. 네가 어떻게 해야 하는지 말해 줄게. 우선 악마같이 새까만 두 눈을 순진한 천사의 눈으로 바꿔 봐. 세상 을 미워하는 듯한 사나운 표정도 지워 버리고……. 마음씨가 착 하면 얼굴도 밝아지는 거야. 그렇게 하면 너도 멋있어져.

네가 왕자라고 생각해 봐. 네 아버지는 중국의 황제였고, 네 어머니는 인도의 왕비였어. 실제로 그럴 수도 있잖아? 넌 못된 뱃놈들에게 잡혀서 영국으로 끌려온 거라고. 만약 내가 너라면 그러한 태생의 비밀을 소중하게 생각할 거야. 그러면 다른 사람들의 천대 따윈 아무렇지도 않게 느껴질 거 아냐?"

제가 그런 엉터리 같은 말을 늘어놓자, 히스클리프의 표정이 한결 밝아지기 시작했습니다. 그런데 그 때 마당에서 마차 소리가 나는 바람에 우리의 대화는 끊어지고 말았지요.

히스클리프는 창가로, 저는 문간으로 달려갔습니다. 에드거 도련님과 이사벨라 아가씨가 털외투에 감싸인 채 마차에서 내리고 있더군요. 캐시 아가씨는 두 사람의 손을 잡고 응접실로 안내했습니다.

저는 얼른 나가서 그들에게 얌전히 인사를 하라고 히스클리프를 부추겼습니다. 그런데 운이 나빴던 걸까요? 히스클리프가 부엌 쪽에서 문을 열려는 순간, 반대편에서 힌들리 주인님이 문을 열었습니다. 두 사람은 문간에서 마주치고 말았지요. 주인님은 말끔하게 차려입은 데다 활기찬 표정까지 짓고 있는 히스클리프를 보더니 다짜고짜 홱 밀쳐 버렸습니다. 그리고 조지프에게 지시했어요.

"저녁 식사가 끝날 때까지 저 녀석을 다락방에 가둬 놔!"

"주인님, 히스클리프도 함께 식사를 할 수 있게 해 주세요."

제가 말하자, 주인님이 다시금 소리쳤어요.

"저리 가, 이 집시 같은 놈아! 저리 썩 꺼지지 않고 뭐 하고 있어? 네 까짓 게 맵시를 부려서 뭘 어쩌겠다는 거야? 내가 그 맵시 있게 빗어 내린 머리칼을 잡아챌 때까지 기다리는 게냐? 그렇다면 네놈의 소원대로 해 주마."

"긴 머리가 꼭 말총 같군요."

그 때 에드거 도련님이 문간에 서 있다가 끼어들었습니다. 에드거 도련님이 히스클리프에게 모욕을 주기 위해서 한 말은 아닌 듯했지만, 성질이 격한 히스클리프는 그 말을 모욕스럽게 받아들인 것 같았습니다. 곧장 뜨거운 사과 파이 접시를 집어 들더니, 에드거 도련님의 얼굴에다 냅다 던졌습니다. 도련님은 울음을 터뜨렸고, 그 소리를 들은 이사벨라 아가씨와 캐시 아가씨가 황급히 달려왔지요.

힌들리 주인님이 히스클리프를 밖으로 거칠게 끌어내자, 저는 행주로 에드거 도련님의 코와 입을 심술궂게 마구 문질렀습니다. 남의 일에 쓸데없이 참견해서는 안 된다고 주의를 주면서요. 그 모습을 본 이사벨라 아가씨는 바닥에 주저앉아 울음을 터뜨렸어요. 캐시 아가씨는 어찌 된 영문인지 몰라 어리둥절한 표정을 지은 채 옆에 서 있었고요.

캐시 아가씨가 에드거 도련님에게 말했습니다.

"히스클리프한테 그런 말을 하지 말았어야지! 히스클리프는 이제 매질을 당할 거야. 왜 그랬니, 에드거?"

"일부러 그런 게 아니야. 그놈한테 한 마디도 하지 않을 작정이었는데……."

에드거 도련님은 손수건으로 얼굴을 닦으며 흐느끼듯 말했어요.

"울지 마. 누가 죽은 것도 아닌데 뭘 그래? 곧 오빠가 올 거야. 조용히 하란 말이야! 이사벨라, 너도 당장 그쳐!"

캐시 아가씨는 두 사람의 행동이 못마땅한 듯이 말했습니다. 잠시 후, 정말로 힌들리 주인님이 돌아왔습니다.

"자, 이제 모두 앉지. 히스클리프는 내가 실컷 두들겨 패 주었어. 다음엔 에드거가 흠씬 두들겨 패 주도록 하렴."

식탁에 음식이 차려지고 구수한 냄새가 흐르기 시작하자 주위는 금세 조용해졌습니다. 손님들도 마음이 풀어진 듯했고요. 마차를 타고 먼 길을 오느라 배가 고픈 데다, 사실 자기들 중 누군가가 큰일을 당한 것도 아니었으니까요.

힌들리 주인님은 고기를 썰어 손님들의 접시에 일일이 담아 주었고, 캐시 아가씨는 명랑한 이야기로 분위기를 즐겁게 했습니다. 저는 아가씨 뒤에서 시중을 들었고요. 캐시 아가씨가 아무렇지도 않은 듯한 표정으로 고기를 썰고 있는 모습을 보니 약간 괘씸한 생각이 들더군요.

하지만 캐시 아가씨는 히스클리프를 배반하지 않았습니다. 고기를 한 조각 집어서 입으로 가져가다가 다시 내려놓았습니다. 그리고 뺨이 발갛게 달아오르는가 싶더니 눈물을 주르르 흘리더군요. 아가씨는 포크를 일부러 바닥에 떨어뜨리고는, 줍는 척하면서 식탁보 밑으로 몸을 숙였습니다. 눈물을 감추려 그랬 겠지요.

저녁에는 응접실에 모여서 춤을 추었어요. 캐시 아가씨는 이 사벨라 아가씨와 춤출 짝이 없다면서, 가두어 놓은 히스클리프 를 풀어 달라고 오빠에게 애원했어요. 하지만 주인님은 누이의 부탁을 들어주지 않았지요. 결국 제가 이사벨라 아가씨와 같이 춤을 추었답니다.

우리는 신나게 춤을 추면서 우울한 기분을 떨쳤어요. 열다섯 명의 악사로 구성된 악단이 도착한 뒤로는 분위기가 더욱 흥겹 게 무르익었지요. 주인님은 음악을 아주 좋아해서, 캐럴 말고도 여러 곡을 청해서 들었답니다.

캐시 아가씨도 음악을 무척 좋아했습니다. 그런데 갑자기 계 단 꼭대기에서 듣는 것이 가장 좋다면서 어두운 곳으로 올라가 더군요. 이상한 느낌이 들어서 재빨리 쫓아가 보았습니다. 아가 씨는 사다리를 타고 꼭대기까지 올라갔어요. 거기에 히스클리 프가 갇혀 있는 다락방이 있었거든요. 아가씨가 문틈으로 말을 걸었습니다. 벽을 사이에 두고 둘의 이야기가 시작되었지요.

마침 그 때 노래가 끝나가는 것 같았습니다. 저는 아가씨에게 그 사실을 알려 주려고 사다리를 타고 올라갔지요. 그런데 아가 씨는 그 자리에 없더군요. 지붕에 나 있는 들창을 통해 안으로 들어간 모양이었어요. 저는 아가씨에게 밖으로 나오라고 애원했습니다.

얼마 후 아가씨가 밖으로 나오자 히스클리프도 따라 나왔어요. 아가씨는 그를 부엌으로 데려가 달라고 졸랐습니다. 저는 두 사람이 주인님을 속이도록 부추길 마음은 없었지만, 히스클리프가 엊저녁부터 굶었으니 한 번만 눈감아 주겠다고 했지요.

그리고 음식을 그에게 챙겨 주었는데, 몸이 아파서 그런지 전혀 입에 대지 못했어요. 손으로 턱을 받친 채 오랫동안 생각에 잠겨 있었지요. 무슨 생각을 하느냐고 물었더니 몹시 침울한 표정으로 대답하더군요.

"힌들리한테 어떻게 복수를 해 줄까, 생각하고 있었어. 할 수만 있다면 오래 기다리는 것쯤은 문제없어. 나보다 먼저 죽지 않길 바랄 뿐이야."

"고약한 사람을 벌하는 것은 하느님의 몫이야. 우리는 용서를 배워야지."

제가 말했어요. 하지만 히스클리프는 그 뒤로 한참 동안 복수를 하기 위한 여러 가지 방법들만을 말했답니다.

아, 너무 지루한 이야기만 하고 있군요. 아무래도 삼 년 정도는 건너뛰어야 할 것 같아요. 너무 심하면 이듬해 여름, 그러니까 지금으로부터 이십삼 년 전 여름으로 돌아가도록 하지요.

제 3 장

어긋난 사랑

1778년 6월의 어느 화창한 날 아침이었습니다. 언쇼 집안의 마지막 자손인 헤어턴 도련님이 태어났답니다. 잘생긴 사내아이였지요. 아기는 건강했지만, 산모는 몇 달째 폐병을 앓고 있던 터라 의사가 오래 못 살 거라고 말했어요. 힌들리 주인님과 마님은 의사의 말을 믿으려 하지 않았고, 병이 차츰 나아간다고 생각했습니다.

그러던 어느 날 밤, 마님은 남편의 어깨에 몸을 기대고 있다가 갑자기 한바탕 기침을 했습니다. 가벼운 기침처럼 보였는데, 안타깝게도 그 길로 세상을 떠나고 말았어요.

당시 갓난아기였던 헤어턴 도련님은 제게 맡겨졌답니다. 힌들리 주인님은 아들이 울지만 않으면 만족해 했습니다. 아내를 잃은 슬픔에 빠져서 모든 일에 의욕을 잃은 듯이 보였지요. 울지도 않고 기도도 하지 않았어요. 신을 저주하면서 방탕하게 살았답니다.

주인님의 방탕한 생활을 견디지 못한 하인들은 하나 둘 떠나가고, 결국엔 조지프와 저만 남게 되었어요. 급기야 캐시 아가씨의 가정 교사조차 오지 않게 되었답니다. 그런 중에도 에드거 도련님만은 캐시 아가씨를 만나기 위해 자주 찾아왔습니다.

그 해 열다섯 살이 된 캐시 아가씨는 이 고장의 여왕과도 같은 존재였습니다. 그 누구와도 비교할 수 없을 만큼 아름답고 도도했거든요. 하지만 아가씨는 아무에게도 한눈을 팔지 않았답니다. 히스클리프가 아가씨의 마음을 온통 차지하고 있었기 때문이지요. 그래서 에드거 도련님이 아가씨의 마음을 끌기란 매우 힘든 상황이었습니다.

그러면서도 유독 그 집안 사람들 앞에선 거친 면을 보이고 싶어하지 않았어요. 예의 바른 사람들 앞에서 무례하게 구는 것이 창피하다는 것을 알고 있었던 듯합니다. 그 덕분에 캐시 아가씨는 늘 이사벨라 아가씨의 부러움을 샀고, 에드거 도련님의 마음과 영혼을 송두리째 빼앗았답니다. 사실 아가씨는 누굴 속일 생각 따윈 없었지만, 차츰 이중적인 성격을 갖게 되었지요.

그러던 어느 날 오후, 힌들리 주인님이 외출했을 때였어요. 히스클리프는 그 틈을 타서 잠시 일을 쉬기로 한 모양이었습니다. 그는 그 때 열여섯 살이었는데, 남들에게 고약한 인상을 주기 위해 일부러 성질을 부리곤 했답니다. 새벽부터 밤늦게까지 고된 일을 해야 했으니, 돌아가신 언쇼 주인님이 심어 주셨던 우월감 같은 것은 사라진 지 이미 오래였지요.

공부도 하다가 포기를 했고, 걸음걸이도 단정치 못했으며, 표정 또한 무뚝뚝하고 침울하게 바뀌었습니다. 마치 사람들의 미움을 삼으로써 오히려 쾌감을 얻는 듯이 느껴질 정도였지요.

히스클리프가 한가한 시간이면, 캐시 아가씨는 여전히 그와 절친한 친구로 지냈답니다. 주인님이 외출한 그 날 오후에도 그는 아가씨를 만나기 위해 집 안으로 들어왔습니다. 그 때 아가씨는 에드거 도련님을 맞을 준비로 여념이 없었어요. 히스클리프가 쉴 줄은 모르고, 에드거 도련님에게 오빠가 집을 비웠다는 사실을 알렸거든요.

히스클리프가 아가씨에게 물었어요.

"비 오는 날에 웬 비단옷이야? 누가 집으로 찾아오기라도 하는 거야?"

"아니, 그런 일 없어. 그런데 넌 지금 들판에 있어야 되는 거 아니야? 나간 줄 알았는데."

아가씨가 더듬거리며 말했어요.

"힌들리가 집을 비우는 날이 많지 않잖아. 오늘은 좀 쉬려고……. 너랑 같이 있고 싶어."

하고 히스클리프가 난롯가로 다가가자, 아가씨는 미간을 찌푸리며 그의 얼굴을 잠시 동안 쳐다봤습니다. 잠깐 침묵이 흐른 뒤, 아가씨가 말했어요.

"이사벨라와 에드거가 온다고 했어. 비가 내려서 못 올지도 모르지만……. 혹시라도 온다면 네가 빈둥거리는 모습을 들키게 되니까 오빠한테 꾸지람을 들을지도 몰라."

"네가 집에 없다고 하면 되잖아. 캐시, 제발이지 그 바보 같은 친구들 때문에 날 내쫓지 말아 줘."

"그 애들이 뭐 어떻다는 거야? 그리고 내가 왜 늘 너와 같이 있어야 하지? 넌 나를 즐겁게 해 주는 말도 못하잖아. 말 못하는 걸로 치면 너는 벙어리나 마찬가지야!"

아가씨는 화가 나서 쏘아붙였습니다.

"내가 말이 없다거나 나하고 있는 것이 싫다는 말은 한 번도 한 적이 없잖아, 캐시!"

히스클리프는 몹시 흥분해서 소리쳤지만, 아가씨는 더 이상 자신의 감정을 설명할 짬이 없었어요. 마당에서 말발굽 소리가 들리고 있었거든요. 아니나 다를까, 잠시 후 에드거 도련님이 문을 두드리더니, 뜻밖의 초대에 기쁨을 감추지 못하는 듯한 얼굴로 들어섰답니다.

히스클리프는 분을 삭이지 못한 채 밖으로 나갔습니다. 순간 아가씨는 두 사람의 차이를 확연하게 느끼게 되었지요. 히스클리프는 거칠기 짝이 없었고, 에드거 도련님은 신사적이고 부드러웠으니까요. 도련님이 저를 흘끗 보며 말했어요.

"내가 너무 일찍 온 건 아니겠지?"

"아니에요. 그런데 거기서 뭐 하는 거야, 넬리?"

캐시 아가씨는 에드거 도련님의 물음에 대답한 뒤, 저를 향해 물었습니다.

"제가 할 일을 하고 있습니다, 아가씨."

저는 짐짓 퉁명스럽게 대답했습니다. 사실 틀린 말도 아니었고요. 힌들리 주인님은 에드거 도련님이 방문할 때면 두 사람만 있게 하지 말고 옆에 꼭 붙어 있으라는 지시를 내렸거든요. 아가씨는 제 뒤로 오더니 토라진 목소리로 속삭였습니다.

"걸레 가지고 나가! 손님에 대한 예의가 아냐!"

"주인님께서 안 계시니 청소하기에 더없이 좋은 기회인걸요. 주인님이 방에 계실 때 청소를 하면 언짢아 하셔서요."

"나도 싫어."

하지만 저는 아가씨의 말을 무시하고 계속해서 청소를 했습니다. 순간, 아가씨는 도련님이 못 볼 거라 생각하곤 제 손에서 걸레를 빼앗은 뒤 팔을 매섭게 내리쳤어요. 저는 통증을 이기지 못하고 벌떡 일어나 비명을 질렀지요.

"아, 아가씨. 정말 못되게 구시네요!"

캐시 아가씨는 저를 또 때리려고 손을 높이 쳐들다가, 귓불까지 새빨개진 채 화가 나서 소리쳤어요.

"난 아무 짓도 하지 않았어. 거짓말쟁이!"

"그럼 이건 뭔가요?"

저는 팔에 난 손자국을 내보이며 물었어요. 아가씨는 잠시 발을 구르더니, 결국 못된 성미를 참지 못하고 제 뺨을 후려갈겼습니다. 순간 제 눈엔 눈물이 그렁그렁 고였지요.

"캐서린! 캐서린!"

에드거 도련님이 보다 못해 소리쳤어요. 캐시 아가씨의 거짓말과 손찌검에 깜짝 놀라 자기도 모르게 둘 사이에 끼어들었던 거지요.

"어서 나가, 넬리."

캐시 아가씨는 몸을 부들부들 떨면서 말했어요. 그러자 언제나 제 뒤를 졸졸 따라다니던 헤어턴 도련님이 소리내어 울기 시작했습니다. 그 때는 아기였으니까요.

"캐시 고모, 나빠."

아기가 그런 말을 하자, 아가씨는 더욱더 화가 나서 어린 조카에게 분풀이를 했습니다. 아기의 어깨를 잡은 뒤 파랗게 질릴 때까지 마구 흔들어 댔지요. 그러자 에드거 도련님이 아기를 떼어내기 위해 무심코 아가씨의 손을 붙잡았어요.

아가씨는 그 손을 비틀어 뿌리치고는, 에드거 도련님의 뺨을 장난이라고 할 수 없을 정도로 세차게 후려쳤습니다. 에드거 도련님은 깜짝 놀라 뒤로 물러났지요. 그리고는 모욕감을 감추지 못해 얼굴이 파랗게 질려서는 입술을 발발 떨면서 모자를 놓아둔 곳으로 걸어갔습니다. 그러자 캐시 아가씨가 문가로 다급히 달려가서 말했어요.

"어딜 가려고요? 그렇게 가 버리면 내가 밤새도록 괴롭지 않겠어요?"

"돌아가겠어. 이렇게 맞고서도 내가 계속 여기에 있을 수 있다고 생각해? 네가 두려워. 너 때문에 나 자신이 부끄럽게 느껴진단 말야. 다시는 여길 오지 않겠어."

캐시 아가씨는 곧 눈물을 글썽거리기 시작했어요.

"아니에요, 일부러 그런 게 아니에요. 그래요, 가고 싶으면 가요! 가 버리라고요! 그럼 난 밤새도록 여기 앉아 울 거예요. 병이 나도록 울어 버릴 거야."

아가씨는 의자 옆에 무릎을 꿇고 앉아 정말로 울기 시작했어요. 에드거 도련님은 마당까지 나갔다가 뒤로 돌아서더니 창문을 통해 안을 들여다봤습니다. 아무래도 발걸음이 떨어지지 않는 모양이었어요. 갑자기 몸을 돌리더니 허겁지겁 안으로 뛰어 들어오더군요.

얼마 후, 힌들리 주인님이 돌아와서 알리려고 가 보니, 두 사람은 그 전보다 더 친해져 있더군요. 친구라는 껍질을 벗어 던지고 연인이 되어 있는 듯했어요.

힌들리 주인님이 돌아왔다는 말을 들은 에드거 도련님은 급히 말을 매어 둔 곳으로 갔습니다. 캐시 아가씨는 방으로 도망쳤고요.

주인님은 술에 잔뜩 취해 있었습니다. 무시무시한 저주의 말을 퍼부으면서 안으로 들어왔지요. 그러다 부엌 찬장에 숨겨 놓은 헤어턴 도련님을 발견했어요. 주인님은 저를 뒤로 잡아당기더니 도련님을 덥석 안았습니다. 도련님은 무서워서 고함을 지르며 발버둥을 쳤고요.

술에 취해 제정신이 아닌 아버지는 아들을 위층으로 데리고 가서 난간 너머로 치켜들었습니다. 헤어턴 도련님은 아까보다 더 크게 소리를 지르며 울었어요. 저는 도련님을 구하려고 달려갔지요. 하지만 주인님은 손에 든 게 무엇인지 까맣게 잊은 듯했답니다. 결국 아버지의 품에서 버둥대던 도련님은 밑으로 떨어지고 말았어요.

마침 그 때 계단 밑에 있던 히스클리프가 얼떨결에 도련님을 받아 안고는 고개를 들어 위쪽을 올려다보았어요. 주인님의 얼굴을 보는 순간, 복수할 수 있는 좋은 기회를 놓쳤다는 생각에 이내 어두운 표정을 짓더군요.

그제야 술이 깬 주인님은 창피한 생각이 들었는지, 느릿느릿 걸어서 아래로 내려왔어요. 그리고는 제게 말했지요.

"다 네 잘못이야. 아이를 내 눈에 띄지 않게 했어야지. 그래, 아이는 다치지 않았나?"

"다치지 않았냐고요? 주인님이 도련님을 이렇게 거칠게 다루시는 걸 보고도 마님이 무덤에서 벌떡 일어나지 않는 게 이상스러울 따름이에요!"

저는 화가 나서 소리쳤습니다. 간신히 울음을 그친 도련님을 주인님이 다시 만지려고 하자, 도련님은 자지러지듯 소리를 질렀습니다.

"아이를 안고 저쪽으로 가게. 히스클리프도 멀찍이 비키고."

주인님은 독한 술을 연거푸 마시며 한참 동안 저주의 말을 쏟아 대더니, 얼마 후 문을 닫고 밖으로 나갔어요. 저는 히스클리프 역시 밖으로 나간 줄 알고, 도련님을 재우기 위해 무릎 위에 올려놓고 흔들면서 노래를 불렀습니다. 그 때 캐시 아가씨가 다가와서 소곤댔어요.

"혼자 있어, 넬리?"

"네, 아가씨."

"히스클리프는 어디 있어?"

"밖에서 일해요."

잠시 동안 침묵이 흐르는가 싶더니, 아가씨의 뺨에서 눈물이 흘러내렸어요.

"아, 난 정말 불행해!"

"안됐네요. 하지만 아가씨가 얼마나 비위 맞추기 힘든 분인지는 아시죠? 남들보다 친구도 많고 걱정거리도 적은데 전혀 만족할 줄 모르잖아요."

제가 심드렁한 말투로 대꾸하자, 아가씨는 제 곁에 쪼그리고 앉아 물었어요.

"넬리, 비밀을 지켜 줄 테야? 내가 어떻게 해야 될지 알고 싶어서 그래. 사실은 오늘 에드거가 청혼을 했어. 난 그이를 받아들였고…… 넬리, 내가 잘못한 걸까?"

"그를 사랑하세요?"

"물론 사랑하지."

"그를 왜 사랑하는데요?"

"사랑하니까 사랑하는 거지. 그이는 아주 잘생긴 데다 같이 있으면 유쾌해. 그리고 재산을 많이 물려받게 될 테니까, 머지않아 난 이 지역에서 가장 멋진 여자가 되겠지. 그이가 살고 있는 땅과 하늘, 표정, 행동……, 아니 그이의 전부를 사랑해."

"도련님이 언제까지나 젊을 수는 없어요. 재산을 잃을 수도 있고요."

"나는 현재만을 생각해."

"그럼 결혼하세요."

"넬리의 허락을 바라는 게 아냐. 내가 청혼을 받아들인 게 잘한 건지 못한 건지만 말해 줘."

"현재만을 생각하면 잘하신 거예요. 그런데 뭐가 불안하신 거죠? 일단 주인님이 좋아하실 테고, 린턴 마님 내외분도 반대하지 않으실걸요. 아가씨 역시 이 불편한 집에서 벗어나, 부유하고 존경받는 집안에 들어가실 테니 나쁠 것 없고요. 대체 뭐가 문제예요?"

"여기랑…… 여기!"

캐시 아가씨는 한 손으로는 이마를 짚고, 다른 손으로는 가슴을 짚으면서 대답했어요.

"어디에 영혼이 있는지 모르겠지만, 내 영혼은 내가 잘못하고 있다는 걸 알아."

아가씨는 아주 슬픈 표정을 지으며 손을 떨더군요.

"사실 내가 에드거와 꼭 결혼할 필요는 없는 거지. 오빠가 히스클리프를 저렇듯 천대하지 않았다면 에드거와의 결혼은 생각조차 하지 않았을 거야. 지금 히스클리프와 결혼한다면 내 품위가 떨어질 테지. 그래서 내가 히스클리프를 얼마나 사랑하고 있는지 그에게 알릴 수 없는 거야. 그의 영혼은 나 자신과 똑같은데도 말야."

그 말이 채 끝나기 전에, 저는 등뒤에서 가볍게 들썩이는 소리를 들었습니다. 고개를 돌려 보니, 히스클리프가 의자에서 일어나 살그머니 밖으로 나가더군요. 그와 결혼하면 품위가 떨어질 거라는 말을 듣고는 더 이상 자리를 지키고 있을 수가 없었던 모양이에요. 마침 그 때 캐시 아가씨는 바닥에 쪼그려 앉아 있었기 때문에 그가 나가는 모습을 볼 수 없었습니다. 저는 깜짝 놀라 아가씨에게 목소리를 낮추라고 속삭였어요.

"왜?"

아가씨는 걱정스러운 듯이 주위를 두리번거리면서 물었어요. 마침 길 쪽에서 짐마차 소리가 나기에 제가 말했습니다.

"조지프가 왔어요. 히스클리프도 같이 들어올 거예요. 지금쯤 문간에 와 있는지도 모르죠."

"문간에선 내 말이 들릴 리 없겠지! 헤어턴은 나한테 주고, 넬리는 어서 저녁을 차려. 넬리, 히스클리프는 이 일을 전혀 눈치채지 못했겠지? 아, 히스클리프는 사랑에 빠진다는 게 뭔지 모를 거야."

제가 대답했습니다.

"히스클리프가 이 일을 왜 몰라야 되는지 모르겠네요. 히스클리프가 아가씨를 좋아한다면, 세상에서 제일 불행한 사람이 될 거예요! 아가씨가 린턴 부인이 되면 그는 친구와 사랑 모두를 잃는 셈이니까요! 아가씨는 그와 헤어져서 살아갈 수 있어요?"

"그가 외톨이가 된다고? 우리가 헤어진다고? 아무도 우리를 갈라놓을 수 없어. 내가 살아 있는 한 절대로 그를 버리지 않아! 히스클리프에 대한 내 진심을 안다면 에드거도 이해할 거야. 만약 히스클리프와 결혼한다면 우린 아무것도 갖지 못해. 하지만 에드거와 결혼하면, 히스클리프가 오빠의 손아귀에서 벗어날 수 있도록 도울 수 있어."

"남편의 돈으로요? 에드거 도련님이 그렇게 만만할까요? 그것은 그분의 아내가 되려는 핑계 중 가장 형편없네요."

"그렇지 않아, 그게 가장 큰 이유라고! 말로는 표현하기 어렵지만, 사람들에게는 현재를 넘어서는 삶이 따로 있단 말이야. 내가 살아오면서 가장 중요하게 생각한 것은 히스클리프야. 모든 것이 없어져도 그만 남는다면 나는 살아갈 수 있어. 다른 게 다 남고 그가 사라진다면……. 아아, 상상만으로도 끔찍해. 에드거에 대한 사랑은 숲 속의 나뭇잎과도 같아. 겨울이 오면 나무의 모습이 변하듯이 사랑도 변하겠지. 그러나 히스클리프에 대한 내 사랑은 땅 속 깊이 박혀 있는 바위와 같아. 그는 언제나 내 마음속에 있어. 나 자신으로서 내 마음속에 존재하는 거야."

아가씨가 말을 끊으며 제게 얼굴을 묻자, 저는 억지로 떠밀어 냈습니다.

"전 비밀을 지켜 줄 수가 없어요. 제게 지조 없는 분으로 기억되길 바란다면 모르지만……."

캐시 아가씨가 꼭 약속을 해야 한다고 우기고 있을 때, 조지프가 들어와서 대화가 끊겼습니다. 그런데 몇 시간이 지나도록 히스클리프가 나타나지 않았어요. 저는 아가씨에게 히스클리프가 우리의 대화를 들었을 거라고 귀띔해 주었지요. 그러자 아가씨는 화들짝 놀라 밖으로 뛰쳐나갔습니다. 한참 후, 힘없이 들어오더니 조지프와 제게 그를 찾아내라고 명령했어요.

"히스클리프는 어디 있을까? 오늘 오후에 내가 성질을 부려서 화가 많이 났겠지? 제발 돌아오면 좋겠는데."

저와 조지프는 히스클리프를 찾으러 나갔으나 별 소득이 없었습니다. 여름치고는 지독히도 어두운 밤이었어요. 우리는 자정이 될 때까지 잠을 자지 않은 채 히스클리프가 돌아오기를 기다렸습니다. 저녁 무렵부터 몰아치던 비바람이 더욱더 거세진데다 천둥 번개까지 치기 시작했거든요. 언덕 너머에서 불어오는 폭풍이 어찌나 맹렬하던지 나뭇가지들이 뚝뚝 부러져 나갈 지경이었답니다.

다행히 이십 분쯤 뒤 폭풍이 물러갔습니다. 하지만 폭풍우를 맞으며 대문 옆에서 히스클리프를 기다렸던 캐시 아가씨는 머리와 옷이 흠뻑 젖어 버렸지요. 안으로 들어온 뒤에도 젖은 옷을 고집스레 벗지 않은 채 난롯가에 앉아 밤을 새웠어요.

힌들리 주인님은 몸을 부들부들 떨고 있는 아가씨를 보고 깜짝 놀라 이유를 물었지만, 우리 모두 히스클리프가 없어졌다는 말은 하지 않았답니다. 그 뒤 저는 아가씨를 억지로 방으로 데리고 갔습니다.

그 때 아가씨가 방에서 슬퍼하던 모습은 지금도 잊을 수가 없어요. 혹시라도 미쳐 버린 게 아닐까 싶을 정도였지요. 그래서 조지프에게 급히 의사를 불러오라고 했습니다. 의사는 아가씨를 진찰하더니 정신 분열증의 시초라고 하더군요. 열병에 걸려서 더욱 위험한 상태이니, 창 밖으로 몸을 던지지 않도록 잘 보살피라고 말하곤 떠났습니다.

아가씨는 주위 사람들을 많이 지치게 하면서도 차츰차츰 병을 이겨 나갔습니다. 린턴 마님이 몇 차례 오셔서 이것저것 챙겨 주셨어요. 우리를 꾸짖기도 하셨고요. 그러다가 아가씨의 몸이 회복되기 시작하자, 아예 스러시크로스 저택으로 데려가 버리셨지요. 하지만 그 가여운 마님의 친절은 곧 재앙을 불러오고 말았답니다. 린턴 마님 내외분께 열병이 옮아 며칠 간격으로 세상을 떠났으니까요.

아가씨는 예전보다 더 자존심이 강하고 거친 성격이 되어 워더링 하이츠로 돌아왔어요. 폭풍이 몰아치던 밤 이후 히스클리프의 소식은 들리지 않았고요.

어느 날 저는 아가씨에게 몹시 화가 나는 일이 있어서, 그가 사라진 건 모두 아가씨 탓이라고 말해 버렸습니다. 그 때부터 캐시 아가씨는 몇 달 동안 저에게 말 한 마디 걸지 않았어요. 단순히 하녀 취급만 했지요.

그 무렵엔 의사가 아가씨의 화를 돋워선 안 된다며, 마음대로 하도록 내버려두라고 했답니다. 결국 주인님조차 아가씨가 화를 내다 발작을 일으킬까 봐 두려워서, 무엇이든 요구하는 대로 들어주었지요. 물론 속으로는 아가씨가 린턴 집안으로 시집가서 당신 집안을 빛내 주길 바라고 있어서 그랬을 테지만요.

에드거 도련님은 사랑에 눈이 어두워졌는지, 부모님이 돌아가시고 삼 년이 지나자마자, 캐시 아가씨를 교회로 데려가 결혼식을 올렸습니다. 자신이 세상에서 가장 행복한 사내라고 믿으면서 말이지요.

제 4 장
히스클리프, 돌아오다

　저는 그 때 아가씨를 따라 워더링 하이츠에서 이 집으로 옮겨 왔답니다. 내키지는 않았지만 달리 방법이 없었어요. 헤어턴 도련님이 막 다섯 살이 되어서 글을 가르쳐 주어야 했는데 말이지요.

　캐시 아가씨, 아니 마님은 스러시크로스 저택에 도착하자, 저의 예상보다 훨씬 더 얌전히 생활했습니다. 에드거 주인님을 진심으로 좋아하는 것같이 보일 정도였지요. 시누이에게도 사랑을 듬뿍 주었고요. 에드거 주인님 역시 마님이 조금이라도 불쾌해 할 만한 일이 생길까 봐 극도로 조심을 했어요.

　그래서 반 년 동안은 그리 큰일이 없었답니다. 이따금 마님이 우울해 하면서 말이 없을 때가 있었지만, 주인님은 예전에 앓은 병 때문이라고 생각하며 너그러이 이해를 했지요. 그러다가 마님의 기분이 좋아지면 그분도 금세 명랑한 표정을 지었습니다. 저는 두 분이 날로 깊은 행복에 빠져들고 있다고 믿었어요.

그러나 그 행복도 그리 오래지 않아 끝장이 나고 말았답니다. 9월의 어느 아늑한 저녁이었어요. 저는 안뜰에서 사과를 딴 뒤 바구니에 담아 현관 쪽으로 가고 있었습니다. 안뜰의 높은 담장 위로 달이 떠서 건물 귀퉁이마다 이상한 모양의 그림자를 만들어 내고 있더군요. 현관 앞에 이른 뒤 무심코 달을 올려다보는데, 등뒤에서 갑자기 소리가 났습니다.

"넬리구나, 넬리 맞지?"

이국적인 냄새가 물씬 풍기는 말투였지만, 왠지 모르게 귀에 익었다는 생각이 들었어요. 누군가 하고 뒤를 돌아보니 검은색 양복을 입은 키 큰 신사가 서 있더군요.

'누구일까?'

그 때 달빛이 그의 얼굴을 비추었습니다. 두 뺨은 거무스레했고, 얼굴의 반은 구레나룻으로 덮여 있었습니다. 하지만 저는 그의 움푹 들어간 눈을 단번에 알아보았지요.

"어머나! 돌아온 거야? 정말 너야?"

저는 그가 정말 이 세상 사람이 맞는지 의구심이 들어서 연거푸 물었습니다.

"그래, 히스클리프야."

그가 대답했어요. 그는 저를 바라보다가 불빛 없는 창문을 올려다보며 물었습니다.

"다들 집에 있어? 캐시는 어디 있어? 여기 있는 거야? 어서 말해 봐! 캐시에게 한 마디만 전하고 싶어. 네 안주인 말이야. 얼른 가서 김머턴에서 온 사람이 만나고 싶어한다고 전해 줘."

"너무 뜻밖이야. 정말 히스클리프가 맞아? 너무 많이 변했는데! 군대에 있었던 거야?"

"긴 얘긴 나중에 하고, 얼른 가서 내 말을 전해. 그렇게 할 때까지 난 여기서 꼼짝하지 않을 테니까!"

잠시 후 저는 주인님 내외분이 있는 응접실 앞으로 갔지만, 차마 들어갈 엄두가 나지 않았습니다. 한참 뒤에야 촛불을 켠다는 구실로 문을 열었지요. 그분들은 창가에 앉아 정원을 바라보고 있었는데, 사람도 경치도 참으로 평화로워 보였어요. 그래서 차마 말을 전하지 못하고 망설이다가, 물러나오기 직전에야 마님에게 히스클리프의 말을 전했습니다.

"무슨 일로?"

"물어보지는 않았어요."

"넬리, 커튼을 내리고 차를 가져와. 곧 돌아올게."

마님이 응접실에서 나가자, 주인님은 아무렇지도 않은 듯한 표정으로 누가 온 것이냐고 물었습니다.

"마님이 전혀 예상치 못하는 사람이에요. 언쇼 씨 댁에 살던 히스클리프랍니다."

"뭐야, 그 집시라고! 농장에서 일하던 녀석?"

"이제 그를 그렇게 부르시면 안 됩니다, 주인님. 그가 달아났을 때, 마님이 얼마나 가슴 아파하셨는데요. 마님은 그가 돌아와서 기쁘실 거예요."

아니나 다를까, 곧 마님이 숨을 헐떡이며 층계를 뛰어 올라왔어요.

"아, 에드거, 에드거. 히스클리프가 돌아왔어요!"

마님은 남편의 목을 끌어안으며 소리쳤습니다.

"내 목을 조르진 마시오. 그렇게 미친 듯이 기뻐할 필요는 없을 것 같은데……."

주인님은 약간 짜증 섞인 목소리로 말했어요.

"당신이 그를 좋아하지 않는다는 건 알아요. 하지만 이젠 나를 위해서 두 사람이 친구로 지내야 해요. 히스클리프에게 올라오라고 해도 되겠지요?"

마님은 기쁨을 지그시 누르며 말했어요.

"이 응접실로 말이오? 부엌이 더 적당하지 않겠소?"

주인님은 화가 난 듯이 되물었어요. 마님은 말도 안 된다는 듯한 표정으로 남편의 얼굴을 쳐다보았습니다. 그리고는 노여움 반 비웃음 반이 섞인 목소리로 대꾸했지요.

"안 돼요, 내가 부엌에 앉아 있을 수는 없잖아요. 차라리 다른 방으로 안내하는 것이 어떨까요? 어쨌든 나는 지금 당장 내려가서 손님을 안으로 들이겠어요."

마님이 다시 뛰어나가려 하자 주인님이 제게 말했어요.

"넬리가 나가서 들어오라고 해. 캐서린, 당신이 달아난 하인을 형제처럼 환영하는 모습을 온 집안 식구들에게 구경시킬 필요는 없지 않겠소?"

저는 마님의 눈치를 살피다 조용히 밖으로 나가서 히스클리프를 집 안으로 데려왔습니다. 히스클리프가 문간에 나타나자, 마님은 앞으로 뛰어나와 그의 손을 잡고 남편에게로 이끌었어요. 그리고는 에드거 주인님의 손을 잡아 히스클리프의 손에 대고 눌렀습니다.

그 때서야 저는 환한 불빛 아래서 히스클리프의 모습을 똑똑히 볼 수 있었답니다. 정말이지 깜짝 놀랐어요. 어찌나 훤칠하고 듬직한 신사가 되어 있던지……. 그 옆에 서 있는 주인님은 마치 어린아이 같아 보였지요.

히스클리프의 곧은 자세는 무척이나 의젓해 보였고, 눈빛은 더없이 총명해 보였습니다. 예전의 비천했던 흔적은 모두 사라져 버렸고요. 사나움은 여전히 음울한 빛으로 두 눈 속에 숨어 있었지만, 밖으로 도드라질 정도는 아니었답니다. 거칠디거칠었던 면은 어디론가 사라지고, 몸가짐이 자못 진지하고 준엄해져 있었습니다.

주인님도 저처럼 놀란 눈치였어요. 그를 어떻게 불러야 할지 몰라 잠시 당황하는 듯하기도 했고요. 마침내 주인님이 입을 열었습니다.

"앉으시오, 아내는 내가 당신을 진심으로 환영해야 된다고 했소. 아내를 기쁘게 하는 일이 생겨서 행복하군요."

"저도 그렇습니다. 그러면 두어 시간만 머물도록 하겠습니다."

히스클리프, 아니 이젠 히스클리프 씨라 불러야겠군요. 그는 대답을 한 뒤 마님의 맞은편에 자리를 잡아 앉았어요. 마님은 그가 지난번처럼 홀연히 사라져 버릴까 봐 두려웠는지 한시도 눈을 떼지 못했습니다. 그를 바라볼 때마다 마님의 눈길에서 번져 나오는 기쁨을 히스클리프 씨도 고스란히 느끼는 듯했고요. 하지만 그는 굳이 티를 내지는 않았답니다.

주인님은 그런 그들을 바라보며 얼굴이 창백해졌습니다. 잠시 후, 마님이 자리에서 일어나 히스클리프의 손을 잡고 이렇게 소리쳤어요.

"설마 이게 꿈은 아니겠지? 믿어지지가 않아. 잔인한 히스클리프, 당신은 이런 환영을 받을 자격이 없어. 삼 년 동안이나 소식도 없이 지내다니! 내 생각은 하지도 않은 거지?"

"당신이 나를 생각했던 것보다 훨씬 더 많이 생각했어. 캐시, 얼마 전 당신이 결혼했다는 소식을 듣고 내 심정이 어땠는지 알아? 처음엔 당신 얼굴을 보고 난 뒤, 힌들리에게 복수를 할 생각이었어. 그리고 목숨을 끊을까 했지. 그런데 당신이 이렇게 반겨 주니 그런 생각이 머릿속에서 싹 가시는걸. 다음에 올 때도 지금처럼 대해 주면 좋겠어. 난 정말 힘겹게 살아왔다고. 오직 당신을 위해 발버둥쳤단 말이야! 그러니까 나를 기꺼이 용서해 줘야 해."

"캐서린, 차가 식어요. 어서 식탁 앞으로 와요."

주인님은 그들의 말을 가로막으며 담담한 표정을 지으려고 애썼습니다. 마님이 자리에 앉자마자 이사벨라 아가씨가 들어왔어요. 차 마시는 시간은 겨우 몇 분 만에 끝이 났지요.

히스클리프 씨는 한 시간 정도 더 머물다 자리에서 일어났습니다. 저는 그에게 김머턴으로 가느냐고 물어봤어요.

"아니, 워더링 하이츠로 갈 거야. 아침에 그 곳에 들렀더니 힌들리가 초대를 하더군."

순간 불길한 생각이 머리를 스쳤습니다. 힌들리 주인님이 그를 초대한 것도 그렇고, 그 초대를 받아들인 히스클리프 씨의 심중도 그렇고요. 무언가 나쁜 일이 일어날 것만 같은 생각이 들었거든요.

그 날 밤, 한밤중에 마님이 저를 깨웠어요. 에드거 주인님에게 히스클리프 씨를 칭찬했더니, 몸이 아프다면서 이야기를 들어 주지 않더라나요. 저는 마님에게 가급적이면 주인님 앞에서 히스클리프 씨를 칭찬하는 일 따위는 하지 말라고 당부했습니다. 그리고는 다른 걸 물어봤지요.

"마님, 히스클리프 씨가 워더링 하이츠로 가는 걸 어떻게 생각하세요?"

"나도 그 얘길 듣고 깜짝 놀랐어. 오늘 아침에, 넬리한테 내 소식을 들으려고 워더링 하이츠를 찾아갔던 모양이야. 그 때 마침 오빠가 사람들을 불러놓고 도박을 하고 있었는데, 우연히 히스클리프가 끼어들게 되었다지. 하필이면 오빠가 돈을 꽤 많이 잃은 터라, 히스클리프한테 돈이 많은 것을 알고는 저녁에 다시 와 달라고 부탁했다나 봐. 그는 기꺼이 그러겠다고 했다더군. 나를 가까이서 보기 위해 그러는 거겠지? 나도 이제부터 괴로움을 떨쳐 버리고 지금까지와는 다르게 살아 볼 작정이야. 화도 내지 않고……."

다음 날 마님은 정말로 아주 쾌활해졌습니다. 주인님도 더 이상 화를 내지 않았고요. 며칠 동안은 마치 천국과 같았답니다.

히스클리프 씨는 스러시크로스 저택을 방문할 때, 주인님의 눈치를 살피는 듯했습니다. 마님 역시 그를 만나는 것을 드러내 놓고 기뻐하지는 않았고요. 덕분에 그는 이 저택을 당당히 드나들 수 있게 되었지요. 두 사람이 자신의 감정을 겉으로 드러내지 않은 것이 도움이 되었어요. 주인님이 마음을 놓는 듯이 보였거든요. 하지만 그것도 그리 오래 가진 못했답니다. 오래지 않아 뜻하지 않은 걱정거리가 생겨서 주인님을 괴롭혔으니까요.

뜻하지 않은 걱정거리란, 이사벨라 아가씨가 히스클리프 씨를 좋아하게 된 것이랍니다. 그야말로 예상치 못한 일이었지요. 열여덟 살의 이사벨라 아가씨는 꽤 매력적인 성격을 지녔지만 가끔씩 어린아이같이 철이 없을 때가 있었어요.

이사벨라 아가씨를 무척 아끼고 사랑했던 주인님은 아가씨가 근본도 모르는 사람과 결혼하는 것을 수치라고 여겼습니다. 히스클리프 씨의 겉모습은 분명 예전보다 나아졌지만, 성정만은 변하지 않았다는 것을 알고 있었으니까요. 그 무렵 이사벨라 아가씨는 점점 안색이 나빠지더니, 무언지 모를 불안감마저 내비치기 시작했습니다. 점점 더 성질을 부려서 비위를 맞추기도 힘들었고요.

그러던 어느 날 아가씨가 까탈을 심하게 부리자, 마님은 의사를 부르겠다고 으름장을 놓았어요. 그러자 아가씨는 몸이 아파서 그런 것이 아니라, 마님이 기분을 언짢게 해서 그런 거라고 말하더군요. 마님은 깜짝 놀라서 소리쳤어요.

"어떻게 나한테 그런 말을 할 수가 있어요? 내가 뭘 어쨌다는 건지 말해 봐요."

"어제요."

이사벨라 아가씨는 흐느끼며 대답했어요.

"어제? 무슨 일이 있었는데요?"

"우리가 들판으로 산책 나갔을 때 말이에요. 언니는 히스클리프 씨랑 같이 걸으면서, 나더러는 마음대로 돌아다니라고 했잖아요."

"그게 뭐 어쨌다는 거예요?"

마님은 웃음을 터뜨리며 되물었습니다.

"언니는 내가 그분과 같이 있고 싶어하는 걸 알고 일부러 떼어놓으려 한 거잖아요. 나도 그분이랑 같이 있고 싶었단 말이에요. 이젠 물러나지 않을 거예요! 언니는 정말 이기적인 사람이에요. 혼자서만 사랑받고 싶어하잖아요."

"내가 지금 잘못 들은 거죠, 아가씨? 아가씨는 히스클리프를 좋아해선 안 돼요."

"왜 안 된다는 거죠? 난 언니가 오빠를 사랑하는 것보다 훨씬 더 많이 그를 사랑해요. 언니만 내버려둔다면 그분도 날 사랑할 거라고요!"

"아가씨는 그의 성품을 모르기 때문에 그런 꿈을 꾸는 거예요. 그가 겉으로는 차가워 보여도 마음속은 그렇지 않을 거라고 생각하는 거죠? 제발 그런 착각일랑 버려요. 그는 몹시 사나운 데다 동정심도 없을 뿐더러 잔인하기까지 해요. 절대로 린턴 집안 사람을 사랑할 리가 없다고요. 하지만 돈 때문에 아가씨와 결혼할 수는 있겠죠. 충분히 그럴 수 있는 사람이거든요. 그리고 무엇보다 중요한 것은 히스클리프가 내 친구란 사실이에요. 아가씨가 덫에 걸리는 걸 뻔히 보면서도 내가 모른 척할 수 있을 만큼 우리는 친한 사이란 말이지요.”

마님의 말에 이사벨라 아가씨는 분노를 감추지 못하며 소리쳤어요.

“창피한 줄 알아요, 창피한 줄 알라고요! 언니는 원수보다 더 나빠요. 그에게 해를 끼치는 친구니까요!”

마님은 이사벨라 아가씨를 더 이상 설득하지 않고 방에서 나가 버렸습니다. 아가씨는 흐느끼고 있었고요. 제가 끼어들었습니다.

“그를 마음에서 지우세요. 아가씨의 짝이 될 만한 사람이 아니에요. 마님의 말씀이 좀 지나치기는 해도 틀렸다고 할 수는 없어요. 마님은 누구보다 그 사람을 잘 알고 있으니까요. 정직한 사람들은 자기가 한 일을 숨기지 않는 법이죠. 그가 그 동안 어떻게 살아왔는지, 그가 어떻게 부자가 됐는지 생각해 본 적 있어요? 그가 왜 죽도록 미워하는 힌들리 주인님의 집에 머물고 있을까요? 그가 온 뒤로 힌들리 주인님의 행실이 더 나빠졌다고들 해요. 그들은 밤새도록 노름을 하고 술을 마시지요. 힌들리 주인님은 그에게 계속 돈을 빌리고 있고요.”

“너도 다른 사람들처럼 못됐어. 네 말은 듣고 싶지 않아.”

이사벨라 아가씨가 쏘아붙였어요.

다음 날 주인님은 이웃 마을에 일을 보러 가셨습니다. 히스클리프 씨는 그걸 알고 평소보다 일찍 찾아왔더군요. 마님과 이사벨라 아가씨는 말없이 서재에 앉아 있었어요. 아가씨는 자신의 은밀한 감정을 드러내 버린 것을 후회하고 있었고, 마님은 시누이를 괘씸하게 여기고 있었지요. 아가씨가 주제넘은 짓을 하고 있다고 생각했으니까요.

그 때 히스클리프 씨가 창문 옆으로 지나가는 것을 본 마님이 혼자서 웃음을 지었습니다. 이사벨라 아가씨는 독서에 열중하고 있어서 그가 오는 기척을 미처 알아차리지 못했고요.

"히스클리프, 어서 들어와요!"

마님은 쾌활한 목소리로 말하더니, 의자를 난롯가로 끌어당기며 이렇게 덧붙였어요.

"그렇지 않아도 우리 둘 사이의 얼음을 녹여 줄 사람이 필요했어요. 당신이 그렇게 해 줄 수 있을 것 같군요. 히스클리프, 당신을 나보다 더 많이 좋아하는 사람이 있다는 걸 알리게 되어 뿌듯하네요. 가엾게도 내 시누이가 당신 때문에 마음이 무너져 내린다고 하는군요! 이 집 주인의 매제가 되는 것은 이제 당신의 선택에 달렸어요."

순간 이사벨라 아가씨가 몸을 일으켜 달아나려 하자, 마님이 손목을 꽉 움켜잡았어요. 하지만 히스클리프 씨는 조금도 관심을 보이지 않았습니다. 이사벨라 아가씨는 손목을 놓아 달라고 애원했고요. 그러자 마님이 대꾸했어요.

"그러면 안 되지! 난 두 번 다시 이기적인 사람이라는 말을 듣고 싶지 않아요. 히스클리프, 그런 고백을 듣고도 왜 기쁜 표정이 아니죠?"

히스클리프 씨는 두 사람 쪽으로 의자를 돌리더니 이렇게 말했어요.

"이사벨라는 나와 함께 있는 걸 피하고 싶어하는 것 같은데?"

그러고 나서 호기심 어린 눈으로 아가씨를 뚫어지게 바라보았습니다. 가엾게도 아가씨는 그 눈길을 참을 수 없어 했지요. 얼굴이 빨개지더니 이내 속눈썹에 눈물이 맺혔답니다. 그런데도 마님이 손목을 놓아 주지 않자, 놓여나기 위해 마님의 손을 손톱으로 꼬집기 시작했습니다. 그제야 마님이 손목을 풀어 주었지요. 아가씨는 황급히 문을 열고 밖으로 달려나갔고요.

히스클리프 씨가 물었습니다.

"무슨 생각으로 그 아가씨를 그렇게 긁힌 거야? 설마 당신 말이 사실은 아니겠지?"

"사실이야. 아가씨는 몇 주일 동안 당신 생각에만 빠져 있어. 내가 당신의 결점을 이야기해 주어도 전혀 듣질 않아."

"나는 이사벨라를 좋아하지 않아. 에드거를 너무 많이 닮았어. 아참, 그 아가씨가 오빠의 상속인이지, 그렇지?"

"에드거와 나 사이에 아이들이 많이 태어나서 아가씨의 상속

권이 없어지도록 빌어 줘. 아, 아니야. 지금은 그런 생각일랑 아예 하지 않는 것이 좋겠어. 그런 게 아니라도 당신은 다른 사람의 재산을 지나치게 탐내니까. 그리고 워더링 하이츠의 재산은 내 것이라는 사실을 잊지 않았으면 좋겠어."

"물론이지. 설사 이 집이 내 소유가 된다 해도 전부 당신 것이니 걱정할 것 없어."

두 사람의 이야기는 거기에서 그쳤지만, 히스클리프 씨는 마님이 방을 나간 뒤에도 그에 관한 생각을 떨쳐 버리지 못하는 듯했습니다.

저는 무슨 수를 써서라도, 워더링 하이츠와 스러시크로스 저택이 히스클리프 씨한테서 놓여나길 바랐습니다. 그가 돌아오기 전의 상태로 돌아가기를요. 히스클리프 씨의 방문은 사실 제게 악몽과도 같았거든요. 주인님도 마찬가지였을 겁니다. 그가 워더링 하이츠에 머무르고 있다는 사실 자체가 말할 수 없는 압박감으로 작용했을 테니까요.

힌들리 주인님을 찾아가서, 현재 벌어지고 있는 일을 경고 삼아 알려 줄까 하는 생각도 해 보았습니다. 하지만 그분의 나쁜 행실을 떠올리면 모두 다 소용없는 짓이란 생각이 들어서 망설여지곤 했지요.

한번은 김머턴으로 가는 길에 워더링 하이츠 부근을 지나게 되었답니다. 화창한 가을날 오후였는데, 햇볕이 여름날같이 따가웠어요. 저는 들판으로 가다가 짐짓 워더링 하이츠로 접어드는 길목 쪽으로 가 보았어요. 이정표 구실을 하는 기둥 모양의 돌이 서 있는 곳이지요. 옛날에 저와 힌들리 주인님이 즐겨 놀았던 곳이랍니다. 허리를 굽히고 살펴보니, 돌 밑에 나 있는 구멍에는 아직도 달팽이 껍질과 조약돌이 가득 들어 있더군요. 그 순간, 마른 잔디 위에 앉아 놀던 어린 시절의 친구가 눈에 선하게 떠올랐답니다.

"불쌍한 힌들리 주인님."

순간 저도 모르게 소리쳐 부르고 말았어요. 그러자 어릴 적의 힌들리 도련님이 얼굴을 쳐들고 저를 바라보는 게 아니겠어요? 저는 그리움을 이기지 못하고 그만 그 집으로 달음질쳐 가고 말았답니다.

대문 앞에 다다르니 조금 전에 본 그 환영이 저를 기다리고 있었어요. 자세히 보니 힌들리 도련님이 아니라 헤어턴 도련님이었지만요. 열 달 전 제가 두고 갈 때와 크게 변하지 않았더군요.

"아이고, 도련님! 넬리예요, 도련님을 돌보던 넬리라고요."

제가 소리치자 헤어턴 도련님은 뒤로 성큼 물러서더니 커다란 돌멩이를 집어 들었어요. 저를 알아보지 못하더군요. 제가 달래 보려고 다시 말을 건네 보았지만 도련님의 손길을 막지는 못했답니다. 결국 도련님이 던진 돌에 맞고 말았지요.

도련님의 입에서 한바탕 욕설이 터져 나오더니, 그 어린 얼굴에 이내 악마 같은 표정이 어렸습니다. 화가 나기보다는 슬픔이 눈앞을 가리더군요. 저는 흐느끼면서 주머니에서 오렌지 한 알을 꺼내어 내밀었어요. 도련님은 머뭇대다가 그 오렌지를 얼른 빼앗아 들었습니다. 저는 일부러 또 한 알을 꺼내어 도련님의 손이 닿지 않게 높이 쳐들어 보였어요.

"그런 말은 누구한테 배웠어요, 도련님?"

"그거나 이리 줘."

"공부는 어떻게 하고 있는지 말해 주면 이걸 드리지요. 선생님은 어떤 분이세요?"

"악마 같은 아빠지, 누군 누구야?"

"그분한테서 뭘 배우는데요?"

저는 계속해서 물었어요. 도련님이 오렌지를 잡으려고 달려들었지만 저는 손을 더욱 높이 쳐들었습니다.

"아무것도 안 배워. 앞에서 얼쩡대지 말라는 것밖에. 내가 아빠한테 욕을 퍼부어 주면 참을 수 없어 하지만."

"세상에, 어느 악마가 아빠한테 욕을 하라고 가르치던가요? 도대체 누구예요?"

"히스클리프 아저씨."

저는 도련님에게 히스클리프 씨가 좋으냐고 물었습니다.

"응."

"히스클리프 씨가 왜 좋은 거죠?"

"나도 몰라. 아빠가 나를 야단칠 때마다 그 아저씨가 아빠를 혼내 줘. 아빠가 내게 욕을 하면 나 대신 아빠에게 욕을 해 주기도 하고……. 아저씨는 무슨 일이든 내 멋대로 하래."

"그런데 왜 선생님한테 글을 배우지 않아요?"

"선생님이 한 명 있기는 했는데, 히스클리프 아저씨가 쫓아내 버렸어. 또다시 오면 이를 부러뜨려 놓겠다고 했거든."

저는 도련님 손에 오렌지를 쥐어 주고는, 아버지한테 넬리 딘이라는 아줌마가 만나러 왔다고 전해 달라고 했습니다. 그런데 얼마 후, 정작 문간에 나타난 사람은 힌들리 주인님이 아니라 히스클리프 씨였어요. 저는 곧장 몸을 돌려 왔던 길로 내달았답니다. 마치 악령을 본 것처럼 무서웠거든요.

그 후로 저는 히스클리프 씨를 더욱더 경계하게 되었습니다. 며칠 후 히스클리프 씨가 스러시크로스 저택에 찾아왔을 때, 이사벨라 아가씨는 정원에서 비둘기에게 모이를 주고 있었어요. 평소에 그는 아가씨에게 좀체 관심을 보이지 않았는데, 이번에는 좀 달랐답니다. 아가씨를 발견하자 집 쪽을 흘끗 올려다보더니, 곧장 아가씨에게 다가가 힘껏 껴안았습니다. 그것을 보고 저도 모르게 입에서 욕이 튀어나왔지요.

"위선자, 사기꾼 같으니!"

"누가 그렇다는 거야, 넬리?"

그 때 바로 뒤에서 마님의 목소리가 들렸어요.

"누구긴 누구겠어요? 마님의 형편없는 친구 말이지요! 저 사람이 대체 무슨 염치로 이사벨라 아가씨의 몸에 손을 대는 걸까요? 마님께는 분명히 아가씨가 싫다고 했으면서요."

마님은 곧장 안뜰 쪽으로 고개를 돌렸습니다. 그 순간 이사벨라 아가씨가 히스클리프 씨의 품을 벗어나 건너편으로 뛰어가는 모습이 보였어요. 그리고 잠시 뒤, 히스클리프 씨가 부엌 문을 열었습니다.

"히스클리프, 무슨 짓을 한 거지? 이사벨라를 내버려두라고 했잖아."

마님이 소리쳤어요.

"당신이랑 무슨 상관이지? 그녀가 원할 경우, 내겐 입맞춤을 할 권리가 충분히 있지만 당신에겐 그것을 반대할 권리가 없어. 난 당신 남편이 아니잖아. 당신한테 질투할 자격이 없다는 걸 몰라? 캐서린, 분명히 말해 두겠는데……. 지난날 당신이 내게 얼마나 지독하게 굴었는지 잊지 않았으면 해. 내가 당신한테 복수하지 않고 그냥 넘어갈 거라고 생각했다면 큰 오산이야. 어쨌건 이사벨라의 비밀스런 마음을 말해 준 것은 진심으로 고맙게 생각해. 그걸 최대한 이용할 작정이야. 절대로 방해하지 마."

"내가 당신한테 지독하게 굴었다고? 뭐, 복수를 하겠다고?"

마님은 놀란 마음을 감추지 못한 채 소리쳤어요. 히스클리프는 좀 누그러진 목소리로 말했습니다.

"아니야, 당신한테 복수할 마음은 없어. 죽을 때까지 당신은 날 마음대로 갖고 놀아도 좋아. 다만 날 모욕하지는 말아 줘. 내 앞에서 우쭐대지 말란 말이야. 내가 이사벨라와 결혼하고 싶어 한다는 생각도 버렸으면 좋겠고……."

"당신은 사탄과도 같아. 사람들이 고통받는 게 재미있는 거지? 이제 에드거도 불편한 심기가 가라앉고, 나도 안정적으로 생활하는 듯하니까 싸움을 일으키고 싶은 거야. 그래, 원한다면 에드거랑 실컷 싸우고 그의 누이를 속여 봐. 그것이 바로 나한테 복수하는 가장 멋진 방법일 테니까."

대화는 여기서 끝났어요. 난롯가에 앉아 있던 마님의 얼굴에 그늘이 드리워졌습니다. 히스클리프 씨는 팔짱을 끼고 그 옆에 서서 사악한 생각에 잠기는 듯했고요. 저는 그들을 남겨 둔 채 주인님을 만나기 위해 방으로 들어갔습니다.

제가 들어가자 주인님이 물었어요.

"마님은 어디 있나?"

"부엌에 계십니다, 주인님. 마님은 히스클리프 씨의 지나친 행동 때문에 몹시 화가 나셨어요. 그가 찾아오는 것에 대해 심각하게 생각해 볼 때가 되었어요."

그리고 조금 전에 일어난 일을 그대로 말씀드렸지요.

"도저히 참을 수가 없군! 넬리, 하인들 중에서 두 녀석을 불러와. 캐서린이 그 비열한 놈과 계속해서 말다툼을 하게 내버려둘 수는 없어."

주인님은 하인들을 복도에 대기시켜 놓은 뒤 저를 데리고 부엌으로 들어갔습니다. 마님과 히스클리프 씨는 한창 말다툼을 벌이고 있었지요. 그들은 주인님을 보더니 이내 입을 다물더군요. 이윽고 주인님이 말했습니다.

"지금까지는 당신의 무례를 꾹 참아 왔소. 당신을 이 집에 들이도록 허락한 것이 나였으니까. 어리석게도 캐서린이 당신과 계속 교제를 하고 싶어하기에 잠자코 있었소. 그런데 당신이 나타나기만 하면 제아무리 착한 사람도 악에 물들어 버리는 것 같소. 우리에게 더 나쁜 일이 생기지 않도록 하기 위해 당신의 출입을 금하겠소. 지금 당장 나가시오."

히스클리프 씨는 경멸하는 듯한 눈초리로 주인님의 얼굴을 뚫어져라 바라보았습니다.

"캐시, 당신의 양께서 황소처럼 위협을 하는군그래! 에드거, 자네의 면상을 주먹으로 흠씬 패 주고 싶지만 그럴 만한 가치가 없다는 것이 유감스러울 뿐이야."

주인님은 곧 저에게 하인들을 데려오라는 신호를 보냈어요. 마침 마님이 재빨리 눈치를 채고는 저의 팔을 끌어당기며 안쪽 문을 잠가 버렸지요. 그리고 주인님께 소리쳤습니다.

"비열하군요! 당신이 직접 달려들어 싸울 용기가 없다면 흠씬 두들겨 맞든가 미안하다고 사과를 하든가 둘 중 하나를 택해요."

주인님이 열쇠를 빼앗으려 하자, 마님은 활활 타오르는 난롯불 속에다 휙 던져 넣었어요. 그것을 본 주인님은 얼굴이 시체처럼 새하얗게 변하더니 힘없이 의자에 주저앉았습니다. 그리고는 두 손으로 얼굴을 감싸더군요.

히스클리프 씨가 말했습니다.

"축하해, 캐시! 당신이 나를 버리고 선택한 자가 바로 이 겁쟁이 아니던가? 이런 상황에서 벌벌 떨다니! 대체 지금 흐느끼는 건가, 아니면 겁이 나서 기절이라도 하려는 참인가?"

그러자 주인님이 자리에서 벌떡 일어나 그의 목을 세차게 갈겼습니다. 그리고는 뒷문을 통해 뜰로 나가 버렸지요. 마님이 그것을 보고 소리쳤어요.

"어떡해! 이제 다시는 여길 못 오게 됐잖아. 그만 가, 그이는 이제 곧 총을 갖고 올 거야. 우리 말을 엿들었다면 당신을 절대로 용서하지 않을걸. 당신이 너무 못되게 굴렸어. 히스클리프! 가, 어서 빨리!"

"내가 그 따위 녀석한테 얻어맞고 그냥 갈 거라고 생각해? 이대로는 절대로 못 가!"

그 때 정원사 두 명과 마차꾼이 주인님과 함께 정원으로 들어서는 것이 보였어요. 히스클리프 씨는 잠시 생각에 잠기더니, 하인 셋과 맞서는 것은 일단 피하는 것이 좋겠다고 판단했는지, 그들이 안으로 들어서기 전에 후다닥 달아나 버리더군요. 몹시 흥분한 마님은 소파에 몸을 던지면서 이렇게 소리쳤습니다.

"난 지금 미칠 것 같아. 머리가 터질 것 같다고. 이사벨라한테 당분간 날 피하라고 해 줘. 이 모든 일이 그 애 때문에 벌어진 거니까. 그리고 넬리, 에드거한테도 전해 줘. 내가 중병을 앓게 생겼다고…… 정말 많이 아팠으면 좋겠어. 그이를 괴롭히고 싶어. 어쩌면 내게로 와서 불평을 잔뜩 늘어놓을지도 모르지. 나는 말대꾸를 할 거고…… 그러면 우리는 어떻게 될지 몰라! 그러니까 그냥 아프다고만 해 줘. 이번 일이 내 잘못이 아니라는 건 넬리도 알지? 히스클리프와 내가 친구로 지내는 걸 에드거가 질투하고 시기한다면 난 애를 태우다 죽고 말 거야."

저는 마님이 마음을 진정시킬 수 있는데도 일부러 엄살을 떤다고 생각했습니다. 마님의 비위를 맞추느라 주인님을 일부러 괴롭히고 싶지 않았지요. 그래서 주인님이 돌아온 뒤에도 아무말을 하지 않았어요. 대신 두 분이 또다시 다투지나 않을까 염려가 되어 방 안을 틈틈이 엿보기는 했지요.

주인님이 차분하게 가라앉은 목소리로 말했어요.

"그대로 있어, 캐서린. 곧 나갈 테니까. 다만 한 가지 물어볼 게 있소. 이다음에도 히스클리프와 가까이 지낼 작정이오?"

"아아, 제발! 그 이야기는 그만해요! 당신의 차가운 피는 어떻게 해도 열이 나지 않는지 모르지만, 내 피는 펄펄 끓어오른단 말이에요!"

마님이 발을 구르면서 쏘아붙이자, 주인님이 다시 말했어요.

"나를 이 방에서 내보내고 싶다면 질문에 얼른 답해 주오. 당신의 끓는 피는 조금도 겁나지 않소. 당신이 원하면 얼마든지 차분해질 수 있는 거니까. 한쪽을 택하시오. 히스클리프요, 나요?"

"난 혼자 있고 싶어요. 날 가만히 내버려두라고요!"

마님은 화를 내며 종을 마구 흔들었습니다. 종을 어찌나 세게 흔들었는지 쨍그랑 하고 깨져 버리더군요. 저는 바깥에서 모든 걸 다 듣고 있었지만, 짐짓 방 안으로 들어가지 않았어요. 마님은 성이 나면 옆에 있는 사람까지 열이 나게 만들거든요. 결국 아무도 나타나지 않자, 마님은 누운 채로 의자 팔걸이에 머리를 짓찧기 시작했어요. 주인님은 겁먹은 얼굴로 한동안 지켜보더니, 제게 물을 가져오라고 소리쳤습니다.

잠시 후 제가 물을 가지고 안으로 들어갔지만 마님은 한사코 마시려 하지 않았어요. 저는 손에 물을 묻혀 마님의 얼굴에 흩뿌렸습니다. 몇 초 뒤 마님의 몸이 뻣뻣하게 굳어지는가 싶더니 죽은 사람처럼 뺨이 하얘지더군요. 주인님 역시 겁에 질려 얼굴이 하얗게 변했고요.

"아무 일도 없을 거예요."

제가 주인님에게 속삭였습니다. 저도 겁이 나긴 했지만 이 정도에서 주인님이 물러서는 게 싫었거든요. 저는 마님이 일부러 발작을 일으켜서 주인님을 겁주는 거라고 생각했습니다. 실제로 마님은 제 말을 알아들을 만큼 멀쩡했으니까요. 제 말이 끝나기도 전에 자리에서 벌떡 일어나더니, 두 눈을 번뜩이며 방에서 뛰쳐나갔답니다.

그 뒤로 사흘 동안 마님은 방 안에 틀어박힌 채 아무것도 먹지 않았어요. 그 동안 주인님은 서재에서 지냈는데, 마님에 대해서는 한 마디도 묻지 않았지요. 다만 이사벨라 아가씨와 한 시간쯤 대화를 나누면서, 히스클리프 씨에게 마음을 줄 정도로 미쳐 있다면 남매의 인연을 끊어 버리는 편이 낫다고 경고했습니다.

제 5 장
잘못된 만남

이사벨라 아가씨는 날마다 정원을 떠돌며 혼자서 눈물지었습니다. 주인님은 평소에 좋아하지도 않던 책 속에 파묻혀서 꼼짝도 하지 않았고요. 아마도 마님이 잘못했다고 용서를 빌러 올 거라는 희망을 품고 있었던 것 같아요.

그러나 마님 역시 완강했습니다. 계속해서 음식을 거부했거든요. 이런 식으로 연일 식탁에 나타나지 않으면 주인님이 무릎을 꿇을 거라고 생각했겠지요. 저는 다른 때보다 더 열심히 일했어요. 이 집에서 정신이 멀쩡한 사람은 저뿐이었으니까요.

사흘째 되던 날, 마님은 지치고 창백한 모습으로 안방 문을 열었어요. 물병이 비었으니 채워 달라고 하더군요. 굶어죽게 생겼으니 먹을 것도 갖다 달라고 했고요. 저는 버터를 바르지 않은 빵과 차를 가지고 마님의 방으로 갔습니다.

마님은 며칠 동안 굶어서 그런지 음식을 보자마자 허겁지겁 입 안으로 밀어 넣었어요. 그러더니 갑자기 무서운 얼굴로 이렇게 묻더군요.

"그 무정한 사람은 뭘 하고 있지?"

"그 무정한 사람이 주인님을 뜻하는 건가요? 그렇다면 잘 지내신다고 말씀드리고 싶군요. 책 속에 푹 파묻힌 채 말이지요."

물론 마님의 건강 상태를 제대로 알았더라면 그렇게 말하진 않았을 거예요. 그 때까지만 해도 저는 마님이 꾀병을 부린다고 생각했거든요.

"책 속에 푹 파묻혀 있다고? 나는 무덤 앞까지 와 있는데! 세상에, 그이는 내가 얼마나 깊이 병들어 있는지 알기나 할까?"

마님은 맞은편 벽에 걸린 거울을 들여다보며 계속해서 말했어요.

"그이에게 진실을 말해 줘, 넬리. 그가 조금이라도 인정이 있다면, 내가 이렇게 죽어 가고 있는데 한가로이 책이나 읽고 있을 순 없겠지."

마님은 주인님이 당신에게 관심을 갖지 않고 있다는 사실에 몹시 화가 난 듯했어요. 몸을 이리저리 뒤척이더니 열에 들떠서 미친 듯이 베개를 물어뜯었지요. 그러다가 벌떡 일어나서는 창문을 열라고 고래고래 소리치더군요. 한겨울이라 날씨가 몹시 차가웠기 때문에 저는 말을 듣지 않았어요.

그런데 마님의 표정을 가만히 보고 있노라니 속으로 걱정이 되기 시작했습니다. 어렸을 적에 병을 앓았던 일이 떠오르면서, 마님의 성미를 건드리지 말라던 의사의 당부가 생각났지요. 마님은 이로 베갯잇을 물어뜯더니, 깃털이 새어 나오자 이불 위에 이리저리 흩어 놓고는 어린애처럼 좋아하더군요. 그리고는 엉뚱한 말을 계속해서 중얼거렸습니다.

보다 못해 제가 말했어요.

"마님, 침대에 누우세요. 주무시고 나면 마음이 좀 가라앉을 거예요."

저는 날아다니는 깃털을 모으기 위해 방 안을 이리저리 돌아다녔습니다. 마님은 거울에 비친 자신의 얼굴을 보고는 유령이라고 소리치며 무서워하더군요. 거울 속의 얼굴은 유령이 아니라 마님이라고 연거푸 말하자, 그제야 안정을 찾은 듯 편안한 표정을 지었지요.

얼마 후, 마님이 한숨을 내쉬며 말했어요.

"워더링 하이츠에 있는 내 방으로 착각했어. 아, 우리 집 침대에 누워 있으면 정말 좋을 텐데! 창 밖에 서 있는 나무들 사이로 불어오는 바람을 느끼고 싶어."

저는 마님의 마음을 진정시키기 위해 잠시 동안 창문을 열어

두었습니다. 얼음같이 차가운 바람이 들이쳐서 이내 닫기는 했지만요. 한동안 조용히 누워 있던 마님이 불쑥 물었어요.

"내가 여기 처박혀 있은 지 얼마나 됐지?"

"사흘 낮 사흘 밤요. 이제 그만하면 충분해요."

"더 오래된 것 같은데. 그들이 싸운 뒤에 에드거와 말다툼을 한 것은 기억이 나. 그러다 눈앞이 캄캄해졌고……. 나는 방바닥에 쓰러졌지. 나를 계속 화나게 하면 발작을 일으킬 수밖에 없다는 것을 에드거한테 설명할 길이 없었어. 그리고 자꾸만 옛날 생각이 나면서 정신이 가물가물해진 듯해. 아, 왜 또 열이 나는 거지? 다시 창문을 활짝 열어."

제가 말리기도 전에 마님은 비틀거리며 창가로 가더니 창문을 활짝 열었습니다. 칼바람에도 아랑곳하지 않고 몸을 밖으로 내밀었지요. 제가 아무리 사정을 해도 소용이 없었어요. 억지로 침대로 데려가 보려고도 했지만, 열에 들떠 제정신이 아닌 탓에 저보다 힘이 세어서 당해 낼 수가 없었답니다.

그 때 주인님이 들어왔어요. 눈앞에 펼쳐진 광경에 놀라 몹시 당혹스러워하더군요. 저는 주인님에게 애원하듯이 말했습니다.

"아, 주인님! 마님께서 많이 편찮으세요. 이리 오셔서 침대에 누우시라고 설득해 주세요."

"캐서린이 아프다고? 어서 창문을 닫아, 넬리!"

주인님이 서둘러 다가오며 소리쳤어요. 마님의 초췌한 모습을 보고는 몹시 걱정스런 표정을 짓더군요.

"마님이 많이 앓으셨어요. 이렇게 많이 편찮으신 줄 모르고 미처 주인님께 알리지 못했습니다. 하지만 별일은 없었어요."

참으로 어색한 변명이었죠. 주인님은 아주 불쾌한 표정을 지어 보이더니, 매우 괴로운 듯한 얼굴로 마님을 품에 안았어요. 마님은 한동안 주인님을 알아보지 못하는 듯했습니다. 그러다 정신을 차리자, 주인님을 알아보고는 화가 나서 쏘아붙였지요.

"당신이 왔군요, 에드거. 필요할 땐 눈에 안 보이더니……. 당신은 곧 후회할 거예요. 내가 무덤으로 가는 것을 막을 수 없을 테니까."

"캐서린, 당신에게 난 이제 아무것도 아니오? 당신이 사랑하는 사람은 그 못된 히스……?"

"당신이 그 이름을 입에 담으면, 난 지금 당장 저 창문으로 뛰어내려 모든 걸 끝내겠어요! 당신이 필요한 때는 지났어요. 당신은 이제 책 더미로 돌아가세요. 내 마음속에서 당신은 모두 사라져 버렸다고요."

"마님은 지금 정신이 오락가락하십니다, 주인님. 저녁 내내 헛소리만 하셨어요. 마님의 기분을 언짢게 하지 않는 것이 좋을 듯합니다."

"네 충고는 더 이상 듣고 싶지 않아. 마님의 성격을 뻔히 알면서도 내가 엇나가게 부추겼지. 마님이 이렇게 많이 아픈데도 알려 주지도 않고!"

순간 모든 일이 저 때문에 틀어진 것처럼 돼 버리더군요. 마님은 마구 몸부림을 치기 시작했어요. 저는 더 이상 그 자리에 머물러 있기가 힘겨워서, 의사를 부르러 가기 위해 밖으로 나왔습니다.

정원을 가로질러 가는데, 담장 옆에 있던 이사벨라 아가씨의 개가 수건에 목이 졸려 죽어 가고 있는 것이 보이더군요. 깜짝 놀라 개의 목에서 수건을 풀어 주는 순간, 멀리서 말 달리는 소리가 들려왔어요. 하지만 마음이 워낙 복잡했던 터라, 그런 일에까지 신경을 쓰고 싶지가 않았지요.

짐짓 모른 체하고 길가로 나서다가, 마침 마을에 왕진을 나온 의사 케네스 씨와 마주치게 되었습니다. 마님이 많이 편찮으시다고 하자, 그가 집 쪽으로 서둘러 걸어가면서 말했어요.

"넬리, 무언가 특별한 이유가 있을 거라고 생각되네. 대체 무슨 일 때문에 그러는가?"

"주인님이 말씀하실 테지만, 언쇼 집안 사람들의 난폭한 성격은 선생님도 잘 아시잖아요. 말다툼 끝에 마님이 발작을 일으키셨는데, 그 뒤로 정신이 이상해지신 것 같아요."

"내 경고를 무시해서 이런 일이 일어났으니 그 집안 사람들이 감수해야지."

말을 마친 케네스 씨는 이것저것 캐묻다가, 갑자기 히스클리프 씨가 이사벨라 아가씨를 꼬드겨서 몰래 도망치자고 했다는 소문을 들었노라고 했습니다. 주인님이 이사벨라 아가씨를 각별히 잘 보살펴야겠다고요.

케네스 씨와 이야기를 나누다 보니 마음이 더 심란해지더군요. 그래서 짐짓 그보다 몇 걸음 앞서 집으로 돌아왔습니다. 혹시나 하는 마음으로 이사벨라 아가씨의 방에 올라가 보니 정말로 텅 비어 있었어요. 그렇지만 마님의 병 때문에 힘들어하는 주인님에게 차마 이사벨라 아가씨의 문제까지 말씀드릴 수는 없었지요.

캐서린 마님은 다행히 잠이 들어 있었습니다. 곧 도착한 케네스 씨는 진찰을 마친 뒤, 주위 사람들이 안정을 취하도록 도와주면 곧 나을 수 있다고 말했습니다. 그리고 제게는 생명을 잃지는 않겠지만 정신이 다시 이상해질 수 있다고 했고요.

그 날 밤 주인님과 저는 한숨도 자지 못했습니다. 다음 날 날이 밝자, 하인들도 눈치가 보였는지 평소보다 일찍 일어나 일을 하기 시작했어요. 이사벨라 아가씨 빼고는 모두가 부산하게 움직였지요. 아가씨 혼자만 늦잠을 잔다고 몇몇이 투덜거리긴 했지만요.

주인님 생각에도 이사벨라 아가씨가 너무한다는 생각이 들었는지, 아직도 일어나지 않았느냐고 제게 물었습니다. 올케가 아픈데도 전혀 걱정을 하지 않는다는 사실에 마음이 상한 것 같았어요. 하지만 뭐라고 대답해야 좋을지 몰라 우물쭈물하고 있을 때, 철없는 하녀 한 명이 소리를 지르며 계단을 뛰어 올라왔습니다.

"세상에, 이 일을 어떡해! 주인님, 주인님! 아가씨께서……."

"목소리를 낮춰!"

제가 주의를 주었습니다.

"아, 아가씨가 집을 나가셨어요! 히스클리프 씨와 함께 달아났대요!"

"그럴 리가 없어. 어떻게 그런 일이! 똑바로 말해 봐!"

주인님이 당황해서 소리쳤습니다.

하녀는 마을에 갔다가 우연히 우유 배달하는 청년을 만났다고 하더군요. 그 청년의 말에 따르면, 어제 자정 직후 히스클리프 씨와 이사벨라 아가씨가 김머턴에서 삼 킬로미터쯤 떨어진 대장간에 말편자를 고치기 위해 들렀다는 것입니다.

"아가씨를 모시고 와야 될까요? 어떻게 해야 하나요?"

제가 모른 척하고 물었습니다.

"그 아이는 제 뜻대로 나갔어. 더는 그 애 때문에 날 괴롭히지 말아 주게. 앞으로 그 아이는 이름만 내 누이일 뿐이야."

주인님은 더 이상 아무 말씀도 하지 않았어요. 나중에 어디 있는지 알게 되면, 집에 있는 아가씨 물건들을 모두 보내 주라고만 했답니다.

달아난 두 사람의 소식은 한 달이 지나도록 듣지를 못했습니다. 그 한 달간 마님은 뇌막염을 앓다가 최악의 상황에 이르렀지만 다행히 목숨은 건졌답니다. 주인님은 마님이 아무리 짜증을 내고 귀찮게 굴어도 묵묵히 참으며 정성을 다해 보살폈어요. 그 바람에 주인님의 건강이 몹시 나빠졌지요. 케네스 씨는 마님의 건강이 회복된다 해도 예전 같을 수는 없을 테니, 또 다른 걱정거리를 만들어선 안 된다고 당부했습니다.

마님이 다시 방에서 나온 것은 이듬해 3월 초였어요. 그 날 아침 주인님이 베갯머리에 금빛 크로커스를 한 묶음 갖다 놓았지요. 마님은 잠에서 깨어나 그 화려한 빛깔의 꽃을 보더니, 금세 얼굴이 환해지더군요.

"워더링 하이츠에서 맨 먼저 피는 꽃이에요. 이걸 보니 부드러운 바람과 따스한 햇살, 눈 녹은 언덕이 생각나요. 에드거, 아직 눈이 다 녹지 않았나요?"

마님이 말했어요.

"눈은 이미 다 녹아 버렸어. 캐서린, 지난봄 이맘때는 어떻게 하면 당신을 이 집으로 데려올 수 있을까 고민했는데, 지금은 당신이 이삼 킬로미터가량 되는 언덕 위에 함께 올라갈 수 있을 만큼만 몸이 회복된다면 정말로 좋겠다는 생각이 드는구려. 언덕 위에 부는 상쾌한 바람을 쐬면 몸이 더 좋아질 텐데."

주인님은 제게 몇 주일가량 비워 두었던 응접실에 불을 피우고, 햇볕이 잘 드는 곳에 안락의자를 내놓으라고 했습니다. 그리고는 친히 마님을 응접실로 데려왔어요. 마님은 한참 동안이나 창가에 앉아서 따스한 볕을 쬐었고요.

저녁 무렵이 되자, 마님의 얼굴이 몹시 고단해 보였습니다. 하지만 위층으로 올라가지 않겠다고 고집을 피우는 바람에 아래층에다 방을 따로 준비했지요. 다행히 마님은 주인님의 팔에 기대어 그 방과 응접실을 오갈 수 있을 만큼 기운을 차렸답니다.

우리는 정말 마님이 나을 거라고 기대했어요. 그렇게 간절히 바라는 데는 이유가 있었답니다. 마님의 몸속에 소중한 생명이 자라고 있었거든요. 아기가 태어나, 주인님의 재산이 남의 손에 넘어가지 않게 되기를 모두가 간절히 바랐던 것이지요.

이사벨라 아가씨는 집을 떠난 지 육 주가 지난 뒤에야 소식을 전해 왔습니다. 히스클리프 씨와 결혼한다는 내용의 편지였답니다. 쌀쌀맞게 느껴질 만큼 건조한 내용이었지만, 편지의 마지막 줄에는 그런 일을 저질러 미안하다며 용서를 구한다는 내용이 적혀 있었습니다. 그리고 이제는 결혼을 취소할 수 없는 지경에 이르렀다고요.

그러고 나서 이 주일 뒤, 아가씨에게서 다시 편지 한 통이 날아들었습니다. 그것은 저한테 온 것이었는데, 내용이 좀 이상했답니다. 지금도 간직하고 있어요. 편지는 이렇게 시작됐지요.

넬리에게

어젯밤 워더링 하이츠에 도착하고 나서야 언니가 몹시 아프다는 말을 전해 들었어. 언니에게 편지를 쓰면 안 되겠지? 오빠 역시 몹시 화가 나서 내가 보낸 편지에 답장을 안 할 테고. 그래서 이렇게 넬리에게 편지를 쓸 수밖에 없었어. 사실 집을 나가고 나서, 채 하루도 지나지 않아 금방 후회가 되었어. 하지만 몸이 마음처럼 움직여 주지 않지 뭐야.

참, 넬리에게 물어보고 싶은 게 있어. 여기서 살 때 말이야. 어떻게 히스클리프에게 동정심을 가질 수가 있었지? 히스클리프는 미친 거야, 아니면 악마야? 내가 대체 어떤 작자하고 결혼을 한 것인지 자세히 말해 줬으면 좋겠어.

우리는 해가 진 뒤에 이 곳에 도착했어. 조지프가 등불을 들고 나와선 못마땅한 눈길로 쳐다보더군. 히스클리프는 남아서 그와 이야기를 나누었고, 나는 혼자서 부엌으로 들어갔어. 어찌나 어질러져 있던지 마치 굴 속 같았지. 넬리가 여기서 일할 때는 이렇지 않았겠지? 얼마나 많이 변했는지 상상도 못 할 거야.

그런데 난로 옆에 아이 한 명이 더러운 몰골로 서 있었어. 눈과 입매가 언니와 닮은 걸 보고 헤어턴이구나, 생각했지. 나는 친절하게 대하고 싶었는데, 그 아이는 대뜸 내게 욕설을 퍼붓더니 개를 풀어 놓지 뭐야.

할 수 없이 나는 정원을 둘러보다가 현관 쪽으로 가서 문을 두드렸어. 키가 큰 남자가 나오더군. 머리는 자르지 않아 텁수룩한 데다 옷매무새는 엉망진창이었어. 캐서린 언니의 오빠 힌들리 씨였지. 나는 힌들리 씨에게 하인을 불러 침실로 안내해 줄 수 있느냐고 물었어. 그런데 아무런 대꾸도 하지 않지 뭐야. 그는 내가 옆에 있다는 사실도 잊은 것 같았어.

내가 침실로 데려다 줄 수 없냐고 다시 묻자, 그가 힘없이 대답했어.

"여긴 하녀가 없소. 자기 일은 자기가 알아서 해야 하오."

"그럼 저는 어디서 자야 되나요?"

나는 흐느끼면서 물었어. 몹시 비참하고 또 고단했거든.

"조지프가 히스클리프의 방으로 안내해 줄 거요. 대신 문은 꼭 잠그고 있는 게 좋을 거요."

"왜 그래야 하죠?"

그는 주머니에서 작은 총을 꺼냈어.

"이걸 봐요! 난 밤마다 이 총을 들고 그의 방으로 올라가지 않으면 견딜 수가 없소. 문이 열려 있는 날엔 내 손에 그가 죽을 거요!"

"히스클리프가 당신에게 무슨 짓을 했는데요? 차라리 그를 이 집에서 나가라고 하는 게 더 현명하지 않을까요?"

"아니오! 그건 절대 안 되오. 그 때문에 재산을 다 잃었는데, 되찾을 기회를 놓칠 순 없잖소? 헤어턴을 무일푼으로 만들라고? 나는 재산을 되찾을 거요!"

넬리도 옛 주인을 잘 알고 있겠지. 그는 미친 사람 같아. 그와 함께 있는 게 두려워.

히스클리프의 방은 잠겨 있었어. 난 소파에서라도 자려고 응접실로 갔지. 마침 히스클리프가 언니 소식을 전해 들은 모양이었어. 언니가 아픈 건 모두 다 오빠 때문이라고 하더군. 그는 오빠를 붙잡을 때까지 날 벌주겠다고 했어.

난 비참해. 정말 바보 같았어! 이런 말은 아무한테도 하지 말아 줘. 넬리, 급히 날 만나러 와 줘. 날마다 기다릴게. 제발 날 실망시키지 마!

― 이사벨라

저는 이사벨라 아가씨의 편지를 읽자마자, 주인님한테로 달려갔습니다. 그리고 아가씨가 마님의 병세를 몹시 슬퍼하고 있으며, 주인님을 몹시 보고 싶어한다는 내용의 편지를 보내 왔다고 말했어요. 제 말을 듣고 나면 주인님이 저를 시켜 아가씨한테 용서의 증표를 전할 거라고 생각했거든요.

"난 그 애를 용서할 게 없어. 오후에 넬리가 그 애를 찾아가서 대신 말을 전해 줘. 나는 화가 난 게 아니라 누이를 잃은 것을 애석해 하고 있다고……. 우리는 이미 영원히 갈라서 버린 거야. 혹시라도 내게 잘하고 싶은 마음이 눈곱만치라도 남아 있다면, 히스클리프에게 이 마을을 떠나라는 말이나 전하라고 해."

저는 주인님의 냉정한 말에 힘이 쭉 빠졌습니다. 워더링 하이츠로 가는 내내, 주인님의 말을 어떤 식으로 아가씨에게 전해야 할지 몰라 고민했답니다.

워더링 하이츠에 도착하고 난 뒤에도 마음은 여전히 편치 않았습니다. 예전에는 그토록 활기찬 집이었는데, 어찌나 흉하게 변해 버렸던지! 이사벨라 아가씨도 뒤죽박죽이 돼 버린 그 집의 분위기를 고스란히 띠고 있더군요. 예쁜 얼굴은 창백할 대로 창백해져 있고, 머리카락은 풀어진 채 축 늘어져 있고……. 옷은 언제부터 갈아입지 못했는지 몹시 꾀죄죄해 보였습니다.

힌들리 주인님은 집에 없었지만, 히스클리프 씨는 탁자 앞에 앉아 있더군요. 그는 저를 보자마자 자리에서 일어나 안부를 물으며 의자를 내밀었습니다. 이상하게도 그는 매우 단정해 보였어요. 그 집에서 유일하게요. 그렇게 말쑥한 모습은 처음 봤을 정도였습니다. 모르는 사람이 봤다면 그가 귀족 출신이고, 아내가 낮은 계층의 사람일 거라고 생각했을 거예요.

아가씨는 답장을 몹시 기다렸는지 대뜸 저에게 손을 내밀었어요. 저는 살며시 고개를 저었습니다. 그런데도 눈치를 채지 못하고 편지를 달라고 속삭였습니다. 그것을 본 히스클리프 씨가 전할 것이 있으면 얼른 전하라고 하더군요. 저는 에드거 주인님의 말을 그대로 전했습니다. 아가씨는 잠시 입술을 떨더니 의자로 되돌아가 앉았습니다. 히스클리프 씨는 그런 아가씨의 반응에는 아랑곳하지 않은 채 마님의 안부를 묻기 시작했고요.

"마님은 이제 회복되고 있어요. 예전과 똑같이 되기는 힘들겠지만 다행히 목숨만은 구했지요. 조금이라도 마님을 생각한다면 여기를 떠나 주세요. 마님은 병을 앓느라 모습이 많이 변하셨어요. 성격은 더 많이 변하셨고요. 주인님은 오로지 마님에 대한 추억과 동정심, 그리고 의무감으로 힘겹게 애정을 지탱해 나가고 계신답니다."

히스클리프 씨는 침착해 보이려고 애를 쓰며 말했어요.

"내가 언제까지나 캐서린을 네 주인의 동정심과 의무감에 맡겨 둘 거라고 생각해? 나와 그를 비교하려 들지 마. 넬리, 내가 캐서린을 만날 수 있도록 주선해 줘. 네가 승낙을 하든 거부를 하든, 나는 반드시 캐서린을 만날 테지만! 어떻게 할 건지 어서 말해 봐."

"당신이 주인님을 다시 만나서 싸움을 한다면 마님은 아마 돌아가시고 말 거예요. 그런 줄 뻔히 알면서 내가 어떻게 만나도록 주선할 수 있겠어요?"

"그래서 넬리의 도움이 필요한 거야. 나도 캐서린을 잃게 될까 봐 두려워서 가능한 한 자제를 하는 거라고. 그게 바로 그 자와 나의 차이지. 만약 내가 그 자의 처지라면, 아무리 미워도 못 만나게 하는 일 따윈 하지 않았을 거야. 캐서린만 괜찮다면 그의 심장을 찢어발기고 싶어."

"그렇더라도 마님은 이제 겨우 당신을 잊었는데, 다시 만나게 되면 건강을 회복하기 힘들지도 몰라요. 그런 건 상관하지 않는군요!"

"아, 넬리! 그렇지 않다는 걸 알잖아! 캐서린이 에드거를 하루에 한 번 생각한다면 내 생각은 천 번쯤 할 거야. 지난여름에는 나 역시 그녀가 날 잊었을지도 모른다고 걱정했어. 하지만 이제는 그녀의 입으로 직접 말하는 것 외에는 아무것도 믿지 않아. 그녀가 진짜로 날 잊었다면 나에겐 에드거든 힌들리든 아무런 의미가 없어. 내 꿈마저도……. 내게 남은 건 죽음과 지옥뿐이겠지. 캐서린도 나와 똑같은 마음일 거야. 에드거는 나처럼 사랑받을 이유가 없어. 그런데 어떻게 캐서린이 그를 사랑할 수 있다는 거지?"

그 때까지 잠자코 있던 이사벨라 아가씨가 얼굴을 붉히며 끼어들었습니다.

"그들은 서로를 몹시 사랑해요! 내 오빠를 그렇게 얕보다니, 더 이상 들어줄 수가 없군요!"

"네 오빠는 너를 무척 좋아하지. 그런데도 너와 인연을 끊었어. 너는 지금 세상에서 제일 게으른 여자가 되어 버렸고……."

히스클리프 씨는 경멸 어린 눈초리로 쏘아붙였어요. 보다 못해 제가 말했습니다.

"아가씨는 이리로 오신 뒤, 얼굴이 더 나빠지셨어요. 하녀를 두도록 하세요. 그리고 아가씨는 당신이 에드거 주인님을 어떻게 생각하는지와 상관없이 당신을 사랑해요. 그렇지 않다면 편안한 집을 버리고 이 황량한 곳에서 이러고 있진 않겠죠."

그러자 히스클리프 씨가 대답했어요.

"그렇지 않아. 이 여자는 나를 책에 나오는 로맨스의 주인공쯤으로 착각하고 그들을 등진 거야. 지각 있는 여자라고 볼 수 없지. 나라는 사람에게 터무니없는 환상을 품고 있다가, 내가 자신을 사랑하지 않는다는 걸 뒤늦게 알아차리고 고통스러워하는 거야. 넬리, 네 주인에게 말해. 내 평생 이 여자처럼 불쌍한 영혼은 처음 보았다고. 린턴 집안에 먹칠을 하고 있다고!"

순간 이사벨라 아가씨가 외쳤어요.

"저이의 말은 거짓이야. 저이는 오빠를 마음대로 주무를 속셈으로 나랑 결혼한 거야. 하지만 그렇게 되도록 내버려두지는 않겠어. 차라리 내가 먼저 죽어 버리는 편이 나아. 아님 저이가 죽든가……."

"이제 그만해! 이사벨라, 나는 너의 법적 남편이니 널 보호해야 할 의무가 있어. 어서 위층으로 올라가. 넬리와 둘이서 할 이야기가 있으니."

히스클리프 씨는 아가씨를 방에서 밀어내고 나서 이렇게 중얼거렸어요.

"내가 저 여자를 불쌍히 여길 줄 알아? 내게 동정심 따윈 없어! 벌레들이 꿈틀거리면 꿈틀거릴수록 더 짓밟아 주고 싶을 뿐이지.”

저는 그만 물러가야겠다는 생각이 들어서 자리에서 일어났어요.

“넬리, 캐서린을 만날 수 있게 도와줘. 난 에드거와 싸우고 싶지 않아. 내가 신호를 보낼 테니까, 캐서린 혼자 있을 때 들키지 않고 집 안으로 들어갈 수 있게 해 줘. 물론 망도 봐 줘야 하고.”

저는 히스클리프 씨에게 따지기도 하고 불평도 하면서 몇 번이나 거절을 했지만, 한편으로는 그의 말을 듣는 것이 또 다른 불행을 막는 길이라는 생각이 들었습니다. 결국 그가 마님에게 전하는 편지를 가져가게 됐지요. 돌아오는 길은 워더링 하이츠로 갈 때보다 더 슬펐습니다. 히스클리프 씨의 편지를 마님에게 전해 주기까지는 참 많은 망설임이 있었고요.

그 날 저녁, 비록 눈에 띄지는 않았지만 히스클리프 씨가 집 근처 어딘가에서 어슬렁거리고 있으리라는 생각이 들었습니다. 하지만 그의 편지가 아직 주머니에 있었기에 협박이라도 당할까 봐 밖으로 나갈 수가 없었어요. 마님이 그 편지를 읽고 어떤 반응을 보일지 알 수가 없어서, 주인님이 외출할 때까지는 편지를 전하지 않을 생각이었거든요.

그러다 보니, 사흘이 지나도록 편지를 전하지 못했답니다. 나흘째 되는 날은 일요일이라 온 집안 사람들이 교회에 예배를 보러 갔어요. 저는 편지를 갖고 마님의 침실로 갔습니다.

마님은 헐렁한 잠옷을 입고서 평소처럼 창문을 열어 놓은 채 창가에 앉아 있었지요. 병을 앓으면서 모습이 참 많이 변했지만, 그 모습 역시 이 세상 그 누구보다 아름다웠습니다. 두 눈은 꿈꾸는 듯하면서도 수심에 찬 부드러움을 담고 있었는데, 마치 이 세상 밖을 바라보고 있는 것 같았어요. 창백한 얼굴로 가끔씩 야릇한 표정을 지을 때도 있었고요. 그럴 땐 영영 나을 가망이 없는 것 같은 느낌을 주기도 했지요.

얼마 후, 김머턴 교회의 종소리가 울렸습니다. 그 때 마님은 계곡의 물 흐르는 소리에 귀를 기울이고 있었어요. 워더링 하이츠를 생각하고 있는 것 같기도 했지만, 아까 말씀드린 대로 꿈꾸듯 아주 먼 곳을 바라보고 있는 것 같기도 했지요. 저는 편지를 뜯어서 마님의 손에 쥐어 주며 조그맣게 말했어요.

"편지가 왔어요, 마님. 답장을 해야 하니 지금 바로 읽어 보셔야 합니다."

"그래."

마님은 멍한 표정으로 대답했습니다. 그리고 한참이 지나도록 편지에는 눈길을 주지 않았어요.

"제가 읽어 드릴까요? 히스클리프 씨의 편지예요."

그 말에 마님은 갑작스럽게 몸을 움직였어요. 괴로운 빛이 역력한 표정으로 잠시 생각을 가다듬는 듯하더니, 편지를 펼쳐서 찬찬히 읽어 내려갔습니다. 맨 끝에 적힌 이름을 볼 때는 잠시 숨을 멈추기도 했고요. 마님은 손가락으로 히스클리프 씨의 이름을 가리키고는 의아한 표정으로 저를 쳐다봤어요.

"그가 마님을 만나고 싶어해요. 지금쯤 뜰에서 마님의 대답을 기다리며 안절부절못하고 있을 거예요."

그 말을 하는 순간, 창 너머 양지바른 풀밭에 누워 있던 개가 귀를 쫑긋하는 것이 보였어요. 개가 짖지 않고 꼬리를 흔드는 걸로 보아 낯익은 사람이 다가오고 있는 것이 분명했지요. 마님은 숨을 멈추고 귀를 기울였습니다. 조금 뒤 현관 쪽에서 발소리가 나더니, 이내 히스클리프 씨가 나타났어요. 그는 재빨리 다가와 마님을 힘껏 껴안았습니다.

두 사람은 오 분가량 서로를 끌어안은 채 격렬히 키스를 퍼부었어요. 히스클리프 씨는 마님의 얼굴을 제대로 쳐다보지 못했습니다. 마님의 얼굴을 보는 순간 회복할 길이 없다는 걸 알아차렸기 때문이겠지요.

"아, 캐시! 아, 나의 생명! 나더러 어찌 참으라고……."

그가 처음으로 뱉은 말이었습니다. 마님을 바라보는 눈길이 어찌나 강렬하던지, 저는 그의 눈에 곧 눈물이 고일 거라고 생각했어요. 하지만 두 눈은 고통으로 타오르기만 할 뿐 한참이 지나도 눈물이 흐르지는 않더군요.

"이제 어쩌자고?"

마님은 몸을 뒤로 젖히더니 분노가 이글대는 눈빛으로 그를 바라보았어요.

"당신과 에드거가 내 가슴을 갈기갈기 찢어 놓았어! 그런데 두 사람은 자신들이 더 불쌍하다고 나한테 비명을 질러 대는군. 나는 당신들을 동정하지 않을 거야, 절대로. 당신들이 날 죽여 놓고 얼마나 잘 견딜 것 같아? 내가 죽은 뒤, 대체 몇 년이나 더 살 작정이야?"

히스클리프 씨가 꿇고 있던 다리를 일으키려 하자, 마님이 그의 머리칼을 붙잡고 주저앉혔어요.

"우리 둘 다 죽을 때까지 이렇게 껴안고 있을 수 있다면 얼마나 좋을까? 당신이 어떤 고통을 받든 나는 상관하지 않을 거야. 왜 고통받지 않겠어? 나도 이렇게 고통받는데! 당신은 나를 잊겠지. 그래서 당신이 죽을 때쯤엔 내 곁으로 간다는 사실을 기뻐하기보다, 당신이 사랑한 또 다른 사람과 헤어지는 걸 슬퍼할 테지?"

마님은 비통한 목소리로 말했어요.

"제발 나를 당신처럼 미치게 만들지 마!"

히스클리프 씨는 머리를 빼내면서 외쳤어요. 마님의 손에는 그의 머리칼이 한 움큼 남아 있었습니다. 히스클리프 씨는 계속해서 사나운 목소리로 말을 이었답니다.

"죽어 가면서도 그런 말을 하다니 악마에게 사로잡힌 게 분명하군. 당신이 죽은 뒤에 그 모든 말들이 내 기억 속에 남아 타올라야 한다는 거야? 캐시, 내가 당신을 잊지 못하리란 걸 알잖아! 당신이 무덤 속에서 편안히 잠들어 있을 때 난 살아서 고통에 잠겨 있을 거라고. 지독하리만큼 처절하게 당신 생각에 빠져서 허우적거릴 거란 말야. 그래도 만족하지 못해?"

"나는 편안히 잠들지 못할 거야."

마님은 신음하듯이 말했어요. 지나치게 흥분한 나머지 심장이 아주 빠르게 뛰었지요. 그 때문에 한참 동안이나 아무 말도 하지 못하다가, 잠시 뒤 사뭇 가라앉은 목소리로 말했습니다.

"난 당신이 나보다 더 고통받기를 바라지 않아. 히스클리프, 오직 우리가 헤어지지 않기를 바랄 뿐이야. 훗날 내가 한 말 때문에 당신이 고통스럽거든, 나도 땅 밑에서 똑같은 고통을 느끼고 있을 거라고 생각해 줘. 이리 와서 다시 무릎을 꿇어!"

히스클리프 씨는 마님의 의자 앞으로 가서 허리를 굽혔습니다. 하지만 곧 몸을 일으키더니 난롯가로 가서 우리를 등진 채 서 있었어요. 마님은 그를 멍하니 바라보더니 화난 목소리로 제게 말했어요.

"봤지, 넬리? 저 사람은 나를 조금도 가엾게 여기지 않아. 내가 받은 사랑이란 게 저런 거야. 그래도 나는 히스클리프를 사랑할 거야. 그런데 히스클리프는 왜 내 곁에 오지 않는 거지? 오고 싶어할 줄 알았는데. 히스클리프, 그러지 말고 제발 이리로 와 줘."

마님은 흥분을 감추지 못한 채 의자에서 일어나 팔걸이에 몸을 기댔습니다. 그 때 히스클리프 씨가 마님 쪽으로 몸을 돌렸지요. 몹시 고통스런 표정이 어려 있더군요. 마님은 그에게로 몸을 힘껏 내던졌습니다. 그러자 히스클리프 씨가 마님의 몸을 받아서 다시는 놓지 않을 듯 꼭 껴안았어요.

저는 마님이 실신한 줄 알고 급히 달려가 보았습니다. 히스클리프 씨는 제가 얼씬도 하지 못하게 마님을 더 힘껏 끌어안더군요. 질투심으로 반쯤 미쳐 있는 것 같았어요. 저는 어찌할 줄을 모른 채 한쪽에 망연히 서 있었지요.

잠시 후, 마님이 몸을 움직이는 걸 보고서야 마음이 놓였습니다. 마님은 한 손을 그의 목에 감은 뒤 자신의 뺨을 히스클리프 씨의 뺨에 갖다 댔어요. 히스클리프 씨는 마님의 뺨을 미친 듯이 비비면서 말했습니다.

"이제야 당신이 얼마나 잔인한지 알겠어! 왜 나를 조롱했지? 당신은 이런 꼴을 당해도 마땅해! 당신 스스로 자신을 죽인 거라고. 나의 입맞춤과 눈물을 빼앗아도 좋아. 당신이 우릴 갈라놓았잖아! 내가 당신의 가슴을 찢은 것이 아니라 당신 스스로 그렇게 한 거야. 당신 때문에 내 가슴도 낱낱이 찢어지고 말았어. 내가 이처럼 건강한 게 화가 나 죽겠어. 내가 살고 싶어한다고? 당신 같으면…… 당신이 무덤 속에 있는데 혼자서 살아 남고 싶겠어?"

그러자 마님이 흐느끼며 말했어요.

"날 그냥 내버려둬! 내가 잘못을 저질렀다면 그것 때문에 죽는 거겠지. 당신을 용서하겠어. 그러니 당신도 날 용서해 줘."

"내게 다시 입을 맞춰 줘. 하지만 눈은 보이지 말아. 당신이 내게 저지른 짓은 모두 다 용서할게. 나는 당신을 사랑하니까. 아아, 앞으로 나는 어찌해야 할까?"

그들은 서로에게 얼굴을 묻은 채 눈물로 얼굴을 씻었지요. 그러는 동안 오후 시간이 후딱 지나가 버렸습니다. 계곡 위로 빛나는 햇살을 받으며 사람들이 하나 둘 교회 밖으로 나오기 시작했어요.

"예배가 끝났어요. 삼십 분 뒤면 주인님이 돌아오실 거예요."

제가 다급히 말했습니다. 히스클리프 씨는 괴로운 듯 신음 소리를 뱉어내면서 마님을 더욱더 꼭 껴안았어요. 마님은 꼼짝하지 않았고요. 이윽고 골목길에 하인들의 모습이 보이는가 싶더니, 주인님이 손수 대문을 열고 안으로 걸어 들어오는 것이 보였습니다. 제가 다시 소리쳤습니다.

"주인님이 오셨어요. 빨리 내려가요!"

"난 가야 해, 캐시. 하지만 당신이 잠들기 전에 꼭 다시 만나러 올게. 당신 방 창문 근처에 있을 거야."

"가면 안 돼!"

마님은 있는 힘을 다해 그를 끌어안았어요.

"한 시간만! 아니, 단 일 분이라도 안 보내겠어."

"가야 해. 곧 에드거가 들이닥칠 거라고."

히스클리프 씨는 일어서려 했지만, 마님이 자꾸만 매달렸어요. 마님은 그 때 제정신이 아닌 듯했답니다.

"안 돼! 가지 마, 이게 마지막이야."

히스클리프 씨는 창 너머로 주인님의 모습을 보고는 욕설을 뱉으며 의자에 주저앉았어요.

"오, 내 사랑! 그래, 여기에 있을게. 그가 날 총으로 쏘더라도 행복하게 죽는 쪽을 택하겠어."

그 때 주인님이 계단을 올라오는 소리가 들렸어요. 다급한 마음에 제가 다시금 소리쳤습니다.

"마님은 지금 제정신이 아니에요. 지금 무슨 말을 하고 있는지 마님 자신도 모르고 있다고요! 그런 마님을 완전히 망가뜨릴 작정인가요? 일어나요, 어서! 다 끝장나게 생겼단 말이에요!"

주인님은 안에서 시끄러운 소리가 나자, 발걸음을 더욱 재촉하는 듯했어요. 갑자기 마님이 팔을 축 늘어뜨리며 고개를 숙였습니다. 순간 기절을 했거나 돌아가셨거나, 둘 중의 하나라는 생각이 들었지요.

그 때 막 안으로 들어온 주인님은 충격과 분노에 휩싸인 표정으로 불청객에게 달려들었어요. 히스클리프 씨는 축 늘어진 마님을 주인님에게 안겨 주었습니다.

"당신이 악마가 아니라면 캐서린을 먼저 살리시오. 나하고의 문제는 그다음에 해결해도 늦지 않으니……."

말을 마친 히스클리프 씨는 응접실로 걸어 들어갔어요. 주인님은 다급히 저를 불렀습니다. 한참 뒤에야 마님은 정신을 차렸습니다. 하지만 신음 소리만 낼 뿐, 아무도 알아보지 못했어요. 마님의 상태가 워낙 위독했기 때문에 주인님은 히스클리프 씨에게까지 신경을 쓸 겨를이 없어 보였습니다.

저는 그 틈을 타서 밖으로 나갔습니다. 그리고 히스클리프 씨에게 마님이 나아졌으니 어서 떠나라고 부탁했어요. 마님의 증세를 봐서 내일 연락을 주겠다는 말도 덧붙였고요.

"아니야, 난 그냥 뜰에 있겠어. 넬리, 캐서린의 상태가 어떠한지 수시로 알려 줘. 만약 그렇게 하지 않는다면 내가 안으로 들어가 버릴 거야. 에드거가 있든 없든 상관없어."

제 6 장

캐서린, 세상을 떠나다

그 날 밤 열두 시 무렵, 허약하디허약한 아기가 일곱 달 만에 태어났습니다. 바로 마님의 딸인 두 번째 캐서린이었지요. 두 시간 뒤, 산모는 히스클리프 씨를 그리워하거나 주인님을 알아볼 여유도 없이 의식을 잃은 채 그대로 세상을 떠났답니다.

졸지에 아내를 잃은 주인님의 모습은 차마 쳐다보기 어려울 만큼 처절했어요. 게다가 더 불행한 일은 대를 이을 아들 없이 홀로 남겨졌다는 사실이었지요. 저는 마음속으로 돌아가신 린턴 씨를 원망했습니다. 그분은 당신의 재산을 손녀가 아니라 딸이 물려받도록 정해 놓았거든요.

해가 떠오르자, 저는 히스클리프 씨가 있기를 바라며 밖으로 나갔어요. 이 무서운 소식을 어떻게 전해 주어야 할지 두려웠습니다. 그는 모자를 벗은 채 나무에 기대서 있었는데, 이슬 때문인지 머리가 흠씬 젖어 있더군요. 제가 가까이 다가가자 이렇게 말했어요.

"그 사람이 죽었군! 넬리한테서 그 이야기를 듣기 위해 기다린 건 아니야. 손수건 따위는 치워. 내 앞에서 울지 말라고. 캐서린도 네가 울어 주기를 바라지는 않을 테니까! 그런데 어떻게 죽었지? 죽을 때의 모습을 자세히 이야기해 봐."

저는 잠시 동안 생각에 잠겼어요.

'가엾고 불행한 영혼이여! 당신도 다른 사람들처럼 감정이 있군요! 그런데 왜 그 동안 그걸 숨기려고 그리도 안달한 거죠?'

저는 생각을 멈추고 큰 소리로 대답했어요.

"어린 양처럼 조용히 가셨어요."

"그 사람이 단 한 번이라도 내 이름을 불렀나?"

"마님은 의식을 되찾지 못했어요. 당신이 나간 뒤로 아무도 알아보지 못했거든요. 그런데 얼굴에 웃음을 띤 걸로 보아, 마지막 순간에는 어렸을 적의 즐거운 추억들을 떠올렸던 것 같았어요."

"그래, 좋아. 나도 기도할 거야. 캐서린 언쇼! 내가 살아 있는 동안 당신이 편히 쉬지 못하기를! 귀신이라도 좋아. 항상 나랑 같이 있어 줘. 어떤 식으로든 좋으니까 날 미치게 해 달란 말야! 당신을 볼 수 없는 이 세상에다 날 혼자 내버려두지 말라고! 아,

견딜 수가 없어. 내 목숨과 다를 바 없는 당신을 잃고 난 단 하루도 살 수 없단 말이야!"

그는 나무에 머리를 짓찧으며 야수처럼 고함을 질렀습니다. 잠시 뒤 정신을 차리고 저를 바라보더니, 어서 물러가라고 소리쳤어요.

마님의 장례식은 그 다음 금요일에 치르기로 했어요. 그 때까지 관은 뚜껑을 덮지 않은 채 아래층 방에 놓여 있었고요. 주인님은 밤낮없이 그 곳에 앉아 관을 지켰습니다. 히스클리프 씨 역시 잠을 자지 않은 채 밖에서 마님의 방을 지켜보고 있었지요.

화요일이 되자, 여러 날 동안 관을 지키느라 지친 주인님이 잠깐이나마 쉬기 위해 자리를 비웠습니다. 저는 창문을 열었어요. 히스클리프 씨에게 마지막 인사라도 할 수 있게 해 주고 싶어서였지요.

그는 아무도 모르게 조용히 작별 인사를 하고 갔습니다. 나중에 옅은 빛깔의 머리카락이 방바닥에 떨어져 있는 걸 보고서야 그 사실을 알아차렸지요. 그 머리카락은 마님의 목에 걸려 있던 하트 모양의 금목걸이에서 빼낸 것이었어요. 원래는 주인님의 머리카락이 들어 있었는데, 히스클리프 씨가 그걸 빼내고 대신 자신의 검은 머리카락을 넣어 두었더군요. 저는 두 머리카락을 새끼처럼 꼰 뒤 다시 목걸이 속에 넣어 두었습니다.

힌들리 주인님은 누이의 부고를 듣고도 끝내 나타나지 않았어요. 이사벨라 아가씨는 아예 초대를 받지 못했고요.

마님은 그렇게 땅에 묻혔습니다. 그런데 마님이 묻힌 곳은 린턴 집안 사람들의 묘지도, 친정 식구들의 묘지도 아니었답니다. 마님의 뜻에 따라 교회 공동 묘지의 한쪽 비탈에 묻었지요.

제 7 장

워더링 하이츠의 새 주인

마님의 장례식이 끝난 뒤로 한 달가량 쾌청했던 날씨가 갑자기 나빠지기 시작했어요. 저녁부터 날씨가 궂어지는가 싶더니, 바람이 불고 진눈깨비가 날리다가 결국 눈으로 변하더군요.

주인님은 며칠째 방 안에 틀어박힌 채 밖으로 나오지 않았어요. 저는 칭얼대는 아기를 안고 응접실에 있었는데, 문이 불쑥 열리더니 누군가가 들어왔습니다. 놀랍게도 이사벨라 아가씨였지요. 숨을 많이 헐떡대더군요. 아가씨가 난로 쪽으로 다가오며 말했어요.

"워더링 하이츠에서 뛰어왔어. 넬리, 지금 당장 김머턴까지 타고 갈 마차를 마련해 줘. 그리고 하녀에게 내 옷장에서 옷가지를 좀 꺼내 오라 해 주고."

아가씨의 차림새는 많이 흐트러져 있었어요. 어깨까지 흘러내린 머리카락은 눈에 젖어 물이 뚝뚝 떨어졌고요. 핼쑥한 얼굴에는 얻어맞은 흔적까지 있었지요. 저는 마차를 준비시키고 옷가지를 꾸리도록 지시한 뒤, 아가씨의 상처를 치료하고 옷을 갈아입혔어요.

잠시 후 아가씨가 말했습니다.

"캐서린 언니의 아이는 보고 싶지 않아! 저쪽에 뉘어 놔. 나도 무척 울었어. 그렇다고 히스클리프를 동정할 순 없잖아. 내가 지니고 있는 그의 물건은 이것뿐이야."

아가씨는 가운뎃손가락에서 금반지를 빼내더니, 난로 속에 휙 던지고 나서 다시 말했어요.

"그는 오빠를 못살게 굴기 위해서 여기로 나를 찾아올 거야. 그러니까 내가 여길 떠나야 해. 난 오빠를 괴롭히고 싶지 않아. 다급해서 이리로 왔을 뿐이야. 그가 찾을 수 없는 곳으로 떠나야 해."

저는 하녀를 불러 아기를 맡기고는, 뭐가 그리 급해서 이런 몰골로 도망쳐 나왔느냐고 물었습니다.

"여기서 지내고 싶기도 해. 이 집이 진짜 내 집이잖아. 그런데 내가 여기서 즐겁게 살고 있으면 그는 가만있지 않을 거야. 그는 원래부터 나를 싫어했어. 그것이 내 애정까지 식게 했지. 난 더 이상 그를 동정하지 않아. 아참, 무엇 때문에 도망쳤냐고? 그가 내게 폭력을 휘둘렀어.

지난 일요일부터 오늘까지 히스클리프는 식구들과 한 끼도 같이 먹지 않았어. 밤만 되면 밖으로 나갔다가 동틀 무렵에야 돌아와서는, 방문을 잠근 채 죽은 언니를 위해 목이 쉬도록 기도를 해댔지. 나는 캐서린 언니 일이 슬프면서도, 그가 그러고 다니니까 휴가를 얻은 것마냥 자유로웠어.

그사이 나는 조지프의 모진 잔소리에도 울지 않을 만큼 강해졌고, 집 안도 자유롭게 돌아다닐 수 있게 되었지. 히스클리프가 있을 때는 눅눅한 빈 방에 앉아 굶기도 많이 했는데, 최근에는 응접실의 난롯가에 의자를 갖다 놓고 앉아 책을 읽을 만큼 여유가 생겼거든.

어젯밤에도 응접실의 한쪽 구석에 앉아 밤늦도록 책을 읽었어. 힌들리 씨는 손으로 이마를 받치고 앉은 채 생각에 잠겨 있었고⋯⋯. 바람에 창문이 덜컹거리는 소리와 난로에서 석탄이 튀는 소리뿐, 집 안은 이상하리만큼 고요하고 쓸쓸했어.

마침 그 때 히스클리프가 부엌문을 건드리는 바람에 그 긴 정적이 깨졌어. 폭풍이 불어닥쳐서 일찍 돌아온 모양이야. 문이 잠겨 있자, 다른 문으로 들어오려고 모퉁이를 돌아가더군. 문 쪽을 바라보고 있던 힌들리 씨가 대뜸 나를 바라보며 이렇게 말했어.

'저 자를 오 분쯤 밖에 세워 둬야겠소. 당신이나 나나 밖에 있는 녀석에게 갚아 줘야 할 빚이 있잖소? 우리, 힘을 합쳐 그 빚을 갚읍시다. 당신도 오빠처럼 마음이 약한가? 참지 말고 복수해 볼 생각은 없소?'

내가 대답했지.

'나도 더 이상 참기는 힘들어요. 기꺼이 복수하겠어요. 하지만 폭력을 쓰는 건 옳지 않아요. 폭력을 쓰다 보면 당하는 사람보다 더 큰 상처를 입을 수도 있어요.'

'난 당신에게 무엇을 하라는 게 아니오. 가만히 앉아서 입을 다물고 있겠다는 약속만 하면 되오. 저 자는 벌써 이 집 주인이나 된 듯이 문을 두드리고 있군. 어서 아무 말 없이 앉아 있겠다고 약속하시오. 그러면 당신은 곧 자유로운 몸이 될 거요!'

그는 내가 도착했던 날 밤에 보여 주었던 총을 꺼내더니 촛불을 껐어. 나는 그의 팔을 당기며 총을 낚아채었지.

'그를 건드리면 안 돼요. 문이나 잠그고 조용히 있어요!'

'난 이미 결심했소. 지금 그를 해치우겠소. 이제야말로 끝장낼 때가 온 거요!'

그를 말린다거나 타이른다는 것은 아무런 소용이 없는 일이었어. 내가 할 수 있는 일은 고작 창가로 뛰어가서 히스클리프에게 들어오면 위험하다는 사실을 알려 주는 것뿐이었지.

'오늘 밤은 다른 데서 자는 게 좋겠어요. 힌들리 씨가 당신을 총으로 쏘려고 해요.'

내가 창가로 가서 큰 소리로 외치자, 뜻밖에도 히스클리프는 문을 열라고 하면서 욕설을 퍼부었어. 나는 그에게 더 이상 참견하지 않겠다는 말을 던지고는, 창문을 닫은 뒤 난로 옆의 내 자리로 돌아갔지. 힌들리 씨는 내가 아직도 그 악마를 사랑하고 있다면서 욕설을 퍼부었어.

바로 그 때, 내 뒤의 창문이 바닥으로 떨어져 내리며 와장창 깨졌어. 히스클리프가 주먹으로 내려친 모양이야. 하지만 창틀이 좁아서 안으로 들어올 수는 없었지.

'이사벨라, 안으로 들어가게 해 줘.'

'난 살인의 책임을 질 수 없어요. 힌들리 씨가 총알을 장전해서 기다리고 있다고요.'

'그럼 부엌문으로 들어가게 해 줘.'

'힌들리 씨가 그쪽으로 먼저 가 있을 거예요. 내가 당신이라면 차라리 그녀의 무덤 위에 엎드려 충성스런 개처럼 죽겠어요! 나는 당신이 언니 없이 살아갈 생각을 한다는 게 이해되지 않아요.'

그 때 힌들리 씨가 소리치며 창문이 떨어져 나간 곳으로 달려왔어.

'그 녀석이 거기 있소? 당장 쏘아 버리겠어.'

힌들리 씨가 히스클리프의 목숨을 빼앗는 일을 돕고 싶지는 않았지만, 한편으로는 그가 죽었으면 하고 바라기도 했어. 그 때문인지 히스클리프가 힌들리 씨의 손아귀에서 총을 빼앗자, 몸시 실망스런 생각이 들더군.

두 사람은 한참 동안 몸싸움을 벌였는데, 총에 달린 칼이 그만 힌들리 씨의 팔목에 꽂히고 말았어. 히스클리프가 그 칼을 사정없이 잡아당기는 바람에 힌들리 씨의 살이 쭉 찢어져 피가 흘렀고……. 히스클리프는 아무렇지도 않은 표정으로 주머니에 총을 쑤셔 넣더니, 돌멩이로 창틀을 부수고 안으로 들어왔지.

힌들리 씨는 팔에 난 상처에서 피가 솟구치는 바람에 금방 정신을 잃었어. 히스클리프는 그의 몸을 걷어차면서 의자로 끌고 가더니, 옷을 찢어 상처 부위를 난폭하게 동여매며 욕을 마구 퍼붓더군. 나는 급히 조지프를 찾으러 나갔어. 그는 내 이야기를 듣고는 헐레벌떡 달려왔지.

히스클리프가 그를 보더니 대뜸 소리쳤어.

'네 주인은 미쳤어. 이 자가 살아난다면 정신 병원에 보내 버릴 거야. 조지프, 거기서 머뭇거리지 말고 어서 피를 닦아 내.'

히스클리프는 조지프를 피가 흥건한 바닥에 무릎 꿇리고는 수건을 던져 주었어. 그런데 조지프는 피를 닦을 생각은 하지 않고 기도만 해 대지 뭐야. 나는 그의 말투가 하도 이상해서 웃음을 터뜨리고 말았지. 그 때 히스클리프가 내게로 몸을 돌리더니 이렇게 말했어.

'아, 네가 있었지. 너도 같이 해. 너도 저놈과 짜고 내게 대들 생각이었지? 어서 닦아. 너 따위에게 아주 알맞은 일이야!'

그는 나를 조지프 옆으로 내동댕이쳤어. 기도를 마친 조지프가 일어서자, 히스클리프는 우리 집에 가서 오빠를 만나겠다고 하더군. 오빠가 치안 판사니까 이 사건을 의뢰해서 조사하게 해야 한다나. 그리고는 나에게 자신이 먼저 달려든 게 아니었다는 걸 설명하라는 거야. 그런데 그 때 힌들리 씨가 몸을 꿈틀거렸어. 조지프가 술을 한 모금 먹이자 다시금 몸을 움직이더군.

히스클리프는 힌들리 씨가 조금 전의 일을 기억하지 못하자, 모든 걸 술 탓으로 돌리고는 올라가 잠이나 자라고 충고했어.

오늘 아침 늦게 아래층에 내려가니, 힌들리 씨는 죽은 사람처럼 멍한 얼굴로 난롯가에 앉아 있었어. 히스클리프도 초췌한 몰골로 그 옆에 앉아 있었고……. 식탁 위에 음식이 차려져 있었지만, 그들은 먹을 생각이 전혀 없는 것 같았어. 결국 나 혼자서 마음껏 먹었지. 식사를 마치고 그쪽으로 다가가자, 힌들리 씨가 물을 한 잔 달라고 하더군.

힌들리 씨에게 물컵을 건네주면서 몸이 어떠냐고 물었더니, 그는 혼잣말처럼 이렇게 중얼거렸어.

'많이 아프고 싶은데 그것마저 뜻대로 안 되는군. 그런데 몸이 왜 이리 욱신대는 거지?'

'욱신거리는 게 당연하죠. 어젯밤 당신의 원수가 발로 걷어차기도 하고 바닥에 팽개치기도 하고 그랬으니까요.'

내가 작은 소리로 말했어.

'아, 저 자를 죽일 수 있는 힘을 하느님이 내게 주시면 정말 좋을 텐데.'

그는 이렇게 말한 뒤, 자리에서 일어서려다 다시 주저앉았지.

'캐서린 언니 한 사람의 죽음으로 충분해요. 히스클리프만 아니었다면 당신 누이는 아직 살아 있었겠죠. 그가 오기 전까진 아주 행복해 했으니까요. 그가 온 날이 저주스러워요.'

내가 큰 소리로 말했어. 그 말에 히스클리프가 정신을 차렸는지 갑자기 흐느껴 울기 시작하더군. 나는 경멸 어린 목소리로 웃음을 터뜨렸고……. 그러자 그가 소리쳤어.

'내 눈앞에서 꺼져!'

'만약 캐서린 언니가 당신을 믿고 히스클리프 부인이라는 천박한 이름을 받아들였다면 지금쯤 나와 똑같은 꼴이 됐겠죠. 언니도 당신의 그 지긋지긋한 행동을 참지 못했을 거예요.'

순간 히스클리프는 식탁에서 나이프를 집어 들더니, 내 머리를 향해 냅다 던졌어. 나이프는 곧장 내게로 날아와 귀밑에 박혀 버렸지. 나는 나이프를 손으로 뽑아 낸 뒤 문 쪽으로 허겁지겁 뛰어갔어.

그가 미친 듯이 쫓아오더군. 마침 힌들리 씨가 붙잡는 바람에 그가 난로 옆으로 넘어져 버렸어. 나는 부엌을 빠져 나와 가파른 언덕길을 하염없이 달렸지. 단 하룻밤이라도 워더링 하이츠의 지붕 밑에 있는 것보단 평생 불행 속에서 사는 편이 나을 것 같아서."

이사벨라 아가씨는 이야기를 멈추고 숨을 몰아쉬며 차를 마셨어요. 그리고는 의자 위에 올라서서 벽에 걸린 오빠 내외의 초상화에 입을 맞춘 뒤, 밖으로 나가 마차를 타고 떠났어요. 그후 다시 이 곳을 찾지 않았는데, 오빠와는 주기적으로 편지를 주고받았지요.

아가씨는 런던 근처에 자리를 잡았어요. 그리고 몇 달 뒤 아들을 낳았지요. 이름을 린턴이라 지었다 하더군요. 날 때부터 허약한 체질이었던 데다 성격이 퍽 까다로운 아이라고 했고요.

하루는 마을에서 히스클리프 씨를 만났는데, 이사벨라 아가씨가 어디에 사느냐고 묻더군요. 저는 짐짓 알려 주지 않았어요. 하지만 그는 곧 하인을 시켜서 아가씨가 사는 곳과 아들의 존재를 알아냈습니다. 그렇다고 아가씨를 찾아가 괴롭히거나 하지는 않았고요. 어쩌다 저를 만나면 아기가 어떻게 지내는지 물어보긴 했지만요.

그런데 어느 날, 아기의 이름을 듣고는 몹시 험상궂은 표정을 지으며 말했습니다.

"아이를 곧 데려올 거야!"

다행히 그 때가 오기 전에 아기 어머니는 세상을 떠났습니다. 캐서린 마님이 돌아가시고 나서 십삼 년쯤 뒤의 일이었지요. 그 때 린턴 도련님은 열두 살쯤 되었을 거예요.

한편 에드거 주인님은 이사벨라 아가씨의 소식을 전해 듣고도 크게 동요를 일으키지 않았습니다. 그런 식으로라도 누이가 히스클리프 씨에게서 도망친 것을 좋아하는 듯했어요. 그분은 히스클리프 씨를 지독히도 미워했으니까요. 그래서 히스클리프 씨가 나타날 만한 곳이면 아예 가질 않았답니다.

캐서린 마님을 잃은 슬픔과 이런저런 미움 때문에 거의 숨어서 살다시피 했어요. 치안 판사 일도 그만두고, 교회에도 나가지 않았지요. 마을에 큰일이 생겨도 나가 보지 않고 집 안에서만 맴돌았습니다.

그러나 시간이 흐르면서 조금씩 달라지기 시작했습니다. 옹알이를 하는 딸아이를 보면서 아픈 상처를 적으나마 달랠 수 있었으니까요. 주인님의 마음속 여왕이 된 아기의 이름은 엄마의 이름을 따서 캐서린이라 지었는데, 마님과 구별하기 위해 항상 '캐시'라고 불렀답니다.

캐서린 마님이 세상을 뜬 지 반 년쯤 되었을 때, 힌들리 주인님이 세상을 떠났습니다. 사실 저는 그 소식을 전해 듣고 캐서린 마님이 돌아가셨을 때보다 더 큰 충격을 받았어요. 옛 생각이 머릿속에서 맴돌았으니까요.

저는 주인님에게 워더링 하이츠에 가서 장례식을 거들 수 있도록 허락해 달라고 부탁했어요. 주인님은 금세 못마땅한 표정을 짓더군요. 저는 힌들리 주인님의 옛 친구일 뿐 아니라 형제

같은 존재라고 말했습니다. 게다가 헤어턴 도련님은 캐서린 마님의 조카이니, 주인님이 보살펴야 된다는 사실을 새삼 일깨워 주었고요. 또한 유산 문제도 어떻게 되었는지 알아봐야 한다고 말씀드렸지요.

그제야 주인님은 유산 문제는 변호사인 그린 씨와 이야기해 보라고 하면서 허락을 해 주었어요. 주인님의 변호사는 힌들리 주인님의 변호사이기도 했거든요. 저는 워더링 하이츠로 가기 전에 마을에 들러서 그린 씨에게 같이 가 달라고 부탁했습니다. 그는 고개를 절레절레 젓더니, 히스클리프 씨를 그냥 내버려두라고 하더군요. 사실대로 말하면, 헤어턴 도련님은 힌들리 주인님의 유산을 한푼도 받을 수 없는 상황이라고 하면서요.

"그 아이의 아버지가 빚을 잔뜩 지고 죽었어. 전 재산이 저당 잡혀 있거든. 그 애가 지금 할 수 있는 일이라곤 빚쟁이들에게 동정심을 불러일으키는 것뿐이야."

마음이 착잡해지더군요.

얼마 후 워더링 하이츠에 도착하니, 뜻밖에도 조지프가 무척 반겨 주더군요. 히스클리프 씨는 제가 굳이 필요하지는 않지만, 이왕 왔으니 장례식 준비를 도와도 좋다고 했고요.

"그 바보는 집 안의 문을 다 잠근 채 밤새 술을 퍼마셨지. 아침에 조지프와 내가 문을 부수고 들어갔더니 소파에 나자빠져 있더군. 의사가 왔을 때는 이미 죽어서 몸이 싸늘해진 뒤였어."

늙은 하인은 히스클리프 씨의 말에 고개를 끄덕이면서도 이렇게 덧붙였어요.

"어제 저녁까지만 해도 멀쩡하셨는데……. 돌아가실 것 같은 낌새는 조금도 없었어!"

저는 장례식을 잘 치러야 한다고 주장했어요. 히스클리프 씨는 저보고 알아서 하라면서도, 모든 비용이 자신의 주머니에서 나간다는 점은 잊지 말라고 경고했지요.

그는 장례를 치르는 동안 기뻐하거나 슬퍼하는 기색을 전혀 보이지 않고 시종일관 차갑고 무관심한 표정을 지었습니다. 굳이 표정을 찾는다면, 어려운 일을 탈 없이 치른 뒤의 냉철한 만족감 같은 것 정도라고 할까요. 그런데 딱 한 번 그가 정말로 기뻐하는 모습을 보았답니다. 사람들이 집에서 관을 내갈 때였어요. 가여운 헤어턴 도련님을 안아서 탁자 위에 올려놓더니, 이렇게 중얼거리더군요.

"귀여운 꼬마야, 이제 넌 내 거야! 네가 모진 바람에도 휘지 않고 잘 자랄 수 있는지 어디 한번 두고 보자!"

아무것도 모르는 헤어턴 도련님은 그의 말이 끝나자마자 그의 뺨에 자신의 뺨을 갖다 댔어요. 하지만 저는 그 말뜻을 짐작하고 이렇게 말했습니다.

"도련님은 저와 함께 스러시크로스 저택으로 갈 겁니다. 도련님이 당신 거라니, 그런 법이 어디 있어요!"

"에드거가 그러라고 하던가?"

"물론입니다, 도련님을 데려오라고 하셨어요."

"이를 어쩐다? 나는 아이를 하나 길러 보고 싶은데 말야. 이 아이를 데려간다면 나는 내 자식을 찾아올 수밖에 없어. 네 주인한테 전해. 이 아이도 그냥 보내진 않겠지만, 언젠간 내 자식을 꼭 데려오고 말겠다고."

린턴 도련님을 데려가겠다는 협박을 듣자, 저는 주인님께 모든 것을 사실대로 말할 수밖에 없었어요. 주인님은 얘기를 다 듣고도 별반 흥미가 없다는 듯 아무 말도 하지 않더군요.

이제 워더링 하이츠에서는 식객이었던 사람이 주인의 자리를 차지하게 되었답니다. 그는 힌들리 도련님이 도박에 미쳐 저당잡힌 땅과 돈의 저당권자가 바로 자기라는 것을 변호사 앞에서 증명해 보였습니다.

그 덕분에 인근에서 가장 지체 높은 신분이어야 할 헤어턴 도련님은 아버지의 원수한테 의지하는 신세로 떨어져 버렸지요. 자기 집에서 임금도 받지 못한 채 하인처럼 살고 있는데도, 보살펴 주는 사람도 없고 스스로 무엇이 잘못된 줄을 몰랐기 때문에 권리를 되찾을 길이 없었답니다.

제 8 장
캐시, 헤어턴과 만나다

그렇게 어두웠던 시기가 지난 뒤, 열두 해가량은 제 인생에서 가장 행복한 시절이었어요. 캐시 아가씨가 잔병치레를 많이 해서 걱정스럽긴 했지만, 그거야 다른 집 아기들도 자라면서 다 그러는 거고요.

캐시 아가씨는 생후 육 개월이 지나자 키가 쑥쑥 자랐습니다. 어머니의 무덤에 여름 꽃이 두 번 피기 전에 걸음도 걷고 말도 할 줄 알게 되었지요.

이 귀여운 아가씨는 쓸쓸한 집안에 햇살 같은 존재였습니다. 언쇼 집안의 검은 눈에다 린턴 집안의 하얀 얼굴, 그리고 노란 고수머리를 물려받아 정말로 예뻤답니다.

몇 가지 단점도 있기는 했지만, 활기차면서도 친절하고 정이 많았어요. 단점은 귀엽게 자란 여느 아이들처럼 다소 괴팍하고 버릇이 없다는 것이었지요. 하인들이 조금만 귀찮게 하면 아빠한테 쪼르르 달려가서 일러바치기 일쑤였고, 주인님이 조금만 얼굴을 찌푸려도 큰일이 난 것처럼 소란을 피웠습니다.

주인님은 아가씨의 교육을 몸소 맡았답니다. 아가씨는 호기심이 많고 머리가 영리해서 공부를 퍽 잘했어요. 덕분에 주인님도 가르치는 일에 큰 보람을 느꼈고요.

캐시 아가씨는 열세 살이 될 때까지 혼자서 울타리 밖으로 나가 본 적이 없었어요. 주인님이 가끔씩 밖에 데리고 나가기는 했지만, 다른 사람들에게는 절대 딸을 맡기지 않았거든요. 그래서 아가씨가 가 본 곳이라곤 오직 교회뿐이었지요. 당연히 워더링 하이츠와 히스클리프 씨에 대해서는 전혀 몰랐답니다.

바깥 세상과 격리된 채 집 안에 틀어박혀 사는 게 그리 불만스러워 보이진 않았지만, 그래도 가끔씩 창 밖을 내다보면서 저에게 묻곤 했어요.

"얼마쯤 지나야 내가 저 산꼭대기까지 걸어갈 수 있을까? 저 빛나는 바위들 밑은 어떻게 생겼을까? 여기는 저녁때인데 저기는 왜 아직 환한 거지?"

"저기는 여기보다 훨씬 높으니까요. 그리고 너무 높고 험해서 아가씨는 올라갈 수 없어요."

"넬리는 가 본 적이 있다는 이야기네? 아빠도 가 보셨을까?"

아가씨가 기쁨에 찬 목소리로 소리치자, 저는 당황스런 마음에 황급히 대꾸했어요.

"주인님은요, 아가씨가 일부러 저런 데까지 갈 필요가 없다고 말씀하실 거예요. 이쪽 숲이 제일 아름답거든요."

"저 산꼭대기에 올라가서 사방을 둘러보고 싶어!"

언젠가 하인 한 명이 아가씨에게 그 곳에 큰 동굴이 있다고 말한 적이 있었어요. 그 후로 아가씨의 머릿속은 온통 그 곳에 갈 생각뿐이었지요. 아가씨가 밖으로 나가게 해 달라고 조르자, 주인님은 나이가 더 들면 그렇게 해 주겠다고 약속했습니다.

캐시 아가씨는 일 년이 아니라 한 달 단위로 나이를 헤아리면서 이제 다 컸으니 허락해 달라고 떼를 썼어요. 그 바위로 가는 길은 워더링 하이츠와 매우 가까웠답니다. 주인님은 아가씨가 그 근처로 가는 것을 원하지 않았기 때문에 끝까지 거절할 수밖에 없었지요.

참, 이사벨라 아가씨가 히스클리프 씨를 떠난 뒤 열두 해쯤 있다가 돌아가셨다는 것은 이미 말씀드렸지요? 린턴 집안은 모두 약골이었어요. 아가씨나 주인님 모두 같은 병으로 돌아가셨거든요. 일종의 열병인데, 처음에는 이렇다 할 통증이 없다가 갑작스레 목숨을 빼앗아 가곤 했지요.

아가씨도 병을 앓다가 죽음을 예견했는지, 오빠에게 가능한 한 빨리 와 달라는 편지를 보냈어요. 마지막 작별 인사를 하고 싶기도 하지만, 무엇보다 아들을 오빠 손에 안전하게 맡기고 싶다고 간청했지요. 히스클리프 씨가 아들의 양육을 책임지지 않을 거라고 생각했던 것 같아요.

주인님은 아가씨의 편지를 보고는 주저하지 않고 곧장 출발했어요. 집을 비우는 동안 캐시 아가씨를 잘 보살피라고 제게 신신당부를 했지요. 비록 저와 함께라도 아가씨가 정원을 벗어나는 일이 있어서는 안 된다고 몇 번이나 다짐을 받았습니다.

주인님은 삼 주일 동안 집을 비웠어요. 아가씨는 처음 며칠 동안은 너무 슬퍼서 책을 읽거나 놀지도 않은 채 서재에 틀어박혀 있었지요. 그러다가 싫증이 났는지 어느 날부터인가 짜증을 내기 시작하더군요. 저는 이래저래 바빴기 때문에 아가씨와 놀아줄 틈이 없었답니다. 그래서 아가씨를 정원에 내보내 혼자 돌아다니게 했어요. 산책을 하게 하기도 하고, 말을 타게 하기도 했지요. 그러다 아가씨가 돌아오면, 진짜 있었던 일이든 꾸며 낸 이야기든 그 날의 모험담을 꾹 참고 들어주었습니다.

아가씨는 혼자서 돌아다니는 일에 재미가 붙었는지, 아침에 나가면 차 마시는 시간까지 돌아오지 않곤 했습니다. 그래도 저는 아가씨가 정원을 벗어났다는 생각은 하지 못했어요. 아가씨가 감히 혼자서 밖으로 나갈 생각을 하지는 못할 거라고 믿었거든요.

그런 믿음이 잘못된 것이었어요. 어느 날 아침 여덟 시쯤 캐시 아가씨가 제게 와서 아랍 여행자 놀이를 하러 갈 거라고 하더군요. 아라비아 상인이 되어 대상을 거느리고 사막을 건널 거니까, 아가씨는 물론 말 한 마리와 개 세 마리가 먹을 음식을 넉넉히 챙겨 줘야 한다고요. 저는 맛있는 음식을 바구니에 잔뜩 넣어서 말안장에 매달아 주었어요. 차양 넓은 모자를 쓴 아가씨는 즐거운 표정으로 말에 오르더니, 일찍 돌아와야 된다는 제 말을 비웃기라도 하듯 깔깔거리며 말을 몰고 떠났지요.

그런데 그 말괄량이가 그 날 차 마시는 시간이 되어도 나타나지를 않는 것이었어요. 같이 떠난 늙은 개는 돌아왔지만, 아가씨와 말은 보이지 않았지요. 사람들을 보내 사방으로 찾아보게 한 뒤, 저도 밖으로 나가 아가씨를 찾아 헤맸답니다.

마침 숲 쪽의 울타리를 손질하고 있는 일꾼이 있기에 다가가서 아가씨를 보지 못했느냐고 물었습니다. 그러자 그가 이렇게 대답하더군요.

"아침에 보긴 봤는데요. 말을 타고 담장을 뛰어넘더니 금세 사라져 버리셨구먼요."

순간 캐시 아가씨가 그 바위를 찾아갔으리란 생각이 들었습니다. 저는 일꾼이 손질하고 있던 울타리를 지나서 워더링 하이츠가 보이는 곳까지 빠르게 걸어갔어요. 하지만 아가씨는 보이지 않았습니다. 바위는 히스클리프 씨의 집에서 이 킬로미터쯤 떨어진 곳에 있었는데, 혹시라도 그 곳에 도착하기 전에 밤이 돼 버릴까 봐 심장이 꽉 막히는 듯했지요.

'아가씨가 바위에 오르다가 미끄러졌으면 어떡하지? 그래서 뼈가 부러졌거나 죽었다면?'

너무너무 불안하고 초조했어요. 그 때였습니다. 워더링 하이츠에 딸린 농가 옆을 지나가노라니, 창 밑에 우리 개 중 가장 사나운 놈이 귀에 피를 흘리며 엎드려 있는 것이 보였습니다. 저는 현관으로 뛰어가서 문을 두드렸어요. 그러자 낯이 익은 하녀가 얼굴을 내밀더군요.

"아! 아가씨를 찾아서 왔군요. 걱정하지 말아요. 아가씨는 무사히 잘 있어요. 그나저나 주인님이 아니어서 다행이네요."

"그럼 그분은 지금 집에 안 계신가요?"

"네, 한 시간쯤 후에야 돌아오실 거예요. 이리 들어와서 쉬었다 가세요."

안으로 들어가자 캐시 아가씨가 엄마가 어렸을 때 쓰던 조그만 의자에 앉아 불을 쬐고 있더군요. 아가씨는 아주 편안해 보였어요. 전에 없이 행복한 얼굴로 헤어턴 도련님과 수다를 떨고 있었습니다. 헤어턴 도련님은 이제 열여덟 살의 건장한 청년이 되어 있었는데, 호기심 어린 표정으로 캐시 아가씨를 바라보고 있었어요.

저는 반가운 마음을 감추고 짐짓 화난 표정으로 소리쳤어요.

"아, 아가씨! 아버님이 돌아오실 때까지 다시는 집 밖으로 내보내지 않겠어요. 어서 집으로 돌아가요. 앞으로는 아가씨를 믿지 않을 거예요."

아가씨는 곧 울음을 터뜨리며 말했어요.

"내가 뭘 어쨌다고? 아빠는 나한테 그렇게 화내지 않으실 거야. 넬리처럼 그러지 않으실 거라고."

"자, 이리 오세요. 화내지 않을게요. 벌써 열세 살인데, 어린아이처럼 굴면 창피하잖아요."

제가 아가씨를 애써 달래고 있는데, 그 집 하녀가 불쑥 끼어들었어요.

"예쁜 아가씨에게 너무 심하게 굴지 말아요, 딘 부인. 저희가 아가씨를 모셔 왔어요. 아가씨는 집에서 걱정할까 봐 말을 타고 그냥 지나치려 했는데, 헤어턴 도련님이 같이 가 주겠다고 했어요. 길이 험하니까 저도 그게 좋겠다고 했고요."

"더 이상 기다릴 수가 없어요. 곧 날이 어두워질 텐데……. 말은 어디다 뒀어요?"

저는 아가씨에게 모자를 씌워 주기 위해 가까이 다가갔어요. 그런데 아가씨는 그 집 사람들이 자기 편이라는 사실을 알고는 망아지마냥 방 안을 이리저리 뛰어다니기 시작했습니다. 생쥐처럼 요리조리 어찌나 잘 피하는지 어기적거리며 쫓아다니는 제 꼴만 우습게 되었지요. 그 꼴을 보고 헤어턴 도련님과 하녀가 웃음을 터뜨리자, 아가씨도 덩달아 깔깔거리고 웃으면서 저를 놀렸습니다. 결국 저는 화가 나서 소리를 지르고 말았어요.

"캐시 아가씨, 이 곳이 누구네 집인지 안다면 저보다 먼저 나가고 싶을걸요."

제 말에 아가씨는 헤어턴 도련님에게 고개를 돌려 의아한 표정으로 물었어요.

"네 아빠의 집이지, 그렇지?"

"아니야."

그는 얼굴을 붉히며 조그만 목소리로 대답했습니다. 아가씨가 다시 물었어요.

"그럼 누구네 집이야? 네 주인댁이야?"

헤어턴 도련님은 얼굴이 더욱더 빨개지더니 이내 고개를 떨어뜨리더군요. 그런데도 이 말썽쟁이 아가씨는 질문을 그치지 않았습니다. 이번에는 저에게 물었어요.

"저 애 주인은 누구야? 저 애는 아까 '우리 집'이니 '우리 식구들'이니 하고 말했어. 그래서 저 애가 이 집 주인의 아들인 줄 알았지. 그리고 나를 '아가씨'라 부르지도 않았거든. 하인이라면 그렇게 불러야 되는 거잖아?"

헤어턴 도련님은 그 말을 듣고 먹구름이 몰려든 듯 순식간에 표정이 어두워졌어요. 저는 아가씨의 말에 대꾸하지 않은 채 어서 나가자고 재촉했습니다. 그러자 아가씨가 헤어턴 도련님에게 명령하듯 말했지요.

"가서 내 말을 끌고 와. 그리고 나랑 같이 가자. 마귀 사냥꾼이 나온다는 늪도 보고, 요정에 대한 이야기도 마저 듣고 싶어. 빨리 해! 뭘 하는 거야? 어서 말을 끌고 오라니까."

"내가 너 같은 것의 하인이 되느니 네가 뒈지는 꼴을 먼저 보겠어! 건방진 마귀 할멈 같은 게 까불고 있어!"

헤어턴 도련님이 덤벼들 듯이 말하자, 아가씨는 눈이 휘둥그레지면서 외쳤어요.

"어떻게 내게 그런 말을 할 수 있지? 네가 한 말을 모두 우리 아빠한테 일러바칠 테야!"

헤어턴 도련님이 그런 위협쯤은 아무렇지도 않다는 듯한 표정을 짓자, 아가씨는 더욱더 화가 나서 울먹였어요. 그러다 하녀 쪽으로 몸을 돌리며 말했습니다.

"네가 내 말을 끌고 와."

그러자 하녀가 대답했어요.

"상냥하게 대해 주세요, 아가씨. 친절하게 구셔도 나쁠 것 없잖아요. 그런데 말이에요, 헤어턴 도련님이 주인님의 아들은 아니지만 아가씨와는 사촌지간이랍니다. 그리고 저 역시 아가씨 댁의 하녀가 아니고요."

캐시 아가씨는 쌀쌀맞게 웃으며 말했어요.

"저 아이가 내 사촌이라고? 아빠는 내 사촌을 데리러 런던에 가셨어. 그리고 내 사촌이라면 신사의 아들이어야지."

아가씨는 결국 울음을 터뜨리고 말았어요. 저는 쓸데없는 이야기를 나눈 아가씨와 하녀 때문에 속이 상했습니다. 이사벨라 아가씨의 아들을 데려온다는 사실이 히스클리프 씨의 귀에 들어갈 게 뻔한 데다, 주인님이 돌아오면 아가씨는 곧장 헤어턴 도련님이 정말 친척이냐고 물을 테니까요.

헤어턴 도련님은 하인으로 취급받은 불쾌감이 잦아들자, 말을 문 쪽으로 끌고 왔어요. 그리고 아가씨의 마음을 달래려고 개집에서 예쁜 강아지 한 마리를 데려와 품에 안겨 주었습니다. 아가씨는 잠시 울음을 그치고 두려움과 증오가 섞인 눈길로 그를 바라보더니 다시금 울음을 터뜨리더군요.

그 모습을 보자 저도 모르게 웃음이 비어져 나왔어요. 헤어턴 도련님은 잘생긴 데다 체격까지 좋았지만, 작업복을 입고 있었기 때문에 차림새가 영 볼품이 없었거든요. 그래도 저는 그의 얼굴에서 아버지보다는 마음씨가 좋을 거라는 느낌을 받았답니다.

히스클리프 씨는 헤어턴 도련님에게 크게 해를 끼치지는 않았던 것 같아요. 헤어턴 도련님의 거침없는 성격 덕분에 굳이 힘으로 누를 생각을 하지 않았던 것이겠지요. 괴롭힐 맛이 날 만큼 도련님이 소심해 보이지 않았을 수도 있고요.

아무튼 히스클리프 씨는 헤어턴 도련님이 들짐승처럼 거칠고 난폭하게 자라도록 내버려둔 것만은 틀림이 없는 듯했답니다. 글을 가르치지 않았을 뿐 아니라, 자신을 화나게 하지 않는 이상 그 어떤 나쁜 습관도 야단을 친 적이 없다고 하니까요.

이런, 이야기가 다른 데로 흘렀네요. 캐시 아가씨는 헤어턴 도련님이 화해의 표시로 준 강아지는 받지 않은 채, 자기가 데리고 온 개를 내놓으라고 소리쳤어요. 그리고 잠시 후 그 개와 함께 풀이 죽은 채 집을 향해 출발했지요.

아가씨는 그 날 하루를 어떻게 보냈는지 길게 말하지 않았어요. 제가 생각했던 것처럼 바위 쪽으로 가려 했는데, 농가의 대문 앞을 지날 때 마침 헤어턴 도련님이 나타났다고 하더군요. 그의 개들이 우리 개에게 달려들어 싸움이 나는 바람에 두 사람이 서로 인사를 나누게 되었답니다. 캐시 아가씨가 헤어턴 도련님에게 바위 쪽으로 가는 길을 물으며 같이 가 달라고 부탁했고요.

사실 아가씨는 헤어턴 도련님이 꽤 마음에 들었던 모양이에요. 그렇기에 헤어턴 도련님이 퍼부은 욕설을 견디기가 어려웠던 거고요. 집에서는 '귀염둥이'니, '여왕'이니, '천사'니 하는 말만 듣다가 낯선 사람한테서 그런 소리를 들었으니 아가씨로서는 심한 모욕을 당한 셈이죠.

그 날 저는 오랫동안 아가씨를 설득한 뒤에야 주인님에게 아무 말도 하지 않겠다는 약속을 받아 냈습니다. 저는 주인님이 워더링 하이츠에 사는 사람들을 얼마나 싫어하는지 설명했어요. 아가씨가 거기에 갔다는 이야기를 들으면 얼마나 못마땅해 할지, 그리고 제가 지시를 어겼다는 걸 알면 화가 나서 저를 쫓아내 버릴지도 모른다고 말했지요.

캐시 아가씨는 제가 자신의 곁을 떠난다는 것은 생각만 해도 참을 수 없다고 했습니다. 그래서 입을 다물겠다고 약속했고요.

제 9 장
히스클리프의 아들

주인님은 검은색 테를 두른 편지를 보내, 집에 도착하는 날짜를 알렸습니다. 이사벨라 아가씨가 세상을 떠났으니, 캐시 아가씨에게 상복을 입히고, 어린 조카가 묵을 방을 준비해 두라는 내용이었어요. 캐시 아가씨는 아버지가 돌아오는 데다, '진짜' 사촌을 만난다는 생각에 기뻐서 펄쩍펄쩍 뛰었습니다.

바야흐로 주인님이 오기로 한 날의 저녁때가 되었어요. 아가씨는 아침부터 안절부절못하다가 결국 대문 밖으로 마중을 나가야 한다며 저를 귀찮게 졸랐지요. 저와 함께 정원을 지나 대문으로 가는 동안에도 가만있지를 못했답니다.

"왜 이렇게 늦지? 조금만 더 가 보자. 저기 떡갈나무 숲 있는

데까지만 가잔 말이야!"

바로 그 때 역마차가 굴러오는 것이 보였습니다. 창문 너머로 아버지의 얼굴이 보이자, 아가씨는 소리를 지르면서 곧장 두 팔을 내밀었어요. 주인님도 마차에서 내리더니 똑같이 달려들었고요.

부녀가 애정 넘치는 인사를 주고받는 사이, 저는 린턴 도련님이 어떻게 생겼는지 궁금해서 마차 안을 들여다보았어요. 린턴 도련님은 마치 한겨울이라도 되는 듯 모피에 감싸인 채 한쪽 구석에 잠들어 있었습니다. 얼굴이 희고 가냘픈 것이 꼭 여자애같이 생겼더군요. 많이 병약해 보였고요.

그 때 막 잠에서 깨어난 도련님이 외삼촌에게 안겨 마차에서 내렸어요.

"이 아이가 네 사촌 캐시란다, 린턴. 캐시는 벌써 네가 마음에 드는 모양이구나. 이제 여행도 끝났으니 재미있게 놀기만 하면 된단다."

주인님이 두 아이의 작은 손을 한데 잡으며 말했어요. 이윽고 캐시 아가씨가 환영의 인사를 하자, 도련님은 몇 걸음 뒤로 물러서더니 손가락으로 눈물을 닦아 냈습니다. 아가씨는 린턴의 이상스런 행동에 머쓱해져서 슬픈 얼굴을 한 채 주인님에게로 돌아갔지요.

세 사람은 함께 집으로 들어간 뒤, 다과가 차려져 있는 서재로 들어갔습니다. 저는 린턴 도련님의 외투를 벗겨 주고 탁자 옆의 의자에 앉혔어요. 그런데 의자에 앉자마자 도련님이 울기 시작하더군요.

"난 딱딱한 의자에는 못 앉아."

"그럼 소파로 가렴. 넬리가 다과를 거기로 가져다 줄 거야."

주인님이 참을성 있게 말했습니다. 린턴 도련님은 의자에서 일어나 소파로 가더니 그대로 드러누웠어요. 그러자 캐시 아가씨가 자기 찻잔을 도련님 곁으로 가져갔지요.

아가씨는 사촌이 귀여워서 어쩔 줄 몰라하며, 고수머리를 다정히 쓰다듬어 주기도 하고, 뺨에 입을 맞추기도 하며, 갓난아기 다루듯이 했습니다. 도련님도 싫지는 않은 듯했고요. 눈물을 닦고 희미하게 웃어 보였거든요.

두 아이를 바라보고 있던 주인님이 제게 말했어요.

"저만하면 됐어. 우리하고만 있게 된다면 말이야. 또래 친구와 놀다 보면 기운도 차리고 몸도 튼튼해지고 그러겠지."

'그렇지요, 우리가 계속 데리고 있을 수만 있다면요.'

저는 속으로 이렇게 중얼거렸어요. 그럴 가능성이 많지 않았기 때문이지요. 저렇게 약한 아이가 워더링 하이츠 같은 곳에서, 더군다나 난폭하기 그지없는 아버지와 헤어턴 도련님 사이에 끼어서 어떻게 살아갈지 걱정스럽더군요.

저의 걱정은 곧 그대로 맞아떨어졌어요. 제가 캐시 아가씨와 린턴 도련님을 위층으로 데려가 재운 뒤 다시 내려왔을 때였습니다. 하녀 한 명이 달려오더니, 조지프가 문간에 와서 주인님을 만나고 싶어한다고 전했어요.

저는 밤이 늦었다는 핑계로 돌려보내려 했지만 그는 막무가내로 맞섰답니다. 결국 저는 서재로 가서 주인님에게 반갑지 않은 손님이 찾아왔다고 전할 수밖에 없었지요. 주인님이 뭐라고 대답을 하려는 찰나, 뒤쫓아온 조지프가 저를 밀치며 큰 소리로 말했습니다.

"히스클리프 주인님이 아드님을 데려오라고 하셨습니다."

주인님은 한참 동안 아무 말이 없었습니다. 몹시 슬픈 표정이더군요. 린턴 도련님이 불쌍하기도 하고, 죽은 누이의 부탁이 마음에 걸리기도 했지만 달리 묘안이 떠오르지 않는 듯했어요. 이윽고 주인님이 차분히 대답했습니다.

"내일 린턴을 워더링 하이츠에 데려다 줄 거라고 전하게. 아이가 잠이 든 데다 지금은 고단해서 먼 거리를 갈 수가 없어. 아이 엄마가 그 애를 나에게 부탁한 사실과 아이의 건강이 아주 나쁘다는 말도 함께 전하게."

"저희 주인님한테는 도련님의 어머니나 에드거 어른의 말씀이 전혀 중요하지 않습니다. 주인님으로선 아들을 찾는 문제입니다. 저는 도련님을 꼭 모셔 가야 합니다."

"오늘 밤은 안 돼!"

주인님은 화가 나서 조지프의 팔을 잡아채어 밖으로 내쫓고
는 세차게 문을 닫았어요. 조지프가 물러서며 말했습니다.

"내일은 히스클리프 주인님이 직접 오실 겁니다."

히스클리프 씨가 직접 찾아온다는 위협은 꽤 효과가 있었습
니다. 주인님은 히스클리프 씨를 피하기 위해, 다음 날 아침 일
찍 저를 불러 린턴 도련님을 워더링 하이츠에 데려다 주라고 지
시했으니까요.

"캐시에게는 린턴이 어디로 갔는지 말하지 말게. 앞으로 캐시
는 린턴을 만나서는 안 돼. 그러니까 그 애가 가까운 곳에 있다
는 것을 모르고 지내도록 하는 편이 좋겠네. 아버지가 갑자기
나타나서 데려갔다고만 하도록 해."

새벽에 잠을 깨우자 린턴 도련님은 몹시 짜증스러워했습니
다. 저는 아버지가 당장 보고 싶어하니 서둘러 가야 한다고 말
했어요. 그러자 도련님이 당황해 하며 소리를 지르더군요.

"아빠라고? 내게 아빠가 있단 말이야? 엄마는 아빠가 있다는
말을 한 번도 한 적이 없어. 아빠는 어디에 살아?"

"아버님은 여기서 가까운 곳에 사세요. 도련님이 건강해지면
걸어서 올 수 있는 거리예요. 어머님을 좋아했던 것처럼 이제부
턴 아버님도 좋아해야 돼요."

"그런데 왜 다른 사람들처럼 엄마와 아빠가 같이 살지 않은
거지?"

"아버님은 사업 때문에 북부에 계셨고, 어머니는 건강 때문에 남부에 사셨거든요."

제가 둘러댔는데도 도련님은 만족해 하지 않고 계속 물었어요.

"왜 엄마는 아빠에 대해 한 마디도 하지 않았을까? 외삼촌 얘기는 종종 들었는데…… 그런데 내가 아빠를 사랑할 수 있을까? 아빠에 대해 아는 것이 전혀 없어서 말야."

"자식은 누구나 부모님을 사랑한답니다. 어머님은 도련님이 아버님 이야기를 들으면, 아버님과 함께 있고 싶어할까 봐 그러셨을 거예요. 어서 서둘러요. 지금은 한 시간쯤 더 자는 게 중요하지 않아요."

"그 아이도 우리랑 같이 가나? 어제 본 여자애 말이야."

"오늘은 안 가요."

"외삼촌은?"

"안 가세요. 제가 같이 갈 거예요."

린턴 도련님은 갑자기 베개에 얼굴을 묻으며 말했어요.

"외삼촌이 안 가면 나도 안 가."

도련님은 옷을 갈아입는 것조차 막무가내로 거부했어요. 그래서 주인님에게 도움을 구할 수밖에 없었지요. 주인님은 그 곳에 오래 머무르게 하지 않을 거라는 둥, 캐시 아가씨와 함께 곧 찾아갈 거라는 둥, 몇 가지 허황된 약속을 해 주었답니다. 도련님은 그제야 침대에서 일어나더군요.

막상 워더링 하이츠로 길을 떠나자, 맑은 공기와 햇살 때문인지 도련님의 얼굴이 환해졌어요. 도련님은 새 집과 그 곳 사람들에 대해 흥미를 가지고 질문을 퍼붓기 시작했지요.

"워더링 하이츠도 스러시크로스 저택만큼 멋진 곳이야?"

"크지는 않지만 사방에서 아름다운 경치를 볼 수 있어요. 처음에는 집이 낡았다고 생각될지도 모르지만, 이 근방에서는 둘째가는 집이죠. 무엇보다 들판을 거닐면 아주 즐겁고요."

"아빠도 외삼촌처럼 잘생겼어?"

"아버님도 외삼촌만큼 젊지만, 머리카락과 눈이 검고 더 엄하게 생기셨어요. 처음에는 그리 친절하거나 상냥하지 않으실 거예요. 원래 성품이 그렇거든요. 하지만 외삼촌보다도 도련님을 더 좋아하실 거예요. 아들이니까요."

워더링 하이츠에는 여섯 시 반쯤 도착했는데, 그 집 사람들은 벌써 아침 식사를 마친 뒤였습니다. 히스클리프 씨는 저를 보자 이렇게 소리쳤어요.

"어이, 넬리! 내 어린것을 데려왔구먼. 어디 쓸 만한가 좀 봐야겠군!"

그는 일어나서 문 쪽으로 성큼성큼 걸어왔어요. 헤어턴 도련님과 조지프가 호기심이 가득한 표정으로 그 뒤를 따랐고요. 가여운 도련님은 겁을 잔뜩 먹은 채 세 사람을 번갈아 쳐다봤지요. 도련님을 찬찬히 살피던 조지프가 얼굴을 찌푸리며 말했습니다.

"그 양반이 주인님의 아이를 바꾼 모양입니다. 자기 딸을 보냈구먼!"

그러자 히스클리프 씨가 경멸 어린 눈빛으로 말했어요.

"예쁘장하군. 귀여운 것 같으니! 하지만 생각했던 것보다 못 쓰겠어. 아주 심해!"

저는 벌벌 떨고 있는 도련님에게 안으로 들어가자고 말했어요. 도련님은 아버지의 말을 알아듣지 못했을뿐더러, 이 험상궂은 사람이 자기 아버지라는 사실도 알아차리지 못했습니다. 그래서 히스클리프 씨가 의자에 앉으면서 가까이 오라고 하자, 제 어깨에 얼굴을 묻고 엉엉 울기 시작했지요. 히스클리프 씨는 도련님을 자기의 무릎 앞으로 홱 잡아당긴 뒤, 손으로 턱을 잡고 고개를 쳐들게 했어요.

"왜 바보같이 울고 그래? 우린 널 해치지 않을 거야, 린턴, 네 어미랑 똑같이 생겼구나. 날 닮은 구석이 있기나 한 걸까?"

그는 곧 도련님의 모자를 벗기고 숱 많은 고수머리를 뒤로 넘겨 주었습니다. 가느다란 팔과 조그마한 손가락도 만져 보았고요. 그러는 동안 도련님은 울음을 멈추고 커다란 눈을 들어 그의 얼굴을 쳐다봤어요. 히스클리프 씨는 도련님의 몸이 약하다는 것을 확인하고 나서 이렇게 물었습니다.

"내가 누군지 알겠니?"

"몰라요."

"내 이야기를 들은 적은 있겠지?"

"아무것도 못 들었어요."

린턴 도련님은 겁먹은 표정으로 대답했어요.

"못 들어? 네 어미가 아비 이야기를 전혀 하지 않았다는 말이군. 이거 퍽 유감스런 일인걸! 린턴, 넌 내 아들이야. 착하게 굴면 나도 너한테 잘할 거란다. 넬리, 고단하지 않으면 이제 집으로 가는 게 어때? 넬리가 여기서 얼쩡거리는 동안은 이 아이가 안정을 찾지 못할 듯한데⋯⋯."

"저기요, 도련님에게 친절히 대해 주면 좋겠습니다. 안 그러면 오래 살지 못할 거예요."

제 말에 그가 웃음을 터뜨리며 말했어요.

"아주아주 친절하게 굴 테니 걱정할 것 없어. 친절을 듬뿍 베풀어서 이 아이의 애정을 나 혼자 차지할 거야. 조지프! 이 아이에게 아침 식사를 갖다 줘. 헤어턴, 넌 나가서 일하고!"

그들이 나가자, 히스클리프 씨가 몇 마디 덧붙였어요.

"내 아들이 장차 그 집의 주인이 될 텐데, 확실한 후계자가 될 때까지 죽으면 안 되지. 난 내 아들이 그 집의 당당한 주인이 되는 걸 보고 싶어. 그렇게 되면 내 아들이 그들의 자녀를 하인으로 고용하겠지. 그들은 자기네 조상의 땅에서 일할 거고, 나는 그걸 보면서 쾌감을 느낄 거야. 내가 이 녀석을 받아들이는 것도 바로 그런 생각 때문이지. 난 아이가 싫어. 아이가 불러오는 기억들은 더 싫고! 하지만 나랑 있어도 아무 일이 없을 거야. 그럴 만한 이유를 설명했잖아.

위층 방을 잘 꾸며 두라고 했어. 가정 교사도 일 주일에 세 번씩은 오도록 해 두었고. 헤어턴에게도 이 아이의 말에 복종하라고 지시했지. 나는 이 아이가 주위 사람들과 달리 훌륭하게 자랄 수 있도록 준비를 했는데, 그렇게 애쓴 보람이 있을 것 같지 않아서 몹시 섭섭하군. 희여멀건 얼굴에 울보라니, 몹시 실망스럽단 말이야!"

그가 말하는 사이, 조지프가 우유죽 한 그릇을 들고 와서 도련님 앞에 내려놓았습니다. 도련님은 못마땅한 얼굴로 그 변변치 않은 죽을 숟가락으로 휘휘 젓더니 이내 먹을 수 없다고 말했어요. 그것을 보고 조지프는 화가 난 표정을 지어 보이더니, 저에게 도련님이 즐겨 먹던 음식이 무엇인지 묻더군요.

저는 조지프에게 상세히 대답을 해 준 다음, 도련님이 한눈을 파는 사이에 밖으로 빠져 나왔어요. 제가 문을 닫자마자, 도련님이 미친 듯이 울부짖는 소리가 들렸습니다.

"날 두고 가지 마! 난 여기 안 있을래! 여기 안 있을 테야!"

저는 그들이 빗장을 걸어 도련님이 밖으로 나갈 수 없도록 하는 것을 알아차리고는 급히 그 곳을 떠났습니다.

한편 스러시크로스 저택에서는 캐시 아가씨 때문에 곤혹스런 일이 벌어졌답니다. 사촌이랑 놀 생각으로 신이 나서 아침 일찍 일어났다가, 그가 떠났다는 걸 알고는 눈물을 펑펑 쏟았거든요. 주인님이 도련님을 데려올 수 있는 방도를 찾아보겠다고 하면서 간신히 달래었어요. 사실 그럴 희망은 없었지만요. 어쨌든 그 말에 아가씨는 안정을 되찾았고, 시간이 지나자 사촌을 잊는 것 같았습니다.

저는 마을에서 워더링 하이츠의 가정부를 만날 때마다 도련님의 안부를 묻곤 했습니다. 도련님도 캐시 아가씨만큼이나 집 안에 갇혀 살아서 좀처럼 모습을 드러내지 않았거든요.

그 가정부는 도련님이 여전히 몸이 허약하고 까다로워서 보살피기가 힘들다고 했습니다. 게다가 히스클리프 씨는 아들을 썩 좋아하지 않는 눈치라고 하더군요. 아들과 방 안에 몇 분 동안 같이 있는 것조차 참기 힘들어 할 정도라고요.

두 사람은 거의 말을 주고받지 않는다고 했습니다. 도련님은 공부를 하거나 온종일 침대에 누워서 지낸다고 하더군요. 온갖 병치레를 다 하고 있고요. 그래서 한여름에도 불을 피워야 하고, 맛있는 것만 입에 달고 산다고 했습니다.

제 10 장
해 후

　캐시 아가씨가 열여섯 살이 될 때까지 스러시크로스 저택에서는 예전처럼 즐거운 날들이 이어졌답니다. 그 해 3월 20일은 무척 아름다운 봄날이었습니다. 주인님이 서재에 들어가자, 아가씨는 나들이옷을 입고 아래층으로 달려 내려왔습니다. 한 시간 동안 들판을 산책해도 좋다는 허락을 받았거든요.

　"얼른 서둘러, 넬리! 거기 들판에 뇌조들이 있단 말이야. 뇌조가 둥지를 틀었는지 보고 싶어."

　"거긴 너무 멀어요. 그리고 뇌조들은 들판 *끄트머리*에 둥지를 틀지 않아요."

　"아냐, 그렇게 멀지 않아. 아빠랑 그 부근까지 가 본 적이 있어."

저는 더 이상 실랑이를 하지 않고 채비를 한 뒤 기분 좋게 집을 나섰습니다. 아가씨는 신이 나서 오솔길을 따라 이리저리 왔다갔다했고, 저도 여기저기서 지저귀는 새소리에 귀를 기울이며 즐거운 시간을 보냈지요. 아가씨의 금빛 고수머리는 묶지 않아 출렁거렸고, 반들거리는 뺨은 방금 핀 들장미처럼 보드라웠으며, 눈은 즐거움으로 한없이 빛나고 있었답니다.

"자, 아가씨가 말한 그 뇌조는 어디 있나요? 벌써 한참이나 왔는데요."

"조금만 더 가면 돼. 조금만 더 가자고."

아가씨는 계속 그렇게 말했어요. 언덕과 둑을 계속해서 걷다 보니 피로가 몰려오기 시작했습니다. 그래서 아가씨에게 그만 돌아가야 한다고 소리쳤지요. 아가씨는 제 말을 듣지 않고 자꾸만 앞으로 가더니, 갑자기 골짜기 아래쪽으로 폴짝 뛰어내리는 것이었어요.

제가 아가씨의 모습을 다시 보았을 때는 워더링 하이츠와 얼마 떨어지지 않은 곳이었답니다. 남자 두 명이 아가씨의 앞을 막아서고 있더군요. 가까이 다가가서 보니 히스클리프 씨와 헤어턴 도련님이었어요. 제가 다가가자, 아가씨가 빈 손을 내보이며 말했습니다.

"난 아무것도 훔치지 않았어요. 아빠가 이 부근에 뇌조가 많다고 하셔서, 그 알을 찾고 있었던 것뿐이에요."

히스클리프 씨는 악마 같은 웃음을 지으며 저를 흘끗 바라보고는 아가씨에게 아버지가 누구냐고 물었습니다.

"스러시크로스 저택의 린턴 씨예요. 아저씨는 저를 모르시나 봐요. 알았다면 제게 그런 식으로 말하진 않았겠죠."

"네 아버지가 무척 존경받는 사람인 줄 아나 보지?"

히스클리프 씨가 비웃듯이 말했어요.

"그런데 아저씨는 누구시죠? 저 사람은 전에 본 적이 있는데, 아저씨 아들인가요?"

캐시 아가씨가 헤어턴 도련님을 가리키며 말했어요. 도련님은 전보다 덩치가 커지고 건강해진 듯했지만 그만큼 더 거칠어 보였어요. 제가 끼어들었지요.

"캐시 아가씨, 이제 집에 돌아가야 됩니다. 벌써 세 시간이나 지났어요."

히스클리프 씨는 저를 아랑곳하지 않고 대답했어요.

"아니, 저 애는 내 아들이 아니야. 아들이 하나 있긴 한데, 전에 네가 본 적이 있지. 우리 집에서 좀 쉬었다 가는 게 어떻겠니? 숨을 좀 돌려야 집에도 빨리 갈 수 있지 않겠어?"

저는 아가씨에게 무슨 일이 있어도 그의 초대에 응하면 안 된다고 속삭였지만, 아가씨는 히스클리프 씨의 집이 어디쯤인지 짐작이 간다면서 재빠르게 뛰어갔어요. 아가씨의 뒷모습을 바라보며 제가 말했습니다.

"히스클리프 씨, 이건 아주 잘못된 일이에요. 좋은 뜻으로 이러는 게 아니잖아요. 아가씨가 댁에 가면 린턴 도련님을 만나게 될 테고, 집으로 돌아간 뒤에 주인님께 다 털어놓겠죠."

"난 저 아이가 린턴을 만났으면 해. 린턴은 요즘 들어 한결 괜찮아 보이거든. 왜 이 때 만나야 하는지 궁금하지? 난 저 애 둘이 사랑에 빠져서 결혼하길 바라고 있어. 내가 선심 쓰는 거지. 저 아이는 아버지가 죽으면 아무것도 손에 쥐지 못해. 하지만 내 생각대로 해 준다면 린턴과 함께 재산을 상속받을 수 있게 되지."

"린턴 도련님이 일찍 죽게 되면 캐시 아가씨가 상속을 받을 거예요."

"아니, 그렇지 않아. 유서에는 그런 항목이 없으니까. 에드거의 재산은 꼼짝없이 내게로 오게 돼 있지만, 시끄러워지는 게 싫으니 두 아이가 결혼하면 좋겠다는 거야."

"아가씨와 내가 여기에 다시 오는 일은 없을 거예요."

이야기를 나누며 걷다 보니, 어느새 워더링 하이츠의 대문 앞에 이르러 있었습니다. 캐시 아가씨는 먼저 와서 기다리고 있더군요.

히스클리프 씨는 내게 입을 다물라고 한 뒤, 몇 발자국 앞서 가서 현관문을 열었어요. 그리고 아가씨에게 짐짓 웃음을 지어 보이며 자못 부드럽게 대했습니다. 그 때까지만 해도 저는 그가 캐서린 마님에 대한 추억 때문에 아가씨에게 해를 입히지는 않을 거라고 믿었답니다.

린턴 도련님은 난롯가에 서 있더군요. 밖에서 막 들어온 모양인지, 조지프에게 마른 신발을 가져오라고 지시하고 있었어요. 나이에 비해 키가 큰 편이었는데 얼굴은 여전히 예쁘장했습니다. 눈과 피부도 그 전보다 더 건강해 보였고요.

"자, 저 애가 누굴까?"

히스클리프 씨가 캐시 아가씨에게 고개를 돌리며 물었어요. 아가씨는 의심스러운 눈초리로 두 남자를 번갈아 보더니 이렇게 말했습니다.

"아저씨 아들인가요?"

"그렇지. 처음 보는 건 아닐 텐데……. 넌 기억력이 나쁜 편이구나. 린턴, 네가 그토록 보고 싶어하던 사촌이야. 기억나지 않니?"

"어머, 린턴! 네가 정말 린턴이야? 나보다 키가 더 크네!"

캐시 아가씨는 놀라움을 감추지 못하며 소리쳤어요. 아가씨가 사촌에게 입을 맞추자, 둘은 세월이 흐른 만큼 변한 모습에 놀라며 서로를 한참 동안 바라보았어요. 린턴 도련님의 표정에는 활기가 부족해 보였지만, 몸가짐에서는 나름대로 매력을 풍기고 있었지요.

캐시 아가씨는 사촌과 인사를 주고받은 뒤, 히스클리프 씨에게로 몸을 돌리며 말했어요.

"그럼 아저씨는 제 고모부시겠네요? 왜 린턴을 데리고 저희 집에 놀러 오지 않으셨죠? 이렇게 가까운 곳에 사시면서……."

아가씨는 그에게도 입을 맞추려고 한 발짝 다가갔어요.

"네가 태어나기 전에는 자주 갔었지. 잠깐! 그만둬, 입을 맞추고 싶으면 린턴에게나 해."

히스클리프 씨가 다급히 대답했어요. 그러자 아가씨는 무안함을 감추려는 듯, 저한테 입을 맞추려고 덤벼들며 소리쳤어요.

"넬리는 나빠. 나를 이 집에 못 오게 하다니! 앞으로 아침마다 이리로 산책 올 거야. 고모부, 와도 되는 거죠? 이따금 아빠를 모시고 와도 되고……."

히스클리프 씨는 고개를 끄덕이더니, 일그러지려는 표정을 애써 억누르며 말했어요.

"그런데 말이야, 아무래도 네게 미리 말해 두는 편이 좋겠구나. 네 아빠는 나를 좋아하지 않아. 오래 전에 크게 싸운 적이 있거든. 네가 여기 온다는 걸 알면 아마도 말릴 게다. 그러니까 네 아빠께 말씀드리지 말고 조용히 오는 편이 좋을 거야."

"두 분은 왜 싸우셨어요?"

아가씨는 조금 기가 죽어서 물었어요.

"그 땐 내가 너무 가난했기 때문에 네 고모랑 결혼하면 안 된다고 생각했던 것 같다. 그런데도 내가 네 고모와 결혼하니까

화가 난 거지."

"그건 우리 아빠가 잘못한 거네요. 하지만 린턴과 저는 두 분의 싸움과 전혀 관계가 없어요. 제가 여기 오지 않는 대신 린턴이 저희 집으로 오는 것도 좋을 것 같고요."

그 때 린턴 도련님이 중얼거렸어요.

"거기는 너무 멀어. 육 킬로미터나 걸어가다간 지레 죽고 말 거야. 그러니까 일 주일에 한두 번 정도 네가 이리로 와."

히스클리프 씨는 아들에게 경멸 어린 눈길을 던지며 말했어요.

"네 사촌에게 보여 줄 게 없니? 마당에라도 나가 보렴. 마구간에 가서 네 말이라도 보여 주란 말이야."

"캐시, 그냥 여기 앉아 있고 싶지 않아?"

린턴 도련님은 꼼짝도 하기 싫다는 듯한 표정으로 캐시 아가씨에게 물었어요.

"모르겠어."

아가씨는 문 쪽을 흘끗 바라보더니, 뛰어다니고 싶은 마음이 역력한 눈빛으로 대답했습니다. 그런데도 린턴 도련님은 난롯가로 가서 의자에 털썩 주저앉더군요. 히스클리프 씨는 뒷마당으로 나가 헤어턴 도련님을 소리쳐 불렀어요. 잠시 후 헤어턴 도련님의 대답 소리가 들리더니 두 사람이 함께 나타났지요. 헤어턴 도련님은 머리칼이 젖은 걸로 보아 씻고 있었던 모양이었어요.

그 때 갑자기 캐시 아가씨가 외쳤어요.

"저 사람은 제 사촌이 아니죠, 그렇죠?"

"아니, 네 사촌이야. 네 어머니의 조카란다. 넌 저 아이가 맘에 들지 않니?"

히스클리프 씨의 말에도 불구하고, 아가씨는 여전히 의심의 눈길을 보냈어요. 그러다 발돋움을 하더니 그의 귀에 대고 뭐라고 소곤대더군요. 히스클리프 씨는 껄껄 하고 웃음을 터뜨리며 큰 소리로 말했어요.

"우리 중에 네가 제일 맘에 드는 모양이구나, 헤어턴! 캐시와 농장을 한 바퀴 돌고 오너라. 신사처럼 처신하도록 해. 상스런 말은 절대로 하지 말고, 빤히 바라보지도 마라. 그럼 나가 봐."

히스클리프 씨는 창문 옆을 지나가는 두 사람을 한참 동안 지켜봤습니다. 헤어턴 도련님은 아가씨를 한 번도 바라보지 않았어요. 캐시 아가씨는 그를 힐끔힐끔 훔쳐보았고요. 그 모습을 보고 히스클리프 씨가 만족스럽다는 듯이 말하더군요.

"내가 녀석의 혀를 붙들어 매 놨지. 아마 한 마디도 하지 않을 걸. 넬리, 저 나이 때의 나를 기억하나? 아니, 더 어렸을 때 말이야. 나도 저렇게 멍청해 보였던가?"

"더 했죠. 더 침울했으니까요."

"난 저 아이에게서 즐거움을 맛보지. 만약 헤어턴이 바보로 태어났더라면 이렇게 즐거운 감정을 느끼지는 못했을 거야. 나는 저 아이의 기분을 다 알 수 있어. 이건 저 아이가 겪을 괴로움의 시작에 불과해. 저 아이는 거칠고 무지한 데서 절대 벗어날 수 없을 거야. 저 아이의 아비가 나한테 한 것 이상으로 비참하게 다루고 있거든. 저 아이는 짐승과도 같은 자신의 상태를 자랑스럽게 여기고 있지. 내가 그렇게 가르쳤으니까. 나야 아쉬울 게 없어. 헤어턴은 나를 몹시 좋아하니까. 죽은 힌들리가 자기 자식을 부당하게 키운다고 따지기 위해 무덤에서 나온다고 해도, 저 아이는 이 세상에서 하나뿐인 자기 친구를 욕하는 것에 화가 나서 제 아비를 되쫓아 보낼걸."

히스클리프 씨는 사악하게 웃었어요. 저는 아무 말도 하지 않았습니다. 난롯가에 앉아 있던 린턴 도련님은 캐시 아가씨와 놀 수 있는 기회를 거절한 것이 후회스러워졌는지 갑자기 안절부절못하기 시작했지요. 그러더니 기운을 내서 밖으로 나가더군요.

열려 있는 창문을 통해 캐시 아가씨와 헤어턴 도련님의 목소리가 들렸어요. 아가씨가 헤어턴 도련님에게 문 위에 뭐라고 씌어 있냐고 묻고 있더군요. 헤어턴 도련님은 고개를 들어 빤히 쳐다보다가 이렇게 말했지요.

"뭐, 시시한 글이겠지. 난 글씨를 못 읽어."

그러자 린턴 도련님이 낄낄댔어요. 처음으로 즐겁게 웃는 듯했지요. 도련님이 아가씨에게 말했습니다.

"헤어턴은 자기 이름도 못 읽는걸. 이렇게 무식한 사람을 본적 있어? 게을러서 그런 거지. 안 그래, 헤어턴? 쓸모 없는 학문이니 뭐니 하면서 공부하는 걸 아주 싫어해."

"그래, 그놈의 공부는 해서 무슨 소용이 있다는 거야?"

헤어턴 도련님이 으르렁대듯이 말했어요. 하지만 린턴 도련님과 캐시 아가씨가 시끄럽게 웃어 대는 바람에 더 이상 말을 잇지 못하고, 분노와 수치심으로 얼굴만 붉게 달아올랐지요.

히스클리프 씨는 헤어턴 도련님이 물러가는 걸 보며 싱긋 웃음을 지어 보이더니, 이내 캐시 아가씨와 린턴 도련님 쪽을 돌아다보며 경박하다는 듯 혀를 끌끌 차더군요. 그 때 린턴 도련님은 헤어턴 도련님의 결점을 신나게 떠들어 댔고, 아가씨는 그것을 즐거운 일인 양 귀기울여 듣고 있었거든요. 저 역시 린턴 도련님의 태도가 썩 마음에 들지는 않았습니다. 그 순간엔 히스클리프 씨가 아들을 마땅치 않게 여기는 것이 어느 정도 이해가 되더군요.

우리는 그 곳에 오후까지 머물러 있었어요. 캐시 아가씨가 돌아가려고 하지 않았기 때문이지요. 다행히 주인님이 방 안에만 계셔서, 저희가 오래도록 집을 비운 사실을 모르셨답니다.

하지만 다음 날 탄로가 나고 말았어요. 아가씨가 왜 워더링 하이츠의 사람들과 만나서는 안 되는지 그 이유를 물었기 때문이지요. 주인님은 이유를 충분히 설명하지 못했습니다. 히스클리프 씨가 주인님을 미워하니 아가씨도 틀림없이 미워할 거라고만 했어요. 하지만 아가씨는 납득이 안 되는지, 히스클리프 씨가 몹시 친절하게 대했다며 그를 두둔하기까지 했지요. 그를 용서하지 않는 아빠가 더 나쁘다고 몰아세우기도 했고요.

결국 주인님은 아가씨에게 히스클리프 씨가 이사벨라 아가씨에게 한 짓과 워더링 하이츠를 소유하게 된 과정을 간단히 설명해 주었어요. 아가씨는 그가 오랫동안 복수심을 품고 있다가 그것을 실행에 옮긴 흉악한 위인이라는 말을 듣고는 깜짝 놀라는 눈치였지요.

"왜 그 집 사람들과 만나서는 안 되는지 알겠지? 그 사람들에 대해서는 더 이상 생각하지 마라!"

아가씨는 아버지에게 입을 맞추고 나서, 두어 시간가량 조용히 앉아 공부를 했어요. 그리고 여느 날과 다름없이 하루가 흘러갔지요. 그런데 저녁에 아가씨 방으로 올라가 보니, 침대 옆에 무릎을 꿇고 앉아서 울고 있는 게 아니겠어요?

"별것도 아닌 일로 눈물을 흘리다니 부끄러운 일이군요! 아가씨가 이 세상에 혼자 남겨졌다고 생각해 봐요. 어떤 생각이 들까요? 지금과 같은 상황은 아무것도 아니라고요."

제가 따끔하게 말했습니다.

"나 때문에 우는 게 아니야. 린턴이 불쌍해서 그래. 린턴이 나를 기다릴 텐데, 내가 못 가면 얼마나 실망하겠어?"

"말도 안 되는 소리 하지 말아요! 고작 두 번밖에 만나지 않은 사촌을 다시 못 본다고 우는 바보가 어디 있어요? 도련님은 아가씨에게 무슨 일이 있나 보다, 생각하고 더 이상 기다리지 않을 거예요."

"그렇다고 해도 내가 못 가는 이유를 몇 줄로 써서 보내면 안 될까?"

"안 돼요, 그러면 린턴 도련님이 아가씨한테 답장을 쓸 거잖아요. 그런 식으로 하다간 편지 왕래가 끝나지 않을 거라고요."

"그래도 편지 한 장쯤이야."

아가씨가 애원했지만 저는 모질게 말을 잘랐어요.

"편지 이야기는 그만해요. 얼른 침대로 들어가세요."

아가씨는 못된 표정으로 저를 쏘아보았어요. 표정이 어찌나 사납던지, 저는 마음이 언짢아져서 처음으로 저녁 입맞춤도 하지 않은 채 이불을 덮어 준 뒤 문을 닫았지요. 하지만 오래지 않아 가여운 마음이 생기더군요. 아가씨 방으로 다시 가 보았어요. 아가씨는 책상 앞에 앉은 채 종이를 펼쳐 놓고 있다가, 제가 다가가자 얼른 감추었습니다.

"편지를 쓴다 해도 전해 줄 사람이 없을 텐데요."

저는 이렇게 말하며 촛불을 껐어요. 아가씨는 제 손등을 찰싹 때리면서 "못됐어." 하고 쏘아붙이더군요.

그리고 몇 주일이 지나갔습니다. 아가씨는 본래의 모습을 되찾았어요. 그런데 전과 달리 혼자서 한쪽 구석에 가 있기도 하고, 책을 읽다가 제가 가까이 가면 손으로 가리기도 하고 그러더군요. 한번은 책갈피 사이에서 종이 조각의 끄트머리가 삐죽 나와 있는 것이 눈에 띄었어요. 그뿐만이 아니었습니다. 아침 일찍 부엌에 내려와 뭔가를 기다리는 듯 서성거리기도 하고, 서재의 벽장에 달린 작은 서랍 하나를 열쇠로 잠가 놓고 특별히 간수를 하기도 했지요.

그러던 어느 날 아가씨가 그 서랍을 뒤지고 있을 때, 원래 있던 자질구레한 물건 대신 차곡차곡 접은 종이 조각이 잔뜩 들어 있는 것을 보았어요. 저는 아가씨가 어떤 비밀을 간직하고 있는지 궁금하기도 하고 걱정스럽기도 해서, 한밤중에 그 비밀 서랍을 몰래 열어 보았답니다.

서랍 속에는 편지가 가득 들어 있었습니다. 아가씨가 보낸 편지에 린턴 도련님이 답장을 한 것들이었지요. 처음에는 수줍은 내용의 짤막한 것들이 대부분이었는데, 뒤로 갈수록 연애 편지로 바뀌고 있더군요. 경험 있는 사람의 솜씨를 빌린 흔적이 엿보이는 글들도 있었고, 강렬한 감정에 사로잡혀 유치하기 짝이 없는 내용을 마구 흘려 놓은 글들도 있었지요. 저는 그것들을 꺼내어 손수건에 싸 놓은 뒤 빈 서랍을 잠갔어요.

다음 날 아침, 아가씨는 여느 때처럼 아무렇지도 않은 표정으로 부엌에 내려왔어요. 일하는 척하면서 가만히 살펴보니, 우유를 가지러 오는 아이가 도착하자 잽싸게 문 쪽으로 달려가더군요. 그리고 하녀가 우유를 통에 붓는 사이, 아이의 주머니에 뭔가를 집어 넣은 후 그 주머니에서 다른 뭔가를 꺼내었습니다.

저는 반대편 뜰로 돌아가서 그 아이를 기다렸어요. 그리고 편지를 가로챈 뒤 담장 밑으로 가서 읽어 보았습니다. 사촌의 편지보다는 간단하지만 꽤 진지해 보이더군요.

그 날은 비가 와서 뜰에 나가 놀 수 없었습니다. 아가씨는 아침 공부를 마치자마자 서재의 그 서랍으로 달려갔어요. 주인님은 책상 앞에 앉아 책을 읽고 있었고, 저는 일부러 창가에 서서 커튼 밑단을 수선하며 아가씨의 움직임을 지켜보았지요.

아가씨는 서랍을 열더니 "어머!" 하고 탄성을 질렀어요. 둥지 속에 있던 새끼가 모조리 없어진 것을 본 어미 새도 이보다 더 서글픈 소리를 내지는 못했을 거예요.

주인님이 깜짝 놀라 아가씨를 바라보며 물었어요.

"무슨 일이냐, 아가? 어디가 아픈 게냐?"

말투로 미루어 보아, 아버지가 자기의 편지를 찾아낸 것은 아니라는 사실을 알아챈 아가씨는 짐짓 힘없이 대꾸했어요.

"아니야, 아빠."

그리고 저를 향해 다시 말했습니다.

"넬리, 이쪽으로 와 봐. 이상한 일이 있어!"

아가씨는 서재를 나가더니 위층 방으로 올라갔어요. 제가 따라 들어가 문을 닫자, 제 앞에 무릎을 꿇으며 말했습니다.

"넬리, 넬리가 치웠지? 제발 돌려줘. 앞으로 다시는 그런 짓 안 할게! 아빠한테는 아직 말하지 않은 거지? 내가 정말로 잘못했어. 다시는 안 그럴게!"

"아가씨는 꽤 깊이 빠지신 모양이에요. 제가 주인님께 그걸 보여 드리면 무슨 말씀을 하실까요? 아직 보여 드리지 않았지만, 제가 언제까지 비밀을 지킬 수 있을지 모르겠군요. 틀림없이 아가씨가 먼저 시작했겠죠? 정말 부끄러운 일이에요!"

"내가 먼저 한 게 아냐. 난 그 애를 사랑한다는 생각을 한 번도 한 적이 없었는데……."

아가씨가 울먹이며 말했어요.

"사랑이라고 했어요? 린턴 도련님을 겨우 두 번 봤을 뿐인데? 아무래도 그 편지 뭉치를 당장 서재로 가져가야 할 것 같네요."

저는 아가씨 앞에 편지 뭉치를 꺼내 놓았습니다. 아가씨는 편지 뭉치를 빼앗으려고 펄쩍 뛰어올랐지만, 저는 머리 위로 높이 쳐들었어요. 아가씨는 차라리 그걸 다 태우라고 소리치며 미친 듯이 매달렸습니다. 저는 아가씨의 치기를 혼내 줘야 한다고 생각하면서도, 한편으로는 웃음이 나올 것 같아 꾹 참으며 이렇게 물었어요.

"제가 다 태워 버리면 다시는 편지를 주고받지 않겠다고 약속할래요? 그렇지 않으면 지금 당장 아버님께 가겠어요."

"약속할게, 넬리! 제발, 그것들을 어서 태워 버려!"

아가씨가 제 옷자락을 잡으며 말했습니다. 하지만 제가 그 편지들을 난로 속에 던져 넣기 시작하자, 몹시 애달픈 목소리로 이렇게 말하더군요.

"한두 장만 갖고 있으면 안 될까, 넬리? 한 장만이라도……."

저는 캐시 아가씨가 뭐라고 하건 신경 쓰지 않고 난로 속에 편지를 계속 던져 넣었어요. 아가씨는 난로 속에 손을 넣어 반쯤 타 버린 편지 조각 하나를 꺼냈습니다.

"좋아요, 그럼 나머지 편지들을 아버님께 보여 드리지요!"

그 말에 아가씨는 검게 그을린 편지를 다시 난로 속에 던져 넣고는, 기분이 몹시 상해서 자기 방으로 갔어요. 아가씨는 점심때까지 코빼기도 비치지 않았지요. 차 마시는 시간에야 겨우 나타났는데, 얼굴빛이 매우 창백해 보이더군요. 눈도 빨개져 있었고요. 하지만 그런대로 침착한 태도를 보이고 있었답니다.

다음 날 아침, 저는 린턴 도련님의 편지에 짧게 답장을 적어 보냈습니다.

캐시 아가씨는 이제 도련님이 보내는 편지를 받지 않을 것입니다. 그러니 앞으로는 보내지 마십시오.

그 뒤 우유를 가지러 오는 아이도 빈 주머니로 드나들게 되었지요.

여름이 끝나고 가을이 왔습니다. 그 해는 추수가 늦어 우리 밭 중에서도 아직 수확이 안 된 곳이 더러 있었지요. 주인님과 아가씨는 일꾼들이 일하는 들판을 자주 거닐었는데, 마지막으로 추수를 하던 날은 밤늦게까지 바깥에 있었어요. 그 날따라 밤공기가 차고 습해서 그랬는지, 주인님이 그만 감기에 걸리고 말았답니다. 급기야 그것이 폐렴으로 번져서 겨우내 집 안에서만 지내야 했지요.

작은 연애 사건 이후 캐시 아가씨는 아주 쓸쓸해 보였어요. 그러자 주인님은 책 읽는 시간을 줄이고 운동을 많이 하라고 권했지요. 주인님은 병 때문에 아가씨와 함께 많은 시간을 보낼 수 없었고, 저 역시 집안일이 워낙 많아 두세 시간밖에는 여유를 내지 못했습니다.

11월 초의 어느 날 오후, 잿빛 구름이 갑자기 서쪽 하늘로 몰려오는 걸로 보아 큰비가 내릴 것 같은 날이었어요. 저는 아가씨에게 산책을 그만두자고 말했습니다. 하지만 아가씨가 고집을 꺾지 않는 바람에 우산을 들고 숲 끝까지 따라갔지요.

아가씨는 한참 동안 쓸쓸히 걷기만 했어요. 이따금 손으로 뺨을 훔치기도 했고요. 저는 아가씨의 마음을 돌릴 만한 일이 없을까 하고 주위를 둘러보다가, 나무뿌리 밑의 움푹한 곳을 손가락으로 가리키며 말했어요.

"저기 봐요, 아가씨! 저긴 아직 가을이 아닌가 봐요. 조그만 꽃이 피어 있어요. 꺾어다 아버님께 보여 주세요."

"아냐, 꺾지 않을래. 너무 쓸쓸해 보여서 싫어."

"꼭 아가씨 같군요. 그러면 신나게 뛰어 보는 건 어떨까요?"

"싫어."

아가씨는 계속해서 걷기만 했어요. 그러다가 가끔씩 걸음을 멈추고 시든 풀포기와 버섯들을 내려다보며 흐느끼듯 울었습니다.

"아버님은 괜찮으실 거예요. 앞으로 올 불행을 미리 걱정하지 말아요."

제가 말하자, 아가씨가 울음을 멈추고 말했어요.

"아빠가 슬퍼하시는 걸 보고 있기가 힘들어. 차라리 내가 슬픈 게 나아. 그만큼 나는 아빠를 사랑하고 있어."

그러는 사이, 우리는 대문 앞까지 가 있었답니다. 아가씨는 새삼 활기를 띠더니, 찔레나무의 맨 윗가지에 있는 열매를 따겠다며 담장 위로 올라가 앉았어요. 그리고 열매를 따기 위해 손을 뻗는 순간 그만 모자가 담장 너머로 떨어져 버렸지요. 아가씨는 담 너머로 내려가서 모자를 주워 오겠다고 하더군요. 그리고는 재빨리 뛰어내렸는데, 다시 올라오기가 쉽지 않았습니다. 담장이 미끄러운 데다 찔레나무와 산딸기 덩굴이 엉켜 있었기 때문이지요.

"넬리, 얼른 열쇠를 가져와. 여기서는 올라갈 수가 없어."

"거기 가만히 계세요. 주머니에 열쇠 뭉치가 있어요. 맞는 열쇠를 찾을 수 있을 거예요."

저는 자물쇠에다 열쇠를 차례대로 꽂아 봤지만, 맞는 게 하나도 없었어요. 그래서 급히 집으로 뛰어가려는 순간, 이쪽으로 달려오는 듯한 말발굽 소리가 들리더군요. 잠시 후 말발굽 소리가 멈추자, 캐시 아가씨가 문틈에 대고 다급히 말했어요.

"넬리, 빨리 문을 열었으면 좋겠어."

그 때 굵직한 목소리가 들렸어요.

"여어, 캐시 양이구먼! 만나서 반가워. 그렇지 않아도 궁금한 게 있었는데……. 잠깐만 시간을 내주렴."

"저는 고모부와 이야기하고 싶지 않아요. 아빠와 저를 몹시 미워하고 있다면서요?"

캐시 아가씨가 대답했어요.

"그런 건 하나도 중요하지 않아. 난 내 아들 얘기를 하고 싶거든. 사실 네 얼굴이 붉어질 만한 이유가 있지! 두어 달 전까지만 해도 네 스스로 린턴과 편지를 주고받지 않았니? 장난으로 연애를 한 모양이더군. 둘 다 혼나야 하지만 네가 더 나쁘다고 생각되는구나. 내 말을 듣지 않는다면 그 편지들을 당장 네 아버지에게 보여 줄 생각이야. 린턴은 절망에 빠져서 지금 아주 심각한 상태거든. 사랑에 빠진 거지. 지금 너 때문에 다 죽어 가고 있다고……. 네가 배신을 하는 바람에 린턴은 가슴이 터질 지경이란 말이야. 네가 직접 그 녀석의 마음을 달래 주지 않으면 조만간 땅에 묻힐지도 모르지."

히스클리프 씨의 말을 들은 제가 담 안쪽에서 소리쳤습니다.

"가여운 아가씨한테 뻔뻔하게도 그런 거짓말을 하다니! 어서 돌아가요. 아가씨, 제가 돌로 자물쇠를 부술게요. 그 따위 말도 안 되는 소리는 절대로 믿지 말아요."

그러자 히스클리프 씨가 중얼거렸어요.

"누가 듣고 있는지 몰랐구먼. 넬리, 어찌 그리 뻔뻔하게 거짓말을 하나! 귀여운 캐시 양, 이번 주 내내 난 집을 비울 거야. 내 말이 거짓인지 아닌지 직접 와서 확인해 보라고. 린턴은 지금 다 죽어 가고 있고, 너만이 그 아이를 살릴 수 있어."

저는 돌멩이로 자물쇠를 간신히 부수고 나서 밖으로 나갔습니다.

"들어와요."

저는 아가씨의 팔을 잡아서 억지로 대문 안으로 들어오게 했어요. 아가씨는 겉과 속이 다른 히스클리프 씨를 곤혹스런 눈빛으로 바라보면서 한동안 꾸물거렸습니다. 그러자 히스클리프 씨가 허리를 구부리더니 대문 안쪽을 향해 말했어요.

"넬리의 말에 귀기울일 필요 없어. 너그러운 마음으로 그 아이를 만나 주렴. 린턴은 밤낮없이 너만 생각하고 있단 말야."

그 순간 하늘에서 빗줄기가 흩뿌리기 시작했습니다. 저는 우산을 펴서 아가씨를 그 안으로 끌어당겼어요. 그리고 아무 말 없이 집 안으로 뛰어 들어갔지요.

그런데 그 날 저녁, 아가씨와 제가 서재에 함께 있을 때였어요. 제가 독서에 열중하는 척하자 아가씨가 갑자기 흐느끼기 시작했습니다. 저는 잠시 내버려두다가 히스클리프 씨가 그의 아들에 대해 떠든 것을 비웃으며 한마디 해 주었지요. 그러자 아가씨가 말했어요.

"넬리 말이 맞을지도 몰라. 하지만 난 그 사실을 내 눈으로 확인할 때까지 편히 지내지 못할 거야. 편지를 보내지 않은 게 내 탓이 아니라는 것을 말해 주고 싶어. 마음이 변하지 않았다는 믿음도 주고 싶고……."

아가씨와 한참 동안 입씨름을 해 봤지만 아무런 소용이 없었습니다. 다음 날 별수 없이 저는 아가씨의 말을 끌고 워더링 하이츠로 가고 말았지요. 아가씨가 슬퍼하는 꼴을 더 이상 지켜볼 수가 없었고, 창백한 얼굴과 걱정에 싸인 눈빛도 차마 보기가 어려웠거든요. 그리고 린턴 도련님을 직접 만나고 나면 히스클리프 씨의 말이 거짓임이 드러날 거라는 막연한 희망도 있었고요.

밤에 비가 내려서 그런지 사방에 안개가 자욱했습니다. 오솔길로 물이 넘쳐흐르는 바람에 발이 죄다 젖어 축축해져 버렸고요. 우리는 히스클리프 씨가 정말로 집에 없는지 확인하기 위해 짐짓 부엌 쪽으로 해서 안으로 들어갔어요. 조지프가 난로 옆에 혼자 앉아 파이프를 물고 있더군요. 저는 그에게 주인이 계시느냐고 물었습니다.

"아, 안 계셔!"

그는 평소처럼 고약한 목소리로 대답하더군요. 그 때 안쪽에서 불평 섞인 목소리가 터져 나왔어요.

"조지프! 몇 번을 불러야 되는 거야? 난롯불이 다 꺼져 가고 있단 말이야. 빨리 들어와."

조지프는 담배 연기만 푹푹 뿜어낼 뿐 그 말에는 조금도 신경을 쓰지 않았어요. 가정부 질라와 헤어턴 도련님도 주위에 없었고요. 우리는 린턴 도련님의 목소리를 알아듣고 안으로 들어갔습니다.

"너 같은 건 굶어 죽어야 해!"

린턴 도련님은 하인인 줄 알고 말을 함부로 내뱉다가, 우리를 발견하고는 깜짝 놀라 이내 말을 멈추었어요. 캐시 아가씨는 곧장 사촌 곁으로 달려갔습니다. 도련님은 기대고 있던 소파의 팔걸이에서 머리를 천천히 들어올리며 말했어요.

"캐시? 웬일이야! 아빠가 찾아올 거라고 말하긴 했지만 진짜로 그럴 줄은 몰랐어. 미안하지만 문 좀 닫아 줄래? 저 망할 것들이 난로에 석탄을 넣어 주지 않아. 추워 죽겠는데!"

저는 난로를 살펴보고 나서 직접 석탄을 가져와 부었습니다.

병약한 청년은 제가 날린다고 한참을 투덜거리더군요. 몇 마디 해 주고 싶었지만, 기침을 심하게 하는 데다 열까지 높아 보여서 그냥 넘어갔습니다. 도련님이 이마의 주름을 펴자 아가씨가 말했어요.

"린턴, 날 보니까 반갑지? 내가 뭘 도와주면 좋겠니?"

"왜 이제야 온 거야? 편지를 보내지 말고 그냥 이렇게 찾아오라고 할 걸 그랬나! 그 긴 편지에 답장을 쓰느라고 진이 다 빠졌다니까. 이제 나는 말할 기운조차 없어. 질라가 어디 있는지 모르겠군! 부엌에 있는지 좀 가 봐."

마지막 말은 제게 한 것이었어요. 저는 일을 해 주고도 고맙다는 인사를 듣지 못한 터라 일부러 꼼짝하지 않은 채 대꾸했습니다.

"부엌에는 조지프 말고 아무도 없어요."

도련님은 골이 나서 고개를 돌리며 말했어요.

"물을 좀 마시고 싶은데. 아빠가 떠난 뒤 질라는 만날 김머턴에만 간단 말이야. 그래서 내가 어쩔 수 없이 여기까지 내려온 거야. 위층에서 뭐라고 해 봐야 다들 못 들은 체하거든."

캐시 아가씨가 부엌으로 가서 컵에 물을 가득 담아 가지고 왔습니다. 도련님은 아가씨에게 탁자 위에 놓인 포도주를 한 숟가락만 따라서 물에 타라고 했어요. 그리고는 한 모금 마시고 나더니, 기운이 나는 듯 아가씨에게 고맙다는 인사를 했습니다.

"린턴, 날 보니까 정말 반가워?"

그 말에 린턴 도련님이 희미하게 웃어 보이자, 캐시 아가씨는 기쁨을 감추지 못했어요.

"그래, 반가워. 하지만 진작 오지 않아서 짜증이 좀 났어. 아빠는 누나가 오지 않는 게 나 때문이라고 했거든. 나보고 쓸모없는 놈이라고도 했어. 그래서 누나도 나를 멸시하는 거라고……. 만약 아빠가 나였다면 지금쯤 스러시크로스 저택의 주인이 되어 있을 거라나. 하지만 누나는 나를 멸시하지 않지, 그렇지?"

"나는 너를 멸시하지 않아. 아빠와 넬리 다음으로 너를 사랑해. 하지만 네 아빠는 싫어. 네 아빠가 돌아오시면 여기 오지 않을 거야. 아빠는 여러 날 안 계시니?"

"요즘이 사냥철이라 자주 밖에 나가셔. 아빠가 안 계실 때만이라도 나와 함께 있어 줘. 그럴 수 있지?"

"우리 아빠가 허락해 주신다면 나도 너와 함께 지내고 싶어. 귀여운 린턴! 네가 내 친동생이라면 얼마나 좋을까!"

"그럼 누나는 누나 아빠만큼 나를 좋아할 거야? 아빠 말로는 누나가 내 아내가 되면 누나 아빠보다도 나를 더 사랑하게 될 거라던데……. 누나는 그럴 수 있지?"

린턴 도련님은 한층 기운을 내서 물었어요.

"안 돼! 나는 이 세상에서 아빠를 제일 사랑해. 그리고 자기 아내를 미워하는 사람들은 더러 있지만 남매끼리는 그렇지 않잖

아. 만약 네가 내 동생이라면 우리는 쭉 함께 살 수 있어."

캐시 아가씨가 심각한 얼굴로 말했어요. 그러자 린턴 도련님은 자기 아내를 미워하는 사람은 없다고 대답했습니다. 아가씨는 다시금 있다고 힘주어 말하고는, 히스클리프 씨가 이사벨라 아가씨를 싫어했다는 것을 예로 들었었지요. 저는 아가씨가 함부로 말하는 것을 막으려고 했지만 이미 알고 있는 걸 죄다 털어놓은 뒤였답니다. 린턴 도련님은 흥분해서 아가씨의 말이 거짓이라고 우겼습니다. 그러자 아가씨는 화가 나서 대꾸했지요.

"아빠한테 들었어. 우리 아빠는 거짓말은 절대 안 하셔!"

"우리 아빠는 누나네 아빠를 경멸해! 누나네 아빠를 겁쟁이 바보라고 했단 말이야!"

"너의 아빠는 나쁜 사람이야! 이사벨라 고모를 그렇게 도망치게 한 건 정말 나쁜 짓이잖아!"

"엄마는 도망간 게 아니야!"

"도망갔다고!"

"그럼 나도 한 가지 말해 주지. 누나네 엄마는 누나 아빠를 미워했대. 자아, 어때?"

"아!"

아가씨는 화가 나서 더 이상 말을 잇지 못했어요.

"또 한 가지 말해 줄까? 누나네 엄마는 우리 아빠를 사랑했대!"

도련님이 덧붙여 말하자, 아가씨가 숨을 헐떡거리며 대꾸했어요.

"이 거짓말쟁이! 너 같은 거짓말쟁이는 정말 싫어!"

"정말이야! 정말로 우리 아빠를 사랑했대!"

린턴 도련님은 노래를 부르듯이 뇌까리고는 머리를 뒤로 젖히면서 의자에 몸을 기댔습니다. 아가씨가 자제력을 잃고 의자를 확 밀어 버리자, 도련님이 그만 의자에서 떨어지고 말았어요. 도련님은 갑자기 기침을 해 대더니 숨을 제대로 쉬지 못하더군요. 그것을 보고 아가씨는 어쩔 줄 몰라 울음을 터뜨렸고요.

저는 기침이 멎을 때까지 도련님을 안고 있었습니다. 도련님은 기침이 멎자 저를 밀어내더군요. 캐시 아가씨도 울음을 그치고, 맞은편 의자에 앉아서 심각한 표정으로 난롯불을 바라보았습니다. 십 분쯤 지난 뒤 제가 물었어요.

"이제 어때요, 도련님?"

"누나도 나처럼 당해 봤으면 좋겠어. 잔인한 심술꾸러기! 아무도 나를 건드리거나 때린 일은 없었어. 그리고 오늘은 기분이 좋았는데……."

"널 때린 게 아니야!"

캐시 아가씨가 울음을 꾹 참고 중얼거렸어요. 하지만 린턴 도련님은 무려 십오 분 동안이나 앓는 사람처럼 신음 소리를 내면서 투덜거렸답니다. 아가씨를 괴롭히려고 일부러 그러는 것 같았지요. 마침내 견디다 못한 아가씨가 이렇게 말하더군요.

"아프게 해서 미안해. 하지만 나라면 조금 밀었다고 그렇듯 심하게 아파하지는 않았을 거야. 네가 이렇게 많이 아픈 줄은 몰랐어. 그런데 실제로 많이 아픈 건 아니지? 너를 아프게 해 놓고 이대로 돌아갈 수는 없어. 안 아프다고 말해 줘!"

"난 그렇게 말할 수 없어. 누나 때문에 너무 아파서 밤새 기침을 하며 한숨도 못 잘 테니까. 그런데도 누나는 두 발을 뻗고 잘도 자겠지."

도련님은 그런 자신이 불쌍하다고 생각되었는지 엉엉 울기 시작했어요. 캐시 아가씨는 슬픈 얼굴로 몸을 구부리며 물었습니다.

"그럼 어떡해야 돼? 내가 갔으면 좋겠어, 린턴?"

"혼자 있게 해 줘."

아가씨는 제가 가자고 해도 듣지 않고 오랫동안 머뭇거렸어요. 그러나 도련님이 고개를 들지도 않고 말도 하지 않자, 그 때서야 문 쪽으로 천천히 움직였습니다.

그런데 그 때 비명 소리가 들려왔어요. 아가씨는 몸을 돌려 다시 방으로 달려 들어갔지요. 도련님은 소파에서 바닥으로 미끄러져 내려와서는 몸을 비틀어 대며 몹시 괴로운 척을 하고 있더군요. 아가씨는 깜짝 놀라서 그 앞으로 뛰어가 무릎을 꿇고 눈물을 흘렸습니다. 제가 말했어요.

"도련님을 소파 위에 올려놓아야겠어요. 도련님을 언제까지나 이렇게 지켜보고 있을 순 없어요. 아가씨는 도련님에게 도움을 줄 수 있는 사람이 아니에요. 도련님의 건강 상태가 나빠진 게 아가씨 때문도 아니고요. 그만 가요!"

제가 도련님을 소파 위에 올려놓자, 아가씨는 쿠션을 머리 밑에 대 주고 물을 갖다 주었어요. 그러자 도련님은 몸을 일으켜 아가씨의 어깨에 머리를 기대더군요. 아가씨가 노래를 불러 주자 한결 얌전해졌습니다. 제가 화를 내며 이제 그만 돌아가자고 했지만, 그들은 시계가 열두 시를 가리킬 때까지 그대로 있었답니다. 그 때 점심을 먹으러 돌아온 것인지, 뜰에서 헤어턴 도련님의 기척이 났어요.

"캐시, 내일도 올 거지?"

아가씨가 가려고 일어서자 도련님이 옷자락을 붙잡으며 물었어요.

"안 돼요! 모레도 안 되고요!"

제가 말하자, 아가씨가 허리를 구부리고 도련님의 귀에 뭔가를 속삭였어요. 순간 도련님의 이마가 활짝 펴지더군요.

그 집에서 나오기가 무섭게 제가 물었습니다.

"내일 오지 않을 거죠, 아가씨?"

아가씨는 아무 말 없이 빙그레 웃었어요. 그래서 제가 덧붙였죠.

"제가 잘 살필 거예요. 대문의 자물쇠도 고치고……."

"담을 넘으면 되지. 스러시크로스 저택이 감옥인 줄 알아? 게다가 난 열일곱 살이 다 됐어. 어른이란 말이야. 린턴은 내가 돌봐주면 금세 나을 거야."

"잘 들으세요, 아가씨. 한 번만 더 워더링 하이츠에 가려 한다면 곧장 아버님께 알리겠어요. 아버님께서 허락하지 않는다면, 린턴 도련님과 친하게 지내서는 안 되는 거예요, 알았죠?"

우리는 점심 식사 전에 집에 도착했습니다. 주인님은 우리가 숲을 거닐다 온 줄로 아는지, 어디 갔다왔느냐고 묻지도 않았습니다. 저는 집 안에 들어서기가 무섭게 젖은 신발과 양말을 갈아 신었어요. 그러나 비에 젖은 상태로 워더링 하이츠에 너무 오래 머물렀던 까닭인지, 다음 날 아침엔 몸이 아파 일어나지를 못했답니다. 그 뒤로 삼 주 동안이나 일을 하지 못한 채 누워서만 지냈지요.

제가 앓고 있는 동안, 아가씨는 자주 제 방으로 찾아와서 시중도 들어주고 외로움도 달래 주었어요. 주인님 방에서 나오면 곧바로 제 방으로 오곤 했지요. 아가씨는 자신의 하루를 주인님과 저에게 반반씩 나누어 주면서 지내는 듯했습니다. 아니, 어쩌면 그 전보다 자유의 시간을 훨씬 더 많이 가졌는지도 모르겠습니다. 사실 주인님은 일찍 잠자리에 들었고, 저도 여섯 시가 지나면 딱히 필요한 게 없었거든요.

하지만 저는 아가씨가 차 마시는 시간 뒤에 무얼 하며 지내는
지에까지 관심을 둘 여유가 없었답니다. 제 방에 저녁 인사를
하러 올 때 가끔씩 뺨이 발그레해져 있는 것을 보기는 했지만,
서재의 뜨거운 난롯불 옆에 오래 앉아 있었기 때문이라고 생각
했지요. 추운 들판에서 말을 타서 그러리라고는 상상도 하지 못
했어요.

삼 주가 지나서야 저는 집 안을 돌아다닐 수 있게 되었습니다.
처음으로 일어나 앉게 된 날, 눈이 침침해서 아가씨에게 책을
읽어 달라고 부탁했지요. 아가씨는 심드렁한 얼굴로 책을 읽어
주다가 한 시간쯤 지나자 이렇게 물었어요.

"넬리, 피곤하지 않아? 이제 눕는 게 좋지 않을까?"

"아니요, 괜찮아요. 고단하지 않아요."

저는 몇 번이나 그렇게 대답했지요. 그러자 아가씨는 졸린 듯
하품을 하고 기지개를 켜더니, 결국 여덟 시쯤 자기 방으로 가
버리더군요. 다음 날 밤에는 더욱 참기 어려웠는지 더 일찍 제
방에서 나갔습니다. 그 다음 날 밤에는 두통이 난다면서 채 몇
분 앉아 있지 않았고요.

저는 아가씨의 행동이 이상하다는 생각이 들어서, 얼마 후 위
층으로 올라가 보았어요. 그런데 아가씨가 보이질 않더군요. 하
인들도 본 사람이 없다고 했고, 주인님의 방도 아주 조용해 보
였습니다. 저는 아가씨 방으로 다시 돌아간 뒤, 촛불을 끈 채 창

가에 앉아 있었어요. 달빛이 환해서 아가씨가 정원을 산책하고 있는지도 모르니까요.

아니나 다를까 오래지 않아 숲 울타리를 따라 움직이는 사람의 모습이 보였습니다. 그런데 자세히 보니, 아가씨가 아니고 마부더군요. 그는 길 쪽을 지켜보며 한참 동안 서 있더니, 뭔가를 찾아낸 듯 빠르게 걸어갔어요. 그리고 잠시 후 아가씨의 말을 끌고 나타났지요. 아가씨는 그 옆에서 걷고 있었고요.

이윽고 마부는 말을 끌고 마구간으로 갔고, 아가씨는 제가 있는 줄도 모른 채 방으로 살그머니 올라왔어요. 아가씨는 소리나지 않게 문을 닫고는 눈에 젖은 신발과 모자를 벗었지요. 그리고 외투를 벗으려는 순간, 저를 발견하고 깜짝 놀라 그 자리에 얼어붙고 말았습니다.

"세상에, 아가씨! 이 밤중에 어딜 다녀오는 거예요?"

저는 화를 내지 않으려고 애를 쓰며 물었습니다.

"저기, 숲에 좀 다녀왔어."

아가씨가 쭈뼛거리며 대답했어요.

"다른 데는 안 갔고요? 아가씨가 거짓말하는 걸 듣느니, 차라리 석 달 동안 더 앓아눕는 게 낫겠어요!"

제가 서글픈 목소리로 말했어요. 그러자 아가씨가 왈칵 울음을 터뜨리며 제 목을 끌어안았습니다.

"넬리가 화낼까 봐 무서웠어. 화내지 않겠다고 약속하면 다 말할게. 나도 숨기고 싶지 않아. 사실은 요즘 워더링 하이츠에 다니고 있어. 우리가 린턴을 만나고 온 날, 다음 날 또 가겠다고 약속했거든. 넬리가 아파 누워 버리는 바람에 쉽게 갈 수 있었어.

두 번째로 찾아간 날, 린턴은 제법 기운을 차린 것 같더라고. 정말 재미있게 웃고 떠들었어. 가벼운 말다툼을 하긴 했지만 나중엔 다 풀어졌고……. 그 다음엔 가정부를 불러서 장님 놀이를 했는데, 린턴이 재미없다고 해서 공놀이로 바꾸었지. 매번 내가 이기자, 토라져서 기침을 해 대며 의자로 돌아가 버리더군. 하지만 내가 노래를 불러 주었더니 금방 풀어졌어. 얼마 후 돌아갈 시간이 되었다고 하자, 다음 날 밤에 꼭 오라고 사정을 하지 뭐야.

다음 날 밤, 그 집 뜰에서 헤어턴과 마주쳤어. 헤어턴은 내 말의 고삐를 붙잡은 뒤 굳이 앞문으로 가라고 하지 뭐야. 그는 내게 뭔가 하고 싶은 말이 있는 듯한 눈치였지만, 나는 일부러 무시한 채 내 말을 그냥 두라고 했지. 그러자 그가 문 쪽으로 뛰어가더니 현관 위에 새겨진 글자를 올려다보며 어색한 표정으로 말했어.

'캐시, 나도 이제 저걸 읽을 수 있어.'

'잘됐네. 한번 들어 볼까? 이제 똑똑해졌나 봐!'

내가 말하자, 그는 느릿느릿 글자를 읽었어.

'헤어턴 언쇼.'

'숫자는?'

'그건 아직 몰라.'

'저런 바보!'

하면서 나는 큰 소리로 웃었어. 그런데 그 바보는 자신이 어떤 표정을 지어야 할지 모르겠는지 잠시 눈살을 찌푸리기만 하더군. 그래서 나는 웃음을 그치고 린턴을 만나러 왔으니 비켜 달라고 말했지. 그는 얼굴이 빨개지더니 슬금슬금 뒷걸음질쳐 가 버리지 뭐야. 글자를 읽게 되었으니 자기도 린턴만큼 똑똑한 사람이 된 줄 알았는데, 내가 무시하니까 마음이 상했나 봐!"

"아가씨, 헤어턴 도련님도 린턴 도련님과 똑같이 사촌이란 점을 명심해요. 헤어턴 도련님이 린턴 도련님만큼 똑똑해지고 싶어하는 건 존중해 주어야 할 부분이에요. 아가씨가 전에 그가 글을 모른다고 면박을 준 적이 있잖아요. 헤어턴 도련님은 틀림없이 아가씨를 기쁘게 해 주려고 글을 배웠을 거예요. 숫자를 모른다고 비웃었다면 그건 분명 아가씨가 잘못한 거지요. 아가씨가 만약 헤어턴 도련님과 같은 환경에서 자랐다면 더 나았을까요? 그 도련님도 어릴 때는 아가씨만큼 영리하고 재주가 많았는데, 히스클리프 씨가 학대를 해서 그렇게 된 거라고요. 그런 도련님이 멸시를 당했다니 제 마음까지 상하네요."

아가씨는 저를 보고 놀란 표정을 짓더니 계속해서 말했어요.

"하지만 내 말을 좀더 들어 봐. 그래야 헤어턴이 나를 기쁘게 하기 위해 글을 배웠는지 아닌지 알 거 아냐. 내가 안으로 들어가니까 린턴이 소파에 누워 있다가 나를 보고 반쯤 몸을 일으켰어. 나는 곁에 앉아 조용히 책을 읽어 줄 작정이었지. 책을 펴고 읽기 시작하는데, 갑자기 헤어턴이 문을 벌컥 열고 들어오더니 린턴의 팔을 붙잡아 소파에서 끌어냈어. 그리고 성난 목소리로 이렇게 외치더군.

'어서 네 방으로 가. 저 애도 널 보러 온 거라면 함께 데려가고……. 둘 다 내 눈앞에서 꺼지란 말이야!'

그는 욕을 하면서 린턴을 부엌으로 내팽개치다시피 했어. 난 무서워서 책을 떨어뜨리고 말았지. 그러자 발로 책을 걷어차더니 우릴 내쫓아 버리고는 문을 닫아 버렸어. 린턴은 얼굴이 파래져서는 몸을 오들오들 떨며 서 있었고.

잠시 후 린턴이 문의 손잡이를 흔들어 대며 소리를 질렀어.

'문 열어. 안 그러면 죽여 버릴 테야!'

린턴의 말은 분노라기보다는 날카로운 비명에 가까웠어. 하도 비명을 질러 대서 그런지 다시 무섭게 기침이 터지지 뭐야. 그 바람에 더 이상 고함도 지르지 못하고 피를 토하면서 바닥에 쓰러졌어. 난 겁이 나서 질라를 부르러 뒷마당으로 달려나갔지. 질라와 함께 안으로 들어갔을 때는, 헤어턴이 린턴을 위층으로 옮기는 중이었어. 계단을 올라가자 헤어턴이 나를 가로막고는 집으로 돌아가라고 하더군. 하지만 난 린턴이 죽었을지도 모른다며 안으로 들어가야 한다고 소리쳤지.

헤어턴은 자기가 잘못한 게 아니라고 말하더군. 나는 아빠에게 일러 감옥에 보내겠다고 소리치며 밖으로 뛰어나갔어. 그 길로 말을 타고 울타리를 막 벗어나는데, 헤어턴이 다시 내 앞에 나타났어.

'캐시, 그렇게 슬퍼? 그래도 이건 너무 지나치지 않아?'

하지만 나는 그의 말에 아랑곳하지 않고 채찍을 마구 휘두르며 정신없이 말을 달려 집으로 왔지.

다음 날 저녁에는 워더링 하이츠에 가지 않았어. 린턴이 죽었다는 말을 들을까 봐 두려웠거든. 사흘째 되던 날 마침내 용기를 내서 다시 가 봤어. 다행히도 그는 조그만 소파에 누워서 내가 빌려 준 책을 읽고 있었어. 린턴은 한 시간 동안 날 쳐다보지도 않지 뭐야. 그러다가 겨우 말문을 열었는데, 이 모든 것이 내 탓이라는 거야. 헤어턴은 아무 잘못도 없다는 것이었어. 기가 막혀서 바로 일어나 방에서 나와 버렸어. 그가 나를 부르는 것 같았지만 다시 들어가지 않았지.

집에 돌아온 뒤, 나는 다시는 린턴을 찾아가지 않기로 결심했어. 그런데 린턴의 소식을 듣지 못하니까 잠자리에 드는 것도 일어나는 것도 온통 괴로움뿐이어서 그 결심이 순식간에 무너지고 말았지. 그래서 이틀 뒤 다시 말을 타고 가 봤어. 린턴은 안락의자에 앉아서 선잠이 들어 있더군. 나는 그에게 다가가서 조심스럽게 말했지.

'린턴, 넌 내가 일부러 너에게 상처를 주는 것처럼 생각하는 것 같아. 그러니까 이제 그만 오도록 할게. 오늘은 작별 인사를 하러 온 거야. 네 아빠한테는 네가 나를 만나고 싶지 않다고 말씀드려.'

'않아, 누나. 누나는 나보다 행복한 사람이니까 내게 좋은 사람이 돼야 해. 아빠는 늘 야단만 쳐. 그럴 때마다 정말로 내가 쓸모없는 사람이란 생각이 들어. 그러니까 성격도 자꾸 비뚤어지고 고약해지는 거고……. 하지만 누나, 이것만은 믿어 줘. 나도 누나같이 상냥하고 친절하고 착해질 수만 있다면 그렇게 하고 싶어. 그리고 누나가 나를 사랑하는 것 이상으로 누나를 깊이 사랑하게 되었다는 걸 믿어 줘. 내 나쁜 성질을 누나에게 고스란히 보여 준 걸 후회하고 있어.'

순간, 그가 진심으로 말한다는 느낌이 들어서 용서해야겠다는 생각이 들었어. 우리의 만남은 맨 첫 번째 밤처럼 행복하고 희망이 넘쳤지. 사실 그 외의 방문은 심심하기도 하고 귀찮기도 했거든. 린턴의 이기적인 성질 때문이기도 했고 병 때문이기도 했지.

히스클리프 씨는 일부러 날 피하는 것 같았어. 그를 본 적이 거의 없었으니까. 가엾은 린턴에게 욕을 하는 소릴 듣긴 했는데……. 밖에서 우리 말을 엿듣고 있었나 봐. 그걸 눈치 챈 뒤로는, 린턴에게 언짢은 일은 가급적 작게 말하라고 했어. 넬리, 이게 다야. 이제 아빠한테 말씀드리지 않을 거지, 응?"

저는 그 문제를 놓고 잠시 고민하다가, 곧 주인님 방으로 가서 아가씨가 린턴 도련님과 주고받았다는 이야기를 모두 전했습니다. 주인님은 몹시 불안해 하면서 화를 냈어요. 그 때문에 다음 날 아가씨는 워더링 하이츠에 가지 못하게 되었고요.

아가씨는 울고불고 난리를 쳤지만 소용없는 일이었습니다. 다만 린턴 도련님이 스러시크로스 저택으로 찾아오는 것은 허락한다고 했어요. 주인님이 조카의 건강 상태를 제대로 알았다면, 그 조그만 위안조차 주어서는 안 된다고 생각했을 테지만요.

제 11 장
음 모

　캐시 아가씨는 아버지의 명령에 순종했습니다. 아가씨에게는 아버지를 사랑하는 마음이 첫 번째였으니까요. 며칠 뒤 주인님은 제게 이런 말을 했어요.

　"린턴이 우리 집을 방문해 주면 좋겠군. 넬리, 그 아이를 어떻게 생각하는지 솔직하게 말해 봐. 좋은 쪽으로 많이 변했나? 어른이 되면 좀 나아질 희망이 있는 거야?"

　"도련님은 몸이 너무 허약해요. 어른이 될 때까지 제대로 살 수 있을까 모르겠네요. 하지만 도련님이 아버지를 닮지 않았다는 것만은 분명하게 말씀드릴 수 있어요. 그러니 캐시 아가씨가 불행하게도 그와 결혼한다 해도 감당하지 못할 정도는 아닐 겁니다. 도련님이 어른이 되려면 아직 멀었으니까 좀더 두고 보시는 게 좋을 것 같아요."

주인님은 한숨을 내쉬고는 창가로 걸어가서 김머턴 교회 쪽 묘지를 바라보며 말했어요.

"난 앞으로 다가올 일에 대해 가끔씩 기도를 했어. 그런데 이젠 겁나고 무서워. 아내 곁에 눕는 일이 달콤할 거라고만 생각했는데……. 넬리, 캐시가 있어서 난 몹시 행복하게 지냈던 것 같아. 내가 살아갈 수 있는 희망이었지. 캐시를 위해 어떻게 해주고 떠나야 할까? 린턴이 나 대신 캐시에게 위안이 된다면, 그가 히스클리프의 아들이어도 상관하지 않을 거야. 하지만 린턴이 형편없는 인간이라면, 제 아비의 나약한 노예에 불과하다면 그 아이에게 캐시를 맡길 수 없어."

"혹시라도 주인님께서 잘못되신다 하더라도, 아가씨는 제가 끝까지 지켜 드릴게요."

제가 대답했습니다.

봄빛이 한창 무르익어 갔지만, 주인님은 여전히 기운을 차리지 못했답니다. 가끔씩 아가씨와 산책할 정도의 차도가 있기는 했지만요. 아무것도 모르는 캐시 아가씨는 아버지의 뺨이 발그레해지고 눈빛이 밝아진 것을 보고 건강을 되찾는 신호로 여겼습니다.

주인님은 조카에게 편지를 보내어, 몹시 보고 싶다는 뜻을 전했어요. 그런데 린턴 도련님은 어디를 나다닐 만큼 건강하지도 않은 데다, 아버지가 이 집의 방문을 반대한다는 내용의 답장을 보내 왔더군요. 하지만 외삼촌이 자기를 잊지 않고 있어서 아주 기쁘고, 산책길에서나마 이따금 만나 뵙기를 바라며, 사촌끼리 오랫동안 만나지 못하는 것은 좋지 않다는 내용을 덧붙였습니다. 그러니까 두 어른이 서로의 방문을 원하지 않는다면, 집 근처에서 만날 수 있게 해 달라는 것이었지요.

주인님은 조카에게 연민을 품었지만, 그 무렵에는 그의 요구를 들어줄 수가 없었어요. 딸을 데리고 나갈 수가 없었거든요. 여름이 오면 만날 수 있을지 모르겠다고 말했어요. 그 동안은 편지를 계속 주고받으라고 했고요.

도련님은 친구이자 애인인 캐시 아가씨와 떨어져 있는 게 괴롭다고 했습니다. 캐시 아가씨 역시 그와 똑같은 마음으로 주인님을 간절히 설득했고요. 그 결과, 저의 보호 아래 근처의 들판에서 가끔씩 산책을 해도 좋다는 허락이 떨어졌지요.

주인님은 해마다 수입의 일부를 아가씨 몫으로 저축해 놓았는데, 이왕이면 스러시크로스 저택도 아가씨가 소유하게 되기를 바랐습니다. 혹여 결혼을 한다고 하더라도 이내 돌아와 살기를 바랐지요. 그렇게 할 수 있는 길은 바로 아가씨를 주인님의 상속인과 결혼시키는 거라고 생각하는 듯했습니다.

그러나 그 상속인의 건강이 급속도로 나빠지고 있는 줄은 까맣게 모르고 있었지요. 아마 아무도 몰랐을 거예요. 워더링 하이츠에는 의사조차 드나들지 않았으니, 린턴 도련님의 건강 상태를 정확히 알려 줄 만한 사람이 전혀 없었던 셈이지요.

저만 해도 공연한 걱정을 한다는 생각이 들기 시작했답니다. 도련님이 들판에서 말을 타거나 산책하는 모습을 보면서 건강이 회복되고 있다고 믿었거든요. 그 모든 게 히스클리프 씨의 음모였다는 것은 나중에야 알았어요. 히스클리프 씨는 자신의 계획이 린턴의 죽음으로 헛일이 될까 봐 조바심을 내며 서둘렀던 것입니다.

캐시 아가씨와 제가 처음으로 말을 타고 도련님을 만나러 가던 날은 숨이 턱턱 막힐 정도로 날씨가 무더웠어요. 땀을 뻘뻘 흘리며 약속 장소에 간신히 도착했을 때, 농장에서 일하는 아이가 달려와 이렇게 전하더군요.

"린턴 도련님은 고개 너머에 계세요. 미안하지만 조금만 더 가까이로 오시라고 합니다."

우리는 어쩔 수 없이 린턴 도련님이 있는 곳까지 갔어요. 워더링 하이츠의 정문에서 사백 미터가량밖에 떨어지지 않은 곳이더군요. 도련님은 풀밭에 누워 있었는데, 우리가 몇 발자국 앞으로 다가갈 때까지 일어나지도 않더군요. 우리가 코앞으로 다가갔을 때에야 겨우 일어났는데, 얼굴이 몹시 창백해 보였지요. 캐시 아가씨는 슬픔과 놀라움이 어린 표정으로 그를 바라보았습니다. 그리고는 건강이 왜 더 나빠졌는지를 물어보았어요.

"아니, 나아졌어."

그는 대답하면서 숨을 몰아쉬더니 몸을 오들오들 떨었어요. 그리고는 몸을 의지하려는 듯 아가씨의 손을 다급히 잡더군요. 아가씨는 그의 말을 믿으려 하지 않고 계속해서 말했어요.

"하지만 더 안 좋아 보여. 더 야위고……."

린턴 도련님이 황급히 아가씨의 말을 끊었어요.

"고단해서 그래. 여기서 좀 쉬자. 속이 메스꺼워. 아빠는 내가 너무 빨리 자라서 이러는 거래."

아가씨가 이해할 수 없다는 듯한 표정을 지으며 바닥에 앉자, 도련님은 힘없이 그 곁에 드러누웠어요. 아가씨가 애써 즐거운 표정으로 이야기를 계속했지만, 도련님은 아무런 흥미도 보이지 않았지요. 분명하지는 않지만 그 전과 좀 달라 보였어요. 짜증스런 표정 대신 멍한 표정을 지었고, 어린아이처럼 칭얼대는 것도 많이 줄어들었고요. 우리와 함께 있는 것을 즐거워하기보다는 마치 벌이라도 받고 있는 것 같은 표정이었습니다.

그것을 눈치 챈 아가씨가 이제 그만 돌아가자고 말했어요. 그러자 린턴 도련님은 겁먹은 눈초리로 워더링 하이츠 쪽을 힐끗 보고는, 반 시간만이라도 그냥 있어 달라고 매달리더군요. 아가씨가 말했습니다.

"내 생각엔 네가 집에 가서 편히 쉬는 편이 더 좋을 것 같은데…… 오늘은 조금도 즐거워하지 않잖아."

"아니야, 날씨가 더워서 기운이 없는 것뿐이야. 누나가 오기 전에 혼자서 많이 걸어 다녔거든. 외삼촌께는 꼭 내가 건강하다고 말해 줘, 알았지?"

"네가 그러길 바란다면 아빠한테는 그렇게 말씀드리도록 할게. 하지만 아주 건강하다고는 말씀드릴 수 없을 것 같아."

아가씨가 이상하게 생각하며 대답했어요.

"다음 목요일에도 여기로 나와 줄 수 있지? 그리고 외삼촌한테 고맙다고 말씀드려. 혹시라도 우리 아빠를 만나게 되면 내가 멍청하게 굴었다고 생각하시지 않게 잘 말씀드려 줘."

도련님은 의아스럽게 바라보는 아가씨의 눈길을 피하며 말했어요. 제가 물었습니다.

"아버님이 괴롭히나요, 도련님?"

린턴 도련님은 저를 바라봤지만 아무런 대답도 하지 않았어요. 십 분가량이 지나도록 머리를 푹 숙인 채 아무 말도 하지 않더군요. 얼마 후 캐시 아가씨가 제게 소곤거렸어요.

"린턴이 잠든 것 같지 않아? 이제 그만 돌아가자. 아빠가 기다릴 거야."

"잠든 사람을 두고 갈 수는 없어요. 깰 때까지 조금만 더 참아요, 아가씨."

"린턴은 왜 날 만나고 싶어했을까? 아빠한테 야단맞을까 봐 그러는 걸까? 어쨌든 난 히스클리프 씨를 즐겁게 해 주기 위해 여기로 오고 싶진 않아."

그 때 갑자기 도련님이 잠에서 깨어나더니, 누가 자기 이름을 부르지 않았느냐고 묻더군요. 그러자 아가씨가 말했어요.

"아니, 그런 일 없었어. 그런데 어쩌면 넌 이런 데서 잠을 잘 수가 있니?"

"아빠가 부르시는 것 같았는데……. 분명 아빠 목소리였어!"

"오늘은 이만 돌아가는 게 좋겠어. 대신 오늘 일은 아무한테도 말하지 않을게. 혹시 네 아빠가 무서워서 그런 거니?"

"제발 조용히 해! 아빠가 오셔."

린턴 도련님은 이렇게 소곤거린 뒤, 아가씨의 팔을 붙잡고 가지 못하게 하더군요. 그러나 아가씨는 히스클리프 씨가 온다는 말에 도련님의 손을 세차게 뿌리치며 말했습니다.

"다음 목요일에 여기로 올게. 잘 있어. 얼른 가자, 넬리."

우리가 집에 도착하자, 주인님은 오늘의 만남에 대해 자세히 말해 보라고 했어요. 린턴 도련님이 고맙다고 말한 것은 그대로 전했지만, 나머지는 아가씨가 적당히 둘러서 말했습니다. 저 역시 무엇을 감추고 무엇을 말해야 좋을지 몰라서 주인님의 질문에 간단히 대답했답니다.

제 12 장
워더링 하이츠에 갇히다

그리고 일주일이 지났습니다. 주인님의 병세는 누가 봐도 알아차릴 수 있을 만큼 심각해졌답니다. 캐시 아가씨만은 눈치 채지 못하게 하고 싶었지만, 워낙 영리해서 무슨 일이 다가오는지 금세 알아차리더군요. 그래서 린턴 도련님과 약속한 목요일이 되었지만 산책 가자는 말을 꺼내지 못했습니다. 제가 대신 외출 허락을 받아 주었지요. 간병하느라 한층 수척해진 아가씨의 얼굴을 본 주인님은, 사촌이라도 만나면 기분 전환이 될 거라 생각하고 아가씨를 내보냈습니다.

주인님은 조카의 외모가 당신을 닮았으니 마음도 비슷할 거라고 믿었어요. 린턴 도련님의 편지에는 그의 진짜 성격이 하나도 드러나 있지 않았거든요. 저도 주인님이 잘못 알고 있는 점을 애써 바로잡으려 하지 않았고요. 기운도 없는 분에게 부질없는 말을 해서 마음을 어지럽게 하고 싶지 않았던 것이지요.

오후에 아가씨는 슬픈 마음을 안고 저와 함께 집을 나섰어요. 린턴 도련님은 전에 만났던 그 자리에서 기다리고 있더군요. 이번에는 기운을 차렸는지 자못 활기찬 모습으로 맞아 주었지만, 여전히 즐거워서가 아니라 두려워서 그러는 것 같았어요.

"늦었네? 외삼촌이 많이 편찮으시다고 하던데……. 그래서 못 오는 줄 알았어."

도련님의 말에, 아가씨는 인사 대신 다짜고짜 화를 냈어요.

"넌 왜 내가 싫다고 솔직하게 말하지 못하니? 그래, 우리 아빠가 많이 편찮으셔. 내가 약속을 지키지 않아도 된다면, 사람을 보내서 취소를 했어야지. 자! 설명해 봐. 왜 그러는지……. 너의 그 사랑하는 척하는 장단에 이제 더 이상 맞추어 줄 수가 없단 말야."

"사랑하는 척하는 장단이라고? 그게 무슨 뜻이지? 누나, 그렇게 화난 표정 짓지 마. 그래, 날 마음껏 조롱해도 좋아. 난 쓸모없는 인간이니까. 욕을 먹어도 좋다고! 하지만 누나가 내게 화낼 필요까진 없잖아. 차라리 우리 아빠를 미워하란 말이야!"

린턴 도련님은 주위를 살피며 나지막한 목소리로 말했어요.

"말도 안 되는 소리 하지 마! 바보 천치 같으니라고! 조롱해 달라고 애써 말할 필요 없어. 널 보면 누구라도 그렇게 할 테니까. 저리 가! 난 돌아갈 테야. 그리고 앞으로 이렇게 비열한 짓은 하지 마."

린턴 도련님은 눈물을 쏟으며 비통한 표정으로 땅바닥에 몸을 내던졌습니다. 말할 수 없는 공포로 경련을 일으키는 것 같았어요. 그러더니 처절하게 흐느끼며 이렇게 말하더군요.

"아아, 난 더 이상 못 참겠어! 사실은 그 동안 누나에게 거짓으로 행동하고 있었어. 하지만 누나가 이대로 가 버리면 난 죽고 말 거야! 내 목숨은 누나 손에 달려 있어! 누난 날 사랑한다고 말했지? 제발 가지 말아 줘. 그리고 누나도 승낙해 줄 거지?"

아가씨는 괴로워서 어쩔 줄 몰라하는 그를 두 손으로 잡아 일으켜 세웠습니다.

"무얼 승낙한다는 거지? 여기 있겠다고 승낙하라는 거야? 네 마음속에 있는 걸 숨기지 말고 솔직하게 말해 봐. 난 네가 이 세상에 둘도 없는 친구를 배반하는 사람은 아니라고 믿어."

"하지만 아빠가 협박한단 말이야. 아빠가 무서워서 난 말할 수가 없어!"

린턴 도련님이 힘들게 말했어요.

"그럼 놔둬. 난 겁쟁이가 아냐. 난 아무것도 두렵지 않아."

아가씨가 너그럽게 말하자 도련님이 다시 눈물을 보였어요. 그러면서도 비밀을 털어놓지는 못하더군요. 그 때 덤불 사이에서 바스락거리는 소리가 나서 돌아다보니, 히스클리프 씨가 우리 쪽으로 걸어오고 있었어요. 그는 두 사람은 거들떠보지도 않은 채 곧장 저에게 다가오더니, 제법 다정한 말투로 말했습니다.

"내 집 근처에서 만나니 반갑군. 넬리, 그쪽은 어떤가? 소문을 들으니 에드거가 다 죽어 간다던데, 설마 사실은 아니겠지?"

"아뇨, 소문은 사실이에요."

"그가 얼마나 버틸 것 같소?"

"나도 모르죠."

그는 뻣뻣하게 서 있는 두 사람을 바라보며 말했어요.

"아무래도 저 아이가 나를 저버리려고 작정한 것 같아서 그래. 저 애 외삼촌이 먼저 가 주면 고맙겠는데. 아니, 그런데 저 녀석은 왜 훌쩍거리고 있지?"

"도련님은 여기서 산책하는 것보다 침대에 누워서 의사의 진찰을 받는 게 더 급한 것 같은데요."

제가 말하자, 히스클리프 씨가 갑자기 소리쳤지요.

"일어나라, 린턴! 땅바닥에서 몸을 비비꼬지 말고……. 당장 일어나, 어서!"

도련님은 아버지를 몹시 두려워하는 듯했어요. 몇 번이나 일어나려고 했지만, 힘이 없어서 끙끙거리다가 다시 쓰러지더군요. 히스클리프 씨가 사나운 표정으로 일어나라고 연거푸 소리치자 숨을 몰아쉬며 힘겹게 대답했습니다.

"그럴게요, 아빠. 하지만 저를 가만히 내버려두세요. 기절할 것 같아요. 아빠가 하라는 대로 다 했어요. 캐시한테 물어보면 제가 얼마나 활발하게 행동했는지 말씀드릴 거예요. 아, 캐시, 제발 손 좀 잡아 줘."

"캐시, 너는 내가 저 녀석한테 무섭게 구니까 날 나쁜 사람이라고 여기겠지? 제발 린턴을 데리고 우리 집까지 가 다오. 내가 건드리기만 하면 하도 덜덜 떨어서 말이야."

히스클리프 씨가 말했어요.

"린턴, 나는 워더링 하이츠에 못 가. 아빠가 금지하셨어."

캐시 아가씨가 속삭이듯 말하자 도련님이 대답했어요.

"누나와 함께가 아니라면 나도 돌아가지 않겠어."

"린턴, 닥쳐! 캐시의 결정을 존중해야지. 넬리가 저 녀석을 데리고 들어가 주시오. 나는 의사를 부르러 갈 테니."

"나는 아가씨와 함께 있어야 해요. 댁의 아드님을 돌보는 것은 내가 할 일이 아닌 듯한데요."

제가 대답했어요.

"참으로 뻣뻣하군! 그렇다면 어쩔 수 없이 내가 저 녀석을 꼬집어서 악을 쓰게 만드는 수밖에. 이봐, 우리 집 용사! 너, 나와 함께 집에 가는 것이 좋아?"

히스클리프 씨는 이렇게 말한 뒤, 도련님에게 다가가 마치 흉악범을 체포하기라도 하는 듯 손을 거칠게 잡아채었어요. 도련님은 움찔하며 뒤로 물러서더니, 아가씨에게 달라붙어서 함께 가자고 애원했습니다. 결국 아가씨는 거절하지 못했지요. 그 때만 해도 린턴 도련님이 무엇 때문에 그렇게 무서워하는지 짐작조차 하지 못했으니까요.

우리는 워더링 하이츠의 대문 앞까지 갔어요. 아가씨는 들어가고, 저는 아가씨가 곧장 나올 거라 생각하곤 밖에서 기다리기로 했습니다. 그런데 히스클리프 씨가 저를 집 안으로 떠밀더니 응접실로 데려가더군요.

"차라도 한잔 들고 가. 나 혼자야. 헤어턴은 소 떼를 몰고 들판에 나갔고, 질라와 조지프도 외출했거든. 난 물론 혼자 지내는 데 익숙하지만, 좋은 친구가 곁에 있으면 더 좋지 않겠어?"

그는 갑자기 문을 잠그더니 캐시 아가씨를 보며 말했어요.

"캐시, 저 녀석 옆에 앉아. 네게 줄 선물이 있어. 보잘것없는 것이긴 하지만, 달리 줄 게 없어서 말이야. 바로 린턴이야. 캐시, 너도 나를 그렇게 노려보나? 난 나를 두려워하는 사람한테는 더 포악하게 굴어!"

그리고는 한바탕 욕설을 퍼부었습니다. 아가씨는 흥분을 감추지 못해 눈을 번득이며, 히스클리프 씨에게 바짝 다가서며 말했어요.

"난 당신이 무섭지 않아요. 그 열쇠를 이리 줘요!"

히스클리프 씨는 탁자 위에 있던 열쇠를 얼른 집어 들었어요.

그리고는 아가씨의 대담한 태도에 놀랐는지 눈이 휘둥그레졌습니다. 어쩌면 아가씨의 당돌한 성격에서 캐서린 마님을 떠올렸는지도 모르지요. 히스클리프 씨가 말했어요.

"캐시, 거기 서 있거라. 그렇지 않으면 때려 줄 테다."

아가씨는 그의 경고에도 아랑곳하지 않고, 열쇠를 들고 있는 그의 손톱으로 꼬집었어요. 그러나 아무런 소용이 없자, 이번에는 이로 힘껏 물어뜯었지요. 순간 히스클리프 씨가 저를 바라보았는데, 그 눈빛이 어쩌나 무섭던지 오금이 저릴 지경이었답니다.

잠시 후, 그는 무슨 생각에선지 손가락을 펴서 열쇠를 내놓았습니다. 아가씨가 그것을 보고 잡으려 하자, 한 손으로 아가씨의 목덜미를 잡아당기더니, 다른 손으로 따귀를 마구 때리기 시작했어요. 저는 화가 나서 고함을 지르며 달려들었지요.

"이 악마 같은 놈아!"

하지만 그가 가슴을 떠미는 바람에 눈앞이 아찔해져서 비틀거리며 뒤로 물러서고 말았습니다. 마침 그 때 히스클리프 씨의 손아귀에서 벗어난 아가씨는 두 손으로 머리를 감싼 채 몸을 바들바들 떨며 탁자에다 몸을 기대었어요.

"난 애들을 어떻게 벌줘야 하는지 잘 알고 있지. 아까 말한 것처럼 이제 린턴에게 가 봐. 내일 난 네 아비가 될 거야. 며칠 안으로 네게 아비는 나 하나가 되겠지. 그러면 너를 실컷 때려 주겠어. 너는 강하니까 잘 견디겠지. 다시 한 번 악마 같은 눈빛으로 날 쳐다보면 정말로 호되게 혼내 줄 테다."

그 악마가 바닥에서 열쇠를 주우며 말했어요. 아가씨는 제게 달려오더니, 제 무릎에 뜨겁게 달아오른 뺨을 대고 소리내어 울었습니다. 린턴 도련님은 생쥐처럼 의자에 웅크리고 앉아서, 맞은 사람이 자기가 아니어서 다행스럽다는 듯한 표정을 지었고요. 히스클리프 씨는 차를 준비한 뒤, 제게 내밀며 말했어요.

"한잔 마시고 화를 씻어 내도록 해. 너의 저 골칫덩이와 우리 집 멍청이에게도 한 모금씩 먹여 주고……. 나는 가서 너희가 타고 온 말을 찾아볼 테니."

그가 나가자마자, 아가씨와 저는 자리에서 일어나 빠져 나갈 방법이 없는지 찾아보기 시작했어요. 부엌문은 밖에서 잠가 둔 상태였고, 창문은 호리호리한 아가씨도 빠져 나가지 못할 정도로 좁았습니다. 저는 도망칠 수 없다는 것을 깨닫고 이렇게 외쳤어요.

"린턴 도련님, 지금 히스클리프 씨가 무슨 짓을 하려는지 도련님은 알고 있지요? 우리한테 말해 주지 않으면 도련님의 따귀를 흠씬 때려 주겠어요."

"그래, 린턴. 난 너 때문에 여기까지 왔어. 그런데도 말하지 않는다면 너는 은혜를 모르는 나쁜 놈이 돼."

캐시 아가씨가 거들었어요.

"차 좀 줘, 목이 말라. 그러면 이야기해 줄게. 넬리는 저리 비켜. 그렇게 눈앞을 가로막고 있는 건 싫으니까."

아가씨가 차를 가져다주었습니다. 도련님은 차를 마시려고 입으로 가져가다가 짜증 섞인 목소리로 말했어요.

"아니, 캐시, 내 찻잔에 네 눈물이 떨어지잖아! 더러워, 마시지 않을래. 다른 걸로 줘."

캐시 아가씨는 다시 한 잔을 따라 주고 난 뒤 눈물을 닦았어요. 저는 지금과 같은 상황에서 무서움에 떨지 않고 오히려 침착한 태도를 보이고 있는 도련님이 몹시 비위에 거슬리더군요. 우리가 워더링 하이츠에 들어서는 순간, 그가 들판에서 보였던 나약한 모습은 완전히 사라져 버렸답니다. 우리를 집 안으로 끌어들이지 못하면 가만두지 않겠다는 협박을 받고 있다가, 마침내 그것이 성공을 하자 더 이상 무서울 게 없는 듯이 보였지요.

"아빠는 우리를 결혼시키려는 거야. 아빠는 더 기다리다가 내가 먼저 죽을까 봐 서두르는 거지. 그래서 우리를 내일 아침에 결혼시키기로 한 거야. 누나는 오늘 밤 여기서 지내야 해. 아빠가 원하는 대로 하면 내일은 집에 갈 수 있어."

그가 차를 마시고 나서 말했어요.

"둘이 결혼을 한다고요? 미쳤어, 미쳤군! 어째서 건강하고 마음씨 고운 우리 아가씨가 다 죽어 가는 원숭이 새끼 같은 도련님과 결혼을 해야 하냐고요? 비겁하게 우리를 속이다니!"

제가 소리를 지르며 도련님의 몸을 조금 흔들자, 그는 몇 차례

끙끙거리다가 이내 소리내어 울었습니다. 캐시 아가씨는 천천히 주위를 살펴보면서 말했어요.

"오늘 밤을 여기서 지내야 한다고? 절대로 안 돼! 저 문짝을 불태우고서라도 빠져 나갈 거야."

그 말에 린턴 도련님은 깜짝 놀라 일어서더니 아가씨를 얼싸안았습니다.

"나와 결혼해서 나를 구해 줘. 아, 착한 캐시. 날 버리고 가면 안 돼! 우리 아빠 말대로 해야만 해. 꼭 그래야 해!"

"난 우리 아빠 말을 따라야 해. 밤새 이렇게 있으려니! 아빠가 걱정하고 계실 거야. 어떻게든 난 여기서 나갈 테니 넌 입 닥치고 있어! 나를 방해하지 마!"

두 사람이 서로 자기 생각을 앞세우며 말다툼을 하고 있을 때, 히스클리프 씨가 다시 들어왔어요.

"너희 말들이 모두 달아나 버렸더군. 린턴, 왜 또 훌쩍거리고 있는 거냐? 조금만 기다리면 캐시와 결혼시켜 준다니까. 자, 오늘은 그만 가서 자거라! 오늘 밤에는 질라가 집에 없으니 혼자서 옷을 갈아입도록 해. 이번 일은 아주 잘했어. 나머지는 내가 알아서 처리하도록 하마."

히스클리프 씨는 말을 마친 뒤 아들이 나가도록 문을 열어 주었어요. 아들은 자기가 채 빠져 나가기 전에 문이 닫힐까 봐 눈치를 살피는 강아지처럼 슬금거리며 밖으로 나갔지요. 히스클리프 씨는 다시 문을 잠그고, 아가씨와 제가 서 있는 난롯가로 다가왔습니다. 아가씨는 본능적으로 두 뺨을 가리더군요. 다른 사람이라면 아가씨의 그런 행동을 보고 더 이상 가혹하게 굴지 못했을 텐데, 히스클리프 씨는 아가씨의 얼굴을 노려보면서 이렇게 중얼거렸어요.

"아, 나 같은 건 무섭지 않다고 했나? 잘도 꾸며 대는군. 그런데 그 표정은 뭐야? 이젠 내가 무서워졌다는 뜻인가?"

"이제 두려워요. 여기에 계속 머물러 있으면 아빠가 고통받으실 테니까요. 제발 집으로 돌아가게 해 주세요! 린턴과 결혼하겠다고 약속할게요. 나도 린턴을 사랑해요."

"닥쳐! 더 이상 듣고 싶지 않아. 캐시, 네 아빠가 고통받을 것을 생각하니 난 기분이 무척 좋은걸. 린턴과 결혼할 때까지 넌 여길 떠나지 못해."

"그럼 넬리를 보내서 내가 무사하다는 걸 아빠께 알리도록 해 줘요! 그렇지 않으면 지금 결혼식을 하게 해 주든가……. 넬리, 아빠는 우리가 길을 잃었다고 생각하시겠지?"

아가씨가 울면서 소리쳤어요.

"안 그럴걸! 간호하는 게 지겨워져서 놀러 나갔다고 생각할 테지. 너만 한 나이에 놀고 싶어하는 것은 당연한 일이잖아. 실컷 울어 봐라. 린턴이 네 아빠의 빈자리를 채워 주지 않는 한, 너는 아마 평생 울면서 하루하루를 보내게 될 게다. 네 아빠가 린턴에게 보낸 편지는 퍽이나 재미있게 읽었지. 린턴에게 너를 잘 보살펴 주고 결혼하면 친절하게 대하라고 씌어 있더군. 하지만 린턴은 되레 너의 친절을 받아야 할 형편이지. 이번에 돌아가면 너는 린턴이 아주 친절하더라고 이야기할 수 있을 게다."

"당신 아들의 성격을 잘 설명해 줘야 해요. 그래야 캐시 아가씨도 그 괴물과 결혼하기 전에 다시 한 번 생각해 볼 테니까요."

제가 말하자 그가 대꾸했어요.

"캐시는 결혼하든가 갇혀 있든가 둘 중 하나를 택해야 하고, 너도 에드거가 죽을 때까지 여기 있어야 해."

아가씨가 말했어요.

"집으로 갈 수만 있다면 지금 바로 린턴과 결혼하겠어요. 만약 아빠가 제가 일부러 집을 나갔다고 생각하신 채 돌아가신다면, 앞으로 제가 어떻게 살아갈 수 있겠어요? 저는 고모부를 미워하지 않아요. 제발 저를 불쌍히 여겨 주세요."

"저리 비켜! 발로 차 버리기 전에. 난 네가 너무 싫어!"

히스클리프 씨는 무지막지하게 아가씨를 떠밀면서 소리쳤어요. 그리고는 어깨를 움찔하고 몸을 떨더군요. 저는 일어서서 욕을 마구 퍼부었습니다. 하지만 그가 한 마디만 더 하면 혼자 가둘 거라고 해서 곧 입을 다물고 말았지요.

어느새 날이 어두워지고 있었습니다. 정원 쪽에서 사람들 소리가 나자 히스클리프 씨는 서둘러 밖으로 나가더군요. 이삼 분

동안 대화가 오가는 듯하더니 다시 혼자서 들어왔어요.

"네 집에서 널 찾으러 하인들을 보냈더군. 이럴 땐 창문을 열고 고함을 질렀어야지."

우리는 좋은 기회를 놓쳤다는 걸 알고는 목놓아 흐느꼈습니다. 히스클리프 씨는 아홉 시경까지 우리가 울도록 내버려두었어요. 그리고는 우리에게 위층의 질라 방으로 가라고 명령했지요.

우리는 둘 다 자리에 눕지 못했습니다. 아가씨는 들창 옆에 앉아서 아침이 오는 걸 초조하게 지켜봤답니다. 저는 의자에 앉아 제 소임을 다 하지 못한 것을 자책했고요.

다음 날 아침 일곱 시쯤, 히스클리프 씨가 와서 아가씨를 불러냈어요. 저도 일어나서 뒤따라가려 했지만, 그는 얼른 다시 문을 잠가 버렸습니다. 그리고 이렇게 말하더군요.

"조금만 더 참고 있으라고. 아침 식사를 올려 보낼 테니."

두세 시간 뒤 발소리가 들렸어요. 헤어턴 도련님이 제가 먹을 음식을 들고 왔더군요. 저는 지푸라기라도 잡는 심정으로 말을 붙였지요.

"일 분만 있다 가요!"

"안 돼."

하고 그는 냉큼 가 버렸어요.

그리고 저는 며칠째 그 안에 갇혀 지냈답니다. 다섯 밤과 나흘 낮 동안, 매일 아침 하루치의 식사를 가져오는 헤어턴 도련님

외에는 아무도 만나지 못했습니다. 나는 헤어턴 도련님의 동정심을 얻으려고 애썼으나, 그는 입을 꾹 다문 채 아무런 대꾸도 하지 않았어요.

엿새째 되던 날 아침, 아니 오후였던 것 같군요. 다른 사람의 발소리가 났습니다. 발소리가 헤어턴 도련님의 것 같지 않게 사뿐사뿐했습니다. 아니나 다를까, 잠시 후 방에 들어선 사람은 질라였어요.

"어머나, 딘 부인. 김머턴에 부인에 관한 소문이 자자하던데. 주인님한테 이야기를 듣기 전까지는 당신이 아가씨와 함께 늪에 빠져 죽은 줄 알았지 뭐예요! 그래, 얼마 동안이나 늪에 빠져 있었던 거예요? 우리 주인님이 구해 주신 건가요? 그리 야위지 않은 걸 보니 크게 고생하지는 않았나 보군요?"

질라가 큰 소리로 말했어요.

"당신네 주인은 악마예요! 그런 터무니없는 소문까지 퍼뜨리다니!"

"그게 무슨 말이죠? 이건 그분이 지어낸 이야기가 아니라 마을 사람들이 하던 말이에요. 제가 그걸 듣고 집에 가서 말씀드리자, 주인님이 빙그레 웃으시더니 지금은 늪에서 빠져 나왔다고 하신던걸요. 그리고 딘 부인은 제 방에 있으니 슬쩍 나가게 하라고 말씀하셨어요. 물이 머릿속으로 들어가서 미쳐 날뛰는 것을 정신이 돌아올 때까지 주인님이 몸소 돌보셨다더군요. 몸이 회복되었으면 당장 집으로 가래요. 그리고 아가씨는 그 댁 어른의 장례식 날짜에 맞춰서 가게 될 거라는 말도 전하라 하셨어요."

제가 숨 가쁘게 물었어요.

"에드거 주인님은 아직 돌아가시지 않았지요?"

"돌아가시지 않았어요. 잠깐 앉으시는 게 좋겠어요. 사고 때문에 아직도 몸이 불편하신가 보군요. 의사 말로는 하루쯤 더 넘길 것 같다고 하던데요. 오는 길에 물어봤거든요."

저는 아래층으로 급히 뛰어 내려갔습니다. 곧장 응접실로 들어가서 캐시 아가씨를 찾아 사방을 두리번거렸지요. 그 때 마침 난로 쪽에서 기침 소리가 들리더군요. 그 앞으로 가 보니, 린턴 도련님이 소파에 누워서 막대 사탕을 빨고 있었습니다.

"캐시 아가씨는 어디에 계신가요?"

"위층에 있어. 캐시는 못 가. 우리가 안 보낼 테니까."

"아가씨를 안 보낸다고요! 당장 아가씨가 있는 방을 가르쳐 줘요! 안 그러면 혼내 줄 거예요."

제가 소리쳤어요.

"아빠가 도리어 넬리를 혼내 줄걸. 아빠는 캐시를 물렁하게 대하면 안 된다고 하셨어. 캐시가 날 버리고 떠나게 하면 수치스런 일이라고. 캐시는 이제 내 아내니까. 참, 아빠는 캐시가 내 돈을 차지하고 싶어서 내가 얼른 죽기를 바란다고 했어. 하지만

돈을 누가 주나? 집에도 못 가게 하는 마당에…… . 마음껏 울다
가 병이나 나라지!"

그러더니 눈을 감으며 다시 사탕을 빨기 시작했어요.

"도련님! 지난겨울, 아가씨가 도련님에게 베풀었던 친절을 잊
으셨나요? 도련님이 사랑한다고 하자, 아가씨는 책도 읽어 주
고 노래도 불러 주고…… . 어디 그뿐인가요? 날씨가 나빠도 도
련님을 위해서 만나러 왔잖아요? 못 오게 되는 날이면 아가씨는
도련님이 실망할 거라며 엉엉 울었다고요. 그런데 도련님은 이
제 아버님의 거짓말을 믿고 한 패가 되어서 아가씨를 해치려 하
는군요! 도련님은 아가씨의 괴로움 같은 건 전혀 생각하지 않는
거예요?"

도련님은 입에서 사탕을 빼더니 얼굴을 찌푸리며 말했어요.

"난 캐시랑 같이 있을 수가 없어. 어찌나 우는지 참을 수가 없
단 말이야. 어찌나 슬퍼하는지 밤새 한숨도 못 잤어."

"히스클리프 씨는 외출했나요?"

"정원에서 의사랑 이야기를 나누고 계셔. 이제 정말 외삼촌이
돌아가시게 됐대. 너무 좋아. 그렇게 되면 내가 스러시크로스 저
택의 주인이 되는 거니까 말이야. 캐시는 자꾸만 그 집을 자기
집이라고 말해. 웃기지 않아? 내 집인데…… . 아빠는 캐시의 재
산은 모두 내 거라고 하셨어. 캐시는 나더러 방 열쇠를 구해 주
면, 재미있는 책이랑 예쁜 새, 그리고 말을 주겠다고 했어. 그래

서 그건 이미 모두 내 거니까 굳이 나한테 줄 필요가 없다고 말해 주었지.

그러자 캐시는 울면서 목걸이에 매달린 케이스에서 초상화를 꺼내더니 나보고 가지라지 뭐야. 금으로 만든 케이스 안에 두 개의 초상화가 들어 있었거든. 한쪽은 그 애 어머니, 다른 쪽은 외삼촌이었어. 난 그것도 내 것이라고 말하면서 빼앗으려 했지. 그런데 그 고약한 것이 날 떠밀어서 아프게 하지 뭐야. 결국 난 소리를 지르고 말았어. 잠시 후 아빠의 발소리를 들리자, 캐시는 그 케이스를 둘로 나누어 엄마의 초상화가 들어 있는 쪽은 내게 주고 다른 쪽은 감추려고 했지. 그런데 아빠가 와서 내것을 빼앗고, 캐시 것도 빼앗으려고 했는데…… 캐시가 안 된다고 하니까 마구 때려 준 뒤 그 케이스를 발로 짓밟았어."

"아가씨가 맞는 걸 보니 기쁘던가요?"

"난 못 본 체했어. 아빠가 개나 말을 때리면 나는 그걸 못 본 체하거든. 너무 심하게 때려서 말이야. 그래도 처음에는 기뻤지. 캐시가 날 떠밀었으니 벌을 받아 마땅하다고 생각했거든. 아빠가 나가자, 캐시는 입 안에 가득 고인 피를 내게 보여 주고 나서 찢어진 초상화 조각을 모았어. 그리고는 그걸 가지고 벽 쪽으로 돌아앉더니 한참 동안 한 마디도 하지 않더라고. 아파서 할 수가 없었겠지. 어찌나 사나운지 이젠 그 애가 너무 무서워!"

"열쇠는 구할 수 있어요?"

"응, 위층으로 올라가면 돼. 하지만 난 걸어서 못 올라가."

"아가씨는 어느 방에 있어요?"

"그건 말해 줄 수 없어! 비밀인걸. 넬리 때문에 다시 피곤해져 버렸어. 이제 그만 저리 가!"

그는 이렇게 소리를 지르고는 팔을 베고 다시 눈을 감았습니다. 저는 얼른 집으로 가서 아가씨를 구할 사람들을 데려오는 편이 더 빠르겠다고 생각했어요.

얼마 후 집에 도착하자, 하인들은 저를 보고 놀라면서도 기쁨을 감추지 못하더군요. 저는 서둘러 주인님 방으로 갔어요. 며칠 사이에 얼마나 많이 변해 버렸던지! 비통하게도 누워서 죽음만을 기다리는 모습이었지요. 아가씨의 이름을 하염없이 부르면서요.

"아가씨는 곧 오실 거예요, 주인님. 오늘 밤엔 올 수 있어요."

제가 손을 잡고 속삭였어요. 제 말에 주인님은 몸을 반쯤 일으켜 방 안을 둘러보더니 다시 정신을 잃었습니다. 얼마 후, 다시 깨어나자 저는 그 동안 무슨 일이 있었는지 죄다 말해 주었습니다. 하지만 린턴 도련님에 대한 좋지 않은 이야기는 일부러 하지 않았어요. 히스클리프 씨의 못된 짓도 다 말하지 못했고요.

주인님은 히스클리프 씨가 자신의 재산을 모두 빼앗으려 한다는 것을 이미 알고 있었어요. 하지만 그가 왜 주인님이 돌아가실 때까지 기다리지 못하는지 그 이유는 이해하지 못했지요.

조카가 얼마나 아픈지를 몰랐으니까요.

어쨌든 주인님은 유서를 고쳐야겠다고 생각했습니다. 캐시 아가씨의 재산을 관리할 수 있는 사람을 두어서, 아가씨가 살아 있는 동안 그 돈을 유용하게 쓸 수 있도록 하려는 것이었지요. 만약에 아가씨가 자식을 남기고 세상을 떠나면 그 자식들이 재산을 넘겨받도록 하고요. 그렇게 하면 린턴 도련님이 죽더라도 히스클리프 씨가 재산을 차지할 수는 없게 되니까요.

주인님의 분부를 받고 저는 하인 한 명을 불러 변호사를 데려오라고 했습니다. 그리고 다시 네 사람을 불러 워더링 하이츠에 가서 아가씨를 모셔오라고 했지요. 그런데 양쪽 모두 밤이 늦도록 돌아오지 않는 것이었어요.

변호사를 데리러 갔던 사람이 먼저 왔습니다. 그는 변호사 그린 씨가 집에 없어서 돌아올 때까지 기다렸는데, 마을에 중요한 볼일이 있어 내일 새벽에야 올 거라고 했다는군요.

아가씨를 모시러 갔던 하인들도 빈 손으로 돌아왔습니다. 히스클리프 씨가 아가씨를 만나게 해 주지 않았다더군요. 저는 다음 날 새벽, 하인 다섯 명을 데리고 직접 아가씨를 모셔오기로 마음먹었어요.

하지만 제가 고생할 필요가 없게 됐습니다. 다음 날 새벽 세 시쯤 현관문을 두드리는 소리가 들렸어요. 문을 열자, 캐시 아가씨가 흐느끼면서 제 목에 매달리더군요.

"넬리! 넬리! 아빠는 아직 살아 계셔?"

"그럼요! 아직 돌아가시지 않았어요."

아가씨는 가쁜 숨을 몰아쉬면서도 곧장 주인님 방으로 뛰어 들어가려고 했어요. 저는 아가씨를 붙잡아 물을 마시게 한 다음, 얼굴을 씻겨서 희미하게나마 화색이 돌게 했지요. 그리고는 아 가씨에게 린턴 도련님과 잘 지낼 수 있을 거라고 말씀드려야 한 다고 타일렀습니다. 왜 그런 거짓말을 해야 하는지 이유를 설명 하자, 아가씨는 제 뜻을 알아듣고 고개를 끄덕였지요.

저는 부녀가 만나는 자리에 차마 같이 있을 수가 없어서 십오 분가량이 지난 후에야 방으로 들어갔어요. 그런데 너무 조용했습 니다. 아버지는 기뻐서 침묵했고, 딸은 슬퍼서 침묵했기 때문이지 요. 주인님은 딸의 볼에 입을 맞추며 속삭이듯 중얼거렸어요.

"난 네 엄마한테 간다. 아가, 너도 언젠간 우리한테 오겠지?"

그리고는 조용히 숨을 거두었습니다. 캐시 아가씨는 너무도 슬픈 나머지 눈물조차 흘리지 않았어요. 정오가 될 때까지 아버 지 곁을 지킨 채 움직이지 않으려 했지요.

점심때가 되어서야 변호사가 나타났어요. 그는 이미 히스클 리프 씨에게 매수되어, 앞으로 일을 어떻게 처리해야 할지 지시 를 받은 상태였지요. 그 때문에 늦었던 것이고요.

변호사는 집 안의 모든 물건과 사람을 처리하느라 분주했어 요. 저를 제외한 하인 전부가 쫓겨났고, 장례식은 서둘러 치러졌지요. 이제 린턴 히스클리프 부인이 된 캐시 아가씨는 아버지의 시신이 묻힐 때까지만 스러시크로스 저택에 머물러도 좋다는 허락을 받았습니다.

장례를 치른 날 저녁, 아가씨와 저는 서재에 앉아 있었습니다. 주인님의 죽음을 생각하며 슬픔에 잠기기도 하고 어두운 미래를 걱정하기도 하면서요.

우리는 린턴 도련님이 살아 있는 동안에는 아가씨가 계속 이 저택에서 살 수 있도록 허락을 받는 것이 좋겠다는 결론을 내렸습니다. 희망 사항으로 그칠 수도 있지만, 그나마 작은 기대를 걸 수 있어서 새삼 기운이 나기 시작했지요.

그런데 그 때, 쫓겨났는데도 아직 떠나지 않고 있던 하인 한 명이 뛰어 들어왔습니다. 히스클리프 씨가 현관 앞에 나타났는데 문을 잠가야 하느냐고 묻더군요. 하지만 그럴 시간이 없었답니다. 그는 문을 두드리거나 사람을 시켜 도착을 알리는 예의를 차리지 않았으니까요. 사실 이제 그가 주인인 셈이니, 굳이 도착을 알릴 필요가 없기도 했지요.

아무튼 그는 한 마디 말도 없이 집 안으로 들어왔습니다. 히스클리프 씨는 십팔 년 전, 처음으로 안내를 받았던 바로 그 방으로 다시 들어온 것이지요. 캐시 아가씨는 그를 보자 뛰쳐나갈 태세로 벌떡 일어났습니다. 그러자 그가 아가씨의 팔을 잡으며 외쳤어요.

"잠깐! 달아나는 짓은 그만둬! 널 집에 데려가려고 왔다. 고분고분한 며느리가 되었으면 좋겠구나. 아참, 린턴이 밤에 한숨도 못 자고 비명을 지르면서 너만 불러 대었어. 그러니 네 짝을 위해 어서 돌아가야 해. 그 애는 이제 네 책임이니까."

"차라리 린턴 도련님을 이쪽으로 보내는 게 좋지 않을까요? 당신은 두 사람 다 싫어하니까 헤어져 살아도 상관없잖아요."

제가 말했습니다.

"난 이 집에 세들 사람을 찾고 있어. 자식들을 데리고 살고 싶거든. 게다가 저 아이는 밥값을 해야지. 린턴이 죽은 뒤에도 저 애를 호사스럽게 지내도록 하지는 않을 거야. 서둘러 준비해. 내가 끌고 가지 않아도 되도록 말이야."

히스클리프 씨의 말에 아가씨가 대답했어요.

"그러죠, 린턴은 이제 이 세상에서 나의 전부니까요. 우리가 서로를 미워하게 만들기 위해 당신이 무슨 짓을 하든 상관 않겠어요. 뜻대로 되지 않을 테니까요!"

"린턴이 너를 미워하게 된다면 그건 내 탓이 아니야. 그 녀석의 훌륭한 성격 덕분이지. 너의 고귀한 사랑을 그 녀석이 고맙게 여길 거라는 기대는 버리는 게 좋을 거다."

"린턴의 성미가 고약하다는 것은 저도 알아요. 당신의 아들인데 어련하겠어요? 하지만 내 성격이 좋아서 받아 줄 수 있으니 다행이지요. 그리고 린턴은 나를 사랑해요. 나도 그를 사랑하고요. 하지만 당신을 사랑하는 사람은 없잖아요. 안 그런가요? 당신이 설령 죽는다 해도 울어 줄 사람은 이 세상에 단 한 명도 없을걸요!"

캐시 아가씨는 서글프지만 약간 우쭐한 표정으로 말했어요.

"너 자신부터 걱정하는 게 좋을 거다. 그렇게 일 분만 더 서 있다간 곧 후회하게 될 테니……. 얼른 가서 짐이나 챙겨."

아가씨가 방에서 나가자, 저는 워더링 하이츠로 함께 갈 수 있게 해 달라고 그에게 애원했습니다. 그는 저에게 조용히 하라고 하더니, 방 안을 둘러보다가 벽에 걸린 초상화에서 눈길을 멈추었어요. 캐서린 마님의 초상화였지요.

"저걸 집에 가져가야겠군."

그는 난로 쪽으로 몸을 돌리더니, 묘한 웃음을 지으며 말을 이었어요.

"내가 어제 무슨 일을 했는지 말해 주지! 에드거의 무덤을 파고 있는 교회 머슴을 시켜서 캐서린의 관뚜껑을 열어 보았어. 아직도 얼굴이 예전 그대로더군. 그런데 그 머슴이 시신에 공기가 닿으면 변한다고 하지 뭔가. 그래서 관 한쪽에 틈을 내놓고 다시 뚜껑을 덮게 했지. 그리고 그 머슴에게 돈을 조금 쥐어 주며, 내가 거기에 묻힐 때도 그녀의 관처럼 틈을 내 달라고 했어. 그렇게 해 놓으면 에드거란 놈이 우리를 찾아와도 누가 누군지 분간하지 못하겠지?"

"정말로 사악하군요. 돌아가신 분을 그렇게도 괴롭히고 싶던 가요?"

제가 따졌어요.

"내가 그녀를 괴롭혔다고? 난 아무도 괴롭히지 않았어. 아니지! 그녀가 도리어 나를 십팔 년 동안이나 따라다니며 밤낮으로 괴롭혀 왔지. 심지어 어젯밤까지도 말이야. 어젯밤에야 나는 평온을 찾았어. 꿈을 꾸었거든. 마침내 내 심장이 멎어서 그녀의 뺨에 내 뺨을 대고 마지막 잠을 자는 꿈이었어."

"만약 마님이 썩어 흙이 되거나 그보다 더한 상태가 되었더라면 어젯밤에 무슨 꿈을 꾸었을까요?"

"함께 썩어서 더욱 행복해지는 꿈을 꾸었겠지. 나는 그런 건 하나도 두렵지 않아. 그녀의 생기 없는 모습에서 강렬한 인상을 받아 더 묘한 감정이 움트는 것 같아. 캐서린이 죽은 뒤, 날이면 날마다 그녀의 영혼이 내게 돌아와 주기를 기도했지.

그녀가 그 곳에 묻히던 날은 눈이 내렸어. 저녁때 나는 교회 묘지로 갔지. 바람이 매섭게 불고 있었지만 사방은 아주 조용했어. 난 혼잣말로 중얼거렸다네.

'그녀를 다시 내 품에 안아 보자! 그녀가 움직이지 않는다면 잠들어서 그런 거라고 생각하자.'

나는 삽을 들고 땅을 파기 시작했지. 마침내 관까지 다 파 내려가서 뚜껑을 열려는 순간, 위에서 누군가가 중얼거리는 것 같지 뭔가? 누군가가 무덤가에서 몸을 굽힌 채 한숨을 쉬는 것 같았지. 나는 혼자서 중얼거렸어.

'누구든 나를 이 곳에 함께 묻고 우리 몸 위에 흙을 덮어 주면 좋으련만!'

그리고 미친 듯이 뚜껑을 열려고 했지. 바로 그 때 내 귓전에 또다시 한숨 소리가 들리더군. 찬바람을 몰아내는 따스한 숨결이었어. 근처에 산 사람이라곤 나밖에 없었는데도 말야. 갑자기 안도감이 온몸으로 쫙 퍼지더군. 그녀가 내 옆에 있기 때문이었어. 웃고 싶으면 웃어도 좋아.

나는 곧 워더링 하이츠로 돌아왔어. 그런데 문이 잠겨 있더군. 힌들리와 이사벨라가 날 들어오지 못하게 했던 일이 생각났어. 난 힌들리에게 발길질을 해 대고는 위층으로 뛰어 올라갔지. 그녀가 쓰던 방으로 말이야. 그녀가 마치 곁에 있는 것처럼 느껴졌어. 금세라도 눈에 보일 것 같았거든! 아마도 그녀가 악마 같은 짓을 한 모양이야. 그 뒤로 난 참기 힘든 괴로움에 시달리고 있어!

내가 집 안에 앉아 있을 때는 밖에 나가면 그녀를 만날 것만 같고, 들판을 쏘다니고 있을 때는 그녀가 날 만나러 집으로 올 것만 같아서 바깥에 오래 머물 수가 없어. 그래서 멀리 나가도 급히 돌아오는 거야. 캐시가 워더링 하이츠 어디선가 헤맬 것만 같아서 말이야! 그녀의 방에 누울 때면 잠을 잘 수가 없었지. 눈을 감으면 그녀가 창 밖에 어른거리는 거야. 난 하룻밤에 백 번도 넘게 눈을 감았다 떴다 해. 그리고 늘 실망하지! 가끔씩은 소리내어 끙끙 앓기도 했어.

이제 그녀를 보니 조금은 마음이 평온해지는군. 사람을 죽이는 방법치곤 참으로 맹랑한 것이었지. 십팔 년 동안 희망이라는 허깨비로 날 속여서 아주 천천히 죽여 온 것이니까 말이야."

히스클리프 씨는 말을 멈추고 이마를 닦았어요. 두 눈은 난로 속의 불씨를 바라보고 있었는데, 고뇌에 차서 몹시 괴로운 표정을 짓고 있었지요. 잠시 후 그는 다시 한 번 초상화를 바라보더니, 그걸 떼어 소파 위에 기대어 놓았어요. 그 때 캐시 아가씨가 들어와서 말만 준비되면 떠나겠노라고 알렸습니다.

"초상화는 내일 보내도록 해."

히스클리프 씨는 제게 이렇게 말하고는 아가씨 쪽으로 몸을 돌렸습니다.

"넌 이제 말이 필요 없어. 날씨가 좋으니 걸어가도록 해."

캐시 아가씨는 군소리 없이 제게 작별 인사를 건넸습니다.

"잘 있어, 넬리. 날 꼭 만나러 와야 해."

그리고 제게 입을 맞추는데 입술이 얼음장같이 차갑더군요.

"그런 짓은 안 하는 게 좋아. 넬리는 우리 집 근처에 얼씬거리지도 말게."

히스클리프 씨의 말에 아가씨는 가슴을 저미는 듯한 눈길로

저를 돌아다보고는 힘없이 걸어 나갔어요. 그는 아가씨가 싫다
고 하는데도 고집스레 팔을 끼더니, 거의 끌다시피 하여 데리고
갔답니다.

제 13 장

린턴, 세상을 떠나다

그 후 저는 워더링 하이츠를 한 차례 방문했지만, 정작 아가씨는 만나지 못했답니다. 아가씨의 안부가 궁금해서 찾아갔는데, 저를 집 안에 들이지 않으려고 하더군요. 가정부 질라한테 아가씨가 어떻게 사는지 겨우 들을 수가 있었지요. 질라는 캐시 아가씨를 거만하다고 하면서 별로 좋아하지 않는 눈치였어요.

"새아씨는 집에 도착하자마자 조지프와 내게 잘 자라는 인사도 없이 위층으로 뛰어 올라갔어요. 아침이 될 때까지 린턴 서방님의 방에 틀어박혀 있었지요. 주인님과 헤어턴 도련님이 아침 식사를 하는데, 안방으로 와서는 몸을 덜덜 떨면서 의사를 불러올 수 없냐고 묻더군요. 서방님이 몹시 아프다고 하면서요.

그러자 주인님이 이렇게 대답했어요.

'그건 우리도 알지만, 이제 그 아이의 목숨은 아무런 가치도 없어. 난 그 애한테 한푼도 쓰지 않을 작정이야.'

'이대로 두면 린턴은 죽고 말 거예요!'

새아씨의 말에 주인님이 소리쳤어요.

'나가 있어! 여기서는 린턴이 어떻게 되든 아무도 걱정하지 않아. 정 걱정이 되면 네가 간호사 노릇을 해 봐. 싫으면 린턴을 가두어 두든가!'

새아씨는 나한테 도와 달라고 했지만, 나 역시 그 동안 서방님 때문에 고생을 할 만큼 했다고 대답했지요. 우리는 각자 해야 될 일이 있었으므로, 서방님을 보살피는 것은 이제 새아씨의 몫이라고 말해 주었어요.

두 사람이 어떻게 버텼는지는 모르겠어요. 서방님은 밤낮으로 불평하는 것 같았고, 새아씨는 핼쑥한 얼굴과 무거운 눈으로 보아 잠을 거의 못 자는 것 같았답니다. 가끔씩 도움을 구하려는 듯 부엌으로 들어오기도 했지만, 나는 감히 주인님의 명령을 거스를 수가 없었어요.

모두가 잠든 뒤 새아씨가 계단 꼭대기에 앉아서 우는 것을 몇 번인가 보았어요. 불쌍하다는 생각이 들긴 했지만, 도와주거나 참견하기는 어려웠지요. 그러다 내가 쫓겨날 수는 없잖아요.

결국 어느 날 밤, 새아씨가 내 방에 와서 말했어요.

'히스클리프 씨에게 가서 아들이 죽어 간다고 전해 줘. 당장 일어나. 어서 가서 말하란 말이야!'

새아씨가 방에서 나간 뒤, 바깥에다 귀를 기울여 봤지만 별다른 낌새는 느껴지지 않았어요.

'새아씨가 착각했나 보군.'

나는 혼잣말로 중얼거렸지요. 그리고 잠을 청하려고 하는데 종소리가 요란하게 울리는 바람에 다시 깨어나고 말았답니다. 그 종은 린턴 서방님이 쓰도록 매달아 놓은 것이었어요. 주인님이 나를 부르더니 무슨 일인지 알아보라고 하더군요.

나는 조금 전에 새아씨가 했던 말을 전했습니다. 그러자 주인님은 대뜸 욕을 퍼붓더니 촛불을 들고 그들의 방으로 갔어요. 새아씨는 침대 옆에 망연히 앉아 있더군요. 주인님은 촛불을 서방님의 얼굴에 비춰 보고는 손으로 직접 만져 보았지요. 그리고는 새아씨를 돌아보며 이렇게 말하더군요.

'자, 이제 기분이 어떤가?'

'린턴이 안전한 곳으로 가 버렸으니 이제 전 자유의 몸이 된 셈이군요. 하지만 아버님은 너무 오랫동안 저 혼자 죽음과 싸우도록 내버려두셨어요. 제 눈앞엔 죽음만이 보일 뿐이에요. 저도 죽을 것 같다고요!'

나는 새아씨에게 포도주를 조금 갖다 주었습니다. 헤어턴 도련님과 조지프는 시끄러운 소리에 잠이 깼는지, 밖에서 이야기를 엿듣고 있다가 슬그머니 방으로 들어왔어요. 조지프는 서둘러 서방님의 시신을 옮기고 싶어했고, 헤어턴 도련님은 새아씨를 바라보며 걱정스러운 표정을 지었지요. 주인님의 지시로 조지프가 시신을 옮기고 나자, 그 방에는 새아씨 혼자만 남게 되었답니다.

다음 날 아침, 주인님은 내게 새아씨한테 가서 아침 식사를 하라는 말을 전하라고 했어요. 새아씨는 몹시 지친 얼굴로 잠을 청하는 것 같았지요. 그래서 주인님에게 사실대로 말했더니, 장례식이 끝날 때까지 그대로 놔두고 가끔씩 올라가서 보살피라고 하더군요."

질라의 말에 따르면, 캐시 아가씨는 이 주일이나 위층에서만 지냈던 모양이에요. 질라는 하루에 두 번씩 아가씨의 방을 들여다봤고요. 속으로는 아가씨한테 다정하게 대하고 싶었지만, 친절히 굴면 굴수록 아가씨가 더 거만한 태도로 반발했다고 하더군요.

한번은 히스클리프 씨가 올라가서 아가씨에게 린턴 서방님의 유서를 보여 주었대요. 자신과 아가씨의 재산을 모두 아버지에게 남긴다는 내용이었다지요. 그 불쌍한 서방님은 아버지에게 협박을 당했던가, 아니면 꾐에 넘어가 그런 유서를 작성했을 거예요. 결국 히스클리프 씨는 자기의 권리를 내세워 땅을 모두 차지해 버렸답니다. 캐시 아가씨는 도와줄 친구도 없고 돈도 없어서, 그 부당한 상속 앞에서 아무것도 할 수가 없었고요.

질라는 계속해서 말했어요.

"그렇게 주인님이 유서 때문에 새아씨를 한 번 찾아간 것 말고는 아무도 그 방 근처에 얼씬하지 않았어요. 새아씨에 대해 물어보지도 않았고요. 물론 나는 새아씨 방을 수시로 왔다갔다 했지만요.

어느 일요일 오후, 새아씨는 처음으로 응접실에 내려왔습니다. 점심을 먹고 올라가 봤더니, 위층이 추워서 더는 못 견디겠다고 고함을 치더군요. 마침 주인님은 스러시크로스 저택에 갔고, 조지프는 교회에 가고 없었지요. 나는 아래층으로 내려가, 헤어턴 도련님에게 새아씨가 내려올 거라고 전했습니다.

헤어턴 도련님은 내 말에 얼굴을 약간 붉히더니, 자기 손과 옷을 훑어보더군요. 그리고는 주변에 어질러져 있는 것들을 서둘러 치우기 시작했어요. 새아씨에게 깔끔하게 보이기 위해서 그런다는 게 뻔히 들여다보였지요. 나는 웃음을 터뜨리면서 그가 말쑥하게 꾸밀 수 있도록 도와주겠다고 했습니다. 도련님은 다소 망설이는 듯하더니, 결국 모양 내는 걸 도와 달라고 하더군요.

그 때 새아씨가 응접실로 걸어왔어요. 얼음장처럼 차갑고 공주처럼 거만하더군요. 내가 일어나서 앉아 있던 안락의자를 내주자, 새아씨는 내 친절을 비웃으며 거절했어요. 이윽고 헤어턴 도련님이 일어나서 새아씨에게 불 가까이로 와서 앉으라고 권했지요. 그러나 새아씨는 아무런 대꾸도 하지 않은 채 손수 의자를 들어다가, 우리 두 사람에게서 멀찍이 떨어진 곳에 자리를 잡아 앉았습니다.

새아씨는 몸이 녹을 때까지 잠자코 앉아 있다가 주위를 둘러보더니, 책장에 꽂혀 있는 책들을 발견하곤 일어서서 꺼내려고 손을 뻗쳤어요. 하지만 책장이 높아서 손이 닿지 않았지요. 헤어턴 도련님이 한참을 지켜보더니 용기를 내어 도와주었어요. 새아씨는 치맛자락을 펼치고는 도련님이 꺼내 주는 책들을 한 권씩 받아 담았답니다.

새아씨는 끝내 고맙다는 인사도 안 하더군요. 그런데도 헤어턴 도련님은 새아씨가 자기의 도움을 받아들였다는 사실만으로 흡족해서, 아씨가 책들을 뒤적이는 사이 그 뒤에 한참을 서 있었지요. 마음에 드는 그림이 나타났을 때는 손가락으로 가리키기도 하면서요. 그가 손가락으로 가리킨 책장을 아씨가 쌀쌀맞게 잡아채어도, 헤어턴 도련님은 아무렇지도 않은 듯 물러서지 않았어요.

새아씨는 계속해서 책을 읽었습니다. 헤어턴 도련님의 시선은 새아씨의 부드러운 머리칼에 한참 동안 머물러 있었어요. 그러다 자기도 모르게 새아씨의 머리칼을 매만지고 말았답니다. 새아씨는 목덜미에 칼날이 꽂히기라도 한 듯이 화들짝 놀라서 뒤를 돌아다보며 말했습니다.

'당장 저리 가! 감히 내 몸에 손을 대다니! 왜 그렇게 서 있는 거지? 보기 싫단 말이야! 다시 한 번 가까이 오면 위층으로 올라가 버리겠어.'

헤어턴 도련님은 멍한 표정을 지으며 물러갔어요. 그는 소파로 가서 조용히 앉아 있었고, 새아씨는 반 시간쯤 더 책을 뒤적거렸지요. 마침내 그가 내게로 다가와서 속삭였습니다.

'우리도 들을 수 있게 큰 소리로 읽어 달라고 부탁해 봐, 질라. 가만히 있으니까 답답해. 캐시가 읽는 걸 들으면 재미있을 것 같아.'

나는 새아씨에게 다가가서 말했어요.

'헤어턴 도련님이 저희도 들을 수 있게 큰 소리로 책을 읽어 달랍니다.'

새아씨는 성난 표정으로 대답했어요.

'둘이서 아무리 친절하게 구는 척해 봐야, 내가 받아들이지 않는다는 걸 똑똑히 알아두라고! 나는 당신들을 경멸해! 친절하게 말 한마디만 해 주면 내 목숨이라도 내줄 수 있었을 때에 날 일부러 피해 다녔지? 하지만 나는 굳이 불평하고 싶은 생각은 없어. 그렇다고 당신들을 즐겁게 해 주거나 어울려 놀고 싶은 생각도 없고……. 난 그저 추워서 내려온 것뿐이라고.'

그러자 헤어턴 도련님이 말했어요.

'나는 그렇지 않아. 난 캐시 대신 밤을 새워 린턴을 보살피게

해 달라고, 여러 번 히스클리프 아저씨에게 부탁했어.'

'닥쳐! 너의 그 불쾌한 목소리를 듣느니 차라리 밖으로 나가 얼어 죽겠어!'

새아씨가 말했어요. 그러자 헤어턴 도련님이 이렇게 중얼거렸지요.

'네가 나가 얼어 죽는다 한들 내가 무슨 상관이람!'

새아씨는 자기 방으로 돌아가고 싶어하는 것 같았지만, 날씨가 워낙 추워서 우리들 틈에 끼어 있을 수밖에 없었지요. 그 뒤로는 새아씨를 좋아하는 사람이 아무도 없게 되었어요. 그럴 만한 자격도 없었고요. 새아씨는 날이 갈수록 더 표독스러워졌으니까요."

질라에게 이런 말을 들으면서, 저는 일을 그만두기로 작정했습니다. 작은 집이라도 한 칸 마련해서 캐시 아가씨를 모셔 와야겠다는 생각이 들었거든요. 하지만 히스클리프 씨가 허락을 하지 않을 것이기 때문에, 아가씨가 다시 결혼이라도 하면 모를까 딱히 해결 방법이 없는 일이었지요. 재혼 문제라는 것이 제가 어떻게 할 수 있는 일도 아니었고요.

록우드 씨, 워더링 하이츠의 현재 상황은 그렇답니다.

제 14 장
새로운 연인

지난해 내내 병을 앓다가 회복의 기미가 보이자, 나는 스러시크로스 저택을 떠나 런던으로 돌아갔다. 쓸쓸하고 거친 곳에서 지내는 게 맞지 않았던 모양이다. 그 곳을 떠난 뒤, 나는 시골에서 지낸 일을 까맣게 잊었다.

1802년 9월, 북부에 사는 친구에게서 자기네 사냥터로 놀러 오라는 초대를 받았다. 친구 집으로 가는 길에 김머턴 근처를 지나게 되었다.

나는 문득 스러시크로스 저택에 다시 가 보고 싶은 마음이 들었다. 여관에서 자느니 세든 곳이기는 하지만, 내 집에서 하룻밤을 보내는 편이 나을 것 같아서였다. 어차피 집주인을 만나 일을 보려면 하루는 걸릴 텐데, 이 기회를 이용해 찾아가는 것 역시 수고를 더는 셈이기도 했다. 10월이면 일 년간의 계약이 끝나기 때문에, 집을 계속 빌릴 뜻이 없다는 것을 알리고 매듭을 짓고 싶었다.

말을 타고 쉼 없이 달린 덕분에, 해가 떨어지기 전에 스러시크로스 저택에 도착하였다. 마당에 들어서니 할머니 한 명이 계단에 앉아 있었다.

"딘 부인은 안에 있습니까?"

"딘 부인이요? 여기 안 사는데요. 딘 부인은 지금 워더링 하이츠에서 지낸답니다."

나는 그 할머니에게 이 집에 세든 사람이라는 사실을 밝히고, 하룻밤 묵을 수 있는 방이 있느냐고 물었다.

"미리 기별을 주셨어야죠. 깨끗한 방이 없는데 어떡하죠?"

나는 바람을 쐬고 올 테니, 그 동안 잠자리와 저녁 식사를 준비해 달라고 일러두었다. 그리고는 원래의 목적지인 워더링 하이츠를 향해 걷기 시작했다. 숲을 벗어나서 히스클리프의 집 쪽으로 뻗은 샛길을 올라가고 있을 때는 이미 석양이 희미해지고 달빛이 밝아 오고 있었다.

워더링 하이츠의 대문은 활짝 열려 있었다. 속으로 '좋아졌군!' 하고 중얼거리면서 걸어가는데, 과일 나무에서 꽃향기가 풍겨 왔다. 출입문도 유리창도 모두 열려 있었다. 워더링 하이츠의 응접실은 꽤 넓어서 창문을 통해 안에 앉아 있는 사람을 훤히 볼 수가 있었다. 나는 응접실로 들어가기 전에 창가에 앉아 있는 두 사람을 보았다. 이상하게도 호기심과 질투가 섞인 묘한 감정이 일어서 잠시 동안 밖에서 머뭇거렸다. 흔들리는 은종처럼 아름다운 목소리가 누군가에게 글을 읽으라고 지시하고 있었다. 글을 읽는 목소리는 굵지만 퍽 부드러웠다. 아름다운 목소리가 다시 똑바로 읽으라고 했다. 남자가 글을 읽기 시작했다.

말끔하게 옷을 차려 입은 남자가 탁자 위에 책을 펼쳐 놓은 채 그 앞에 앉아 있었다. 잘생긴 그의 얼굴은 기쁨으로 빛나고 있었는데, 가끔씩 눈길이 자신의 어깨에 올려진 작고 하얀 손으로 옮아 가곤 했다. 그럴 때마다 그 손의 임자는 그의 볼을 찰싹 때려서 정신을 차리게 하였다.

그 손의 임자는 그의 뒤에 서 있었다. 여자가 남자의 공부를 봐주기 위해 몸을 구부릴 때면 반들거리는 고수머리가 그의 머리카락과 엉키곤 했다. 남자가 그녀의 예쁜 얼굴을 보지 못하는 게 다행이었다. 얼굴을 봤다면 그렇게 가만히 있지 못했을 테니까.

몇 차례의 실수가 있긴 했지만 마침내 공부가 끝난 듯했다. 남자가 상을 달라고 졸라서 여러 차례 입맞춤을 받았다. 그리고 그도 여자에게 키스를 퍼부었다. 잠시 후 그들은 문 쪽으로 발길을 옮겼는데, 들판으로 산책을 나가려는 모양이었다. 웬지 나는 그 때 모습을 드러내는 것이 적절하지 않다는 생각이 들어서 서둘러 피할 곳을 찾았다.

나는 저택을 빙 돌아 부엌 쪽으로 갔다. 그 곳 역시 문이 열려 있었다. 넬리가 문간에 앉아서 노래를 부르며 바느질을 하고 있는 것이 보였다. 나는 그녀 앞에 성큼 다가섰다. 넬리는 나를 단번에 알아보고 벌떡 일어나 소리쳤다.

"어머나, 록우드 씨군요! 어떻게 이쪽으로 오실 생각을 하셨어요? 스러시크로스 저택은 다 닫아 놨는데."

"난 내일 다시 떠날 거요. 그런데 부인은 어떻게 여기로 오게 됐소? 그 이야기나 좀 해 보시오."

"질라가 떠나자, 히스클리프 씨는 제가 오기를 바랐지요. 록우드 씨께서 런던으로 가시고 나서 얼마 지나지 않아서였어요. 지금 김머턴에서 오시는 길인가요?"

"스러시크로스 저택에서 오는 길이오. 그쪽에서 내가 묵을 방을 준비하는 동안, 이 댁 주인과 계약 문제를 끝내려고 온 거요. 다시 올 수 있을 것 같지도 않고 해서……."

"무슨 일이신데요? 지금 주인님은 안 계시거든요."

"집세 때문인데."

"아! 그럼 아씨랑 이야기를 하셔야 되는데요. 아니, 저랑 하시죠. 아씨는 아직 그런 일을 처리하는 법을 배우지 못해서 제가 대신 해 드리고 있거든요. 아무도 할 사람이 없으니까요."

나는 깜짝 놀란 표정을 지었다. 그녀가 다시 말했다.

"아! 히스클리프 씨가 죽었다는 소식을 못 들으셨군요."

"히스클리프 씨가 죽었소? 언제?"

"석 달 전에요. 이쪽으로 앉으세요. 모자도 벗으시고요. 잠깐만요! 아무것도 못 드셨겠군요?"

"아무것도 먹고 싶지 않소. 부인도 앉아요. 그가 죽는다는 것은 꿈에도 생각지 못했는데. 도대체 어떻게 된 일인지 한번 들어 봅시다."

"아, 오래 묵은 맥주가 있는데, 피곤하실 테니 그거라도 한잔 드세요."

그녀는 내가 말릴 틈도 없이 맥주를 가져왔다. 그리고 히스클리프의 이상야릇한 죽음에 대해 들려 주었다.

제 15 장
복수의 열매는 쓸쓸하다

록우드 씨께서 런던으로 떠난 지 이 주일 만에, 워더링 하이츠에서 사람을 보냈더군요. 저는 캐시 아씨를 위해서 그 곳으로 오라는 청을 기쁘게 받아들였지요.

아씨와의 첫 만남은 속상하고 슬프기 그지없었어요! 우리가 헤어진 뒤로 너무나 많이 변했더군요. 저는 린턴 도련님이 쓰던 위층 방을 응접실로 꾸민 뒤, 거기서 아씨와 지내게 되었어요. 틈 나는 대로 스러시크로스 저택에 가서 아씨가 좋아하던 책과 물건들을 조금씩 가져왔지요. 아씨가 심심치 않게 지낼 수 있도록 해 주고 싶었거든요.

아씨는 한동안 잘 지내는 듯했지만, 시간이 지나자 안절부절

못하며 까탈을 부렸어요. 정원 밖으로 나가는 게 금지되어 있었기 때문에, 좁은 울안에 갇혀 지내는 게 답답했던 것이지요. 또 제가 집안일을 돌보느라 아씨를 혼자 두는 일이 잦아지자 외롭다고 불평을 늘어놓는 일이 많았고요. 잠시도 혼자 조용히 앉아 있지를 못하고, 부엌으로 와서 조지프와 입씨름을 벌이곤 했답니다.

그들이 싸우는 것은 그리 큰 문제가 아니었어요. 다만 주인님이 혼자 있고 싶어할 때는, 헤어턴 도련님도 갈 데가 없어서 부엌으로 밀려나게 되는 것이 문제였지요. 처음에 아씨는 헤어턴 도련님이 오면 나가 버리거나, 그를 아랑곳하지 않고 조용히 제일을 거들었어요.

하지만 시간이 흐르자 태도를 바꾸어 도련님을 가만히 두지 않았어요. 게으름과 아둔함을 지적하고, 어떻게 그런 삶을 견디는지 모르겠다고 놀리곤 했지요.

한번은 아씨가 이런 말을 했답니다.

"헤어턴은 개 같아. 안 그래, 넬리? 아니면 말 같다고 해야 할까? 일하고 먹고 잠이나 자니 말이야. 꿈은 뭐, 헤어턴? 무슨 꿈을 꾸지?"

아씨가 이렇게 놀려 대어도 도련님은 입을 열거나 눈을 맞추지 않았어요. 그러면 아씨가 또 흥분해서 말했지요.

"내가 부엌에 있을 때 헤어턴이 왜 말을 안 하는지 그 이유를 알아. 내가 비웃을까 봐 겁나는 거야. 넬리는 어떻게 생각해? 헤어턴이 혼자서 읽기 공부를 시작한 일이 있었어. 그런데 내가 웃자 책을 모두 불태우고 그만뒀지 뭐야. 바보 같지 않아?"

"아씨가 너무 심통맞다고는 생각지 않으세요? 그것에 대해 먼저 대답해 보세요."

제가 대꾸했지요.

"그럴지도 모르지. 하지만 난 헤어턴이 그렇게 멍청할 줄은 몰랐어. 헤어턴, 내가 책을 주면 이제는 받을 거야? 한번 시험해 볼까?"

아씨가 책 한 권을 골라 그의 손에 쥐어 주었어요. 그러자 도련님은 그 책을 바닥에 획 던져 버렸지요.

"좋아, 그럼 책을 책상 서랍에 넣어 두도록 하지. 난 이제 자러 갈 거야."

그러고 나서 아씨는 도련님이 책에 손을 대는지 잘 지켜보라고 제게 속삭이고는 밖으로 나갔어요. 그러나 그는 책 근처에는 얼씬도 하지 않았답니다. 다음 날 아씨에게 그 사실을 알려 주니 크게 실망하는 눈치더군요. 사실 아씨는 도련님이 침울하게 지내는 것을 딱하게 여기고 있었거든요. 도련님이 글을 배우지 못하도록 한 것에 대해 미안한 마음을 갖고 있었던 것이지요.

캐시 아씨는 전에 저지른 잘못을 바로잡으려고 여러 가지로 노력했습니다. 제가 부엌에서 일할 때면, 재미난 책을 가지고 와서 큰 소리로 읽어 주곤 했어요. 헤어턴 도련님이 있을 때면, 흥미로운 대목에서 읽기를 멈추고 그 부분을 그대로 펼쳐 놓은 채밖으로 나가기도 했고요.

계속 그렇게 했지만 도련님은 짐짓 모르는 체하더군요. 비가 내리는 날엔 난롯가에 앉아 조지프랑 파이프 담배를 피웠고, 날씨가 좋은 날엔 사냥을 하러 나갔지요. 아씨는 답답한 마음에 한숨을 쉬면서 제게 이야기를 하자고 졸랐습니다. 그래서 뭔가 얘기를 나누려고 하면, 자신의 삶이 쓸모없다면서 울음을 터뜨렸지요.

3월 초에 헤어턴 도련님은 혼자 사냥을 나갔다가 총이 폭발하는 바람에 팔을 크게 다쳤어요. 피를 많이 흘렸기 때문에 나을 때까지 난롯가에 가만히 있어야 했지요. 아씨는 그 때를 놓칠세라 억지로 일을 만들어서 아래층에 오랫동안 머물곤 했고요.

부활절 다음 월요일이었어요. 조지프는 소를 끌고 김머턴 장에 갔고, 저는 부엌에서 빨래한 것들을 손질하느라고 분주했답니다. 헤어턴 도련님은 평소처럼 난롯가에 앉아 있었고, 아씨는 창문에 그림을 그리다가 싫증이 나면 노래를 부르곤 했어요. 아무 말 없이 담배만 피우고 있는 헤어턴 도련님을 힐끔힐끔 쳐다보면서요.

얼마 후, 난로 앞으로 자리를 옮겨 오더니 이렇게 말하더군요.

"헤어턴, 내게 그렇게 못되게 굴지만 않는다면 참 좋았을 텐데……. 이제라도 사촌 오빠 노릇을 해 주면 안 될까?"

그러나 헤어턴 도련님은 아무런 대꾸도 하지 않았어요.

"헤어턴, 듣고 있어?"

"저리 가!"

아씨가 다그치자 그가 사납게 쏘아붙였습니다.

"그 파이프를 빼앗아야지."

아씨가 도련님의 입에서 파이프를 뽑은 뒤, 두 동강을 내서 불 속에 던져 버렸습니다. 그것을 보고 도련님은 욕설을 마구 퍼부었고요.

"너, 죽고 싶어? 제발 저리 가. 나 좀 내버려두란 말이야!"

"아니, 가만두지 않을래. 헤어턴은 나를 이해하지 않으려고 결심한 사람 같아. 내가 바보 같다고 한 것은 경멸해서 그런 게 아니란 말야. 나를 좀 봐. 헤어턴은 내 사촌 오빠야. 그걸 인정하겠다는 거야."

"난 너랑 아무 관계도 없어. 너 같은 것은 쳐다보기도 싫어. 저리 비켜. 당장 비키란 말이야!"

결국 캐시 아씨는 울음을 참느라 입술을 깨물며 창가로 갔어요. 그것을 보고 제가 끼어들었습니다.

"사촌이랑 사이좋게 지내야 해요, 헤어턴 도련님. 아씨는 예전의 잘못된 행동을 뉘우치고 있는 거라고요. 캐시 아씨랑 친구로 지내면 도련님에게도 좋을 거예요."

"친구가 돼라고? 저 애가 나를 제 구두 닦는 걸레만큼도 여기지 않는데? 다 그만둬."

도련님이 소리쳤어요.

"내가 널 미워하는 게 아니야. 네가 날 미워하는 거라고! 아버님보다 네가 나를 더 미워하잖아."

아씨는 괴로움을 감추지 못하고 펑펑 울었어요.

"넌 거짓말쟁이야. 네 말이 맞다면, 내가 왜 수없이 네 편을 들다가 히스클리프 아저씨의 분노를 샀겠어? 네가 날 조롱하고 경멸할 때도 나는 네 편을 들었다고!"

"내 편을 들어준 줄 몰랐어. 나는 사는 게 하도 비참해서 모든 사람에게 못되게 굴 수밖에 없었어. 하지만 이젠 나를 용서해 주었으면 좋겠어."

아씨는 눈물을 닦으며 이렇게 말하고는, 난롯가로 가서 그에게 손을 내밀었어요. 도련님은 먹구름처럼 얼굴이 어두워진 채 두 주먹을 불끈 쥐고 방바닥만 내려다보더군요. 캐시 아씨는 잠시 쭈뼛대다가 몸을 굽혀 도련님의 뺨에 살며시 입을 맞추었습니다. 그 말괄량이는 제가 못 본 줄 알고, 재빨리 창가 자리로 돌아갔지요. 제가 못마땅한 표정으로 고개를 젓자, 아씨는 얼굴을 붉히며 제게 속삭였어요.

"어쩔 수 없어, 넬리. 그와 사이좋게 지내고 싶다는 걸 보여 줘야 한단 말이야."

도련님은 얼굴을 보이지 않으려고 몹시 신경 쓰는 눈치였어요. 그러다가 고개를 들었는데 눈을 어디로 둬야 할지 모르는 듯한 표정이었지요. 잠시 후, 캐시 아씨는 재미있는 책들을 골라 흰 종이로 포장한 뒤, 저를 불러서 그에게 전해 달라고 부탁했습니다.

　"헤어턴이 선물을 받거든, 내가 읽는 법을 가르쳐 준다고 말해 줘. 만일 거절하면 다시는 성가시게 하지 않을 거라고 전해 주고……."

　저는 아씨가 시킨 대로 했습니다. 헤어턴 도련님이 좀체 받을 생각을 하지 않아서 무릎 위에 놓아 두었습니다. 밀어내지는 않더군요. 그래서 저는 다시 하던 일을 마저 하러 갔지요.

　아씨는 짐짓 모른 체하며 식탁 앞에 앉아 있었어요. 얼마 지나지 않아, 포장지 벗기는 소리가 났습니다. 아씨는 살그머니 일어나더니, 사촌 곁으로 가서 조용히 앉았지요. 그는 몸을 떨며 얼굴을 붉히더군요. 딱딱하게 굳어 있던 표정은 사라져 버렸고요. 캐시 아씨가 물었어요.

　"날 용서한다고 말해, 헤어턴! 이제 내 친구가 되어 줄 거지?"

　"아니! 너는 나를 알면 알수록 창피해 할 거야. 난 그걸 참을 수 없을 것 같아."

　헤어턴 도련님이 대꾸했어요.

　"그래서 내 친구가 안 되겠다는 거야?"

아씨가 상냥하게 웃으며 말하고는 도련님에게 바싹 다가앉았어요. 그 뒤로 두 사람의 사이는 급속히 가까워졌습니다. 가끔 걸림돌이 있긴 했지만요. 헤어턴 도련님의 교양이 금방 느는 것도 아니었고, 아씨가 참을성이 많은 편도 아니었으니까요.

하지만 두 사람의 마음은 같은 목표를 향하고 있었지요. 한 사람은 상대편을 사랑하고 인정해 주고 싶었고, 또 한 사람은 사랑받고 인정받으려고 결심했으니까요. 그들은 결국 그 목표를 이루었답니다.

그러던 어느 날 아침, 캐시 아씨는 저보다 먼저 아래층에 내려와서 정원으로 나갔어요. 거기서 사촌이 일하는 것을 지켜보고 있었지요. 저는 아침 식사를 하라고 부르러 갔다가 두 사람의 모습을 한참 동안 물끄러미 바라보았어요. 두 사람은 까치밥나무와 구즈베리가 덤불진 곳을 쳐내고 땅을 일군 뒤, 스러시크로스 저택에서 화초를 가져와 심을 계획을 짜고 있었습니다.

저는 은근히 걱정스러워졌어요. 까치밥나무들은 조지프가 무엇보다 아끼는 것이었는데, 하필이면 그 가운데에다 꽃밭을 만들려고 하고 있었으니까요. 제가 소리쳤어요.

"어머나! 조지프가 보면 당장 주인님께 이를 텐데. 누구 맘대로 정원을 파헤쳤냐고 하면 어떻게 하실 거예요? 한바탕 난리가 나게 생겼네요!"

"조지프가 심은 나무들이란 걸 깜빡 잊었군. 할 수 없지, 내가 한 일이라고 말할게."

헤어턴 도련님이 대답했습니다.

그 무렵 우리는 늘 히스클리프 씨와 함께 식사를 했어요. 저는 돌아가신 마님의 자리에 앉아서 차를 만들고 고기를 썰어 나누어 주었지요. 캐시 아씨는 평소 제 옆에 앉아 식사를 했는데, 그날은 헤어턴 도련님 쪽으로 가더군요.

"아씨, 사촌 오빠와 너무 많은 말을 하거나 그쪽만 바라보고 있으면 안 돼요. 히스클리프 씨가 야단칠 거예요."

저는 아씨와 함께 방으로 들어가면서 속삭였습니다.

"그러지 않을 거야."

캐시 아씨는 이렇게 대답해 놓고는 변함없이 도련님에게 찰싹 달라붙어 앉았어요. 그리고는 그의 죽이 담긴 접시에 꽃을 꽂으며 장난을 쳤습니다. 헤어턴 도련님은 웃음을 꾹 참고 있었고요. 제가 못마땅한 표정을 짓자, 아씨는 히스클리프 씨 쪽을 흘끗 쳐다봤어요. 정작 그는 딴생각을 하고 있는 듯했답니다. 아씨는 그 양반의 얼굴을 살피면서 잠시 심각한 표정을 지었지만, 곧 다시 장난을 치기 시작하더군요. 결국 헤어턴 도련님이 참았던 웃음을 터뜨리고 말았지요.

그제서야 히스클리프 씨가 고개를 돌려 우리 쪽을 바라봤어요. 캐시 아씨는 평소처럼 조롱과 두려움이 섞인 눈빛으로 그를 쳐다봤습니다.

"네가 내 손이 안 닿는 곳에 있어서 다행이다. 넌 도대체 무슨 마귀가 붙었기에 그런 눈으로 날 노려보는 거지? 눈을 내리깔아! 그 히죽거리는 웃음도 고치고!"

히스클리프 씨는 이렇게 말하고는 다시 식사를 계속했어요. 우리가 식사를 마칠 즈음, 조지프가 문간에 나타났습니다. 떨리는 입술과 성난 눈빛으로 보아, 자신이 아끼는 나무들이 뽑힌 사실을 알아차린 모양이었어요. 그는 소가 되새김질하듯이 아래위로 턱을 움직이며 말했습니다.

"받을 돈이나 받아서 나갈랍니다요. 여기다 뼈를 묻을 작정이었는데, 아씨가 내 정원까지 빼앗으려 하니 더 이상 참을 수가 없습니다. 저 버림받은 여왕이 우리 도련님을 홀린 게 분명합니다. 그래서 도련님은 그 동안 제가 돌봐준 은혜도 잊어버린 채, 내가 아끼는 까치밥나무들을 전부 뽑아 버린 것이겠지요."

"이 영감이 술에 취했나? 헤어턴, 조지프가 왜 저렇게 난리인 게냐?"

히스클리프 씨가 묻자 헤어턴 도련님이 대답했습니다.

"제가 나무를 두어 그루 뽑았어요. 하지만 다시 심을 거예요."

"나무를 왜 뽑았지?"

아씨가 대신 대답했어요.

"거기다 꽃나무를 심으려고요. 헤어턴에게 나무를 뽑으라고 한 사람은 저니까, 잘못은 제게 있어요."

"도대체 누가 너한테 거기 있는 것을 건드려도 된다고 허락했지? 그리고 헤어턴, 누가 너한테 저 애 말을 들으라고 지시했어?"

히스클리프 씨가 다그치자, 헤어턴 도련님은 아무런 대꾸도 하지 못했습니다. 그러자 아씨가 다시 말했어요.

"당신은 내 땅을 전부 빼앗았으면서, 내가 고작 정원 몇 평을 꽃밭으로 만드는 것도 가만히 놔두질 않는군요!"

"네 땅이라니! 네게 무슨 땅이 있었다는 게냐?"

"내 재산을 모두 빼앗았잖아요!"

아씨는 히스클리프 씨와 똑같이 성난 표정으로 노려보았어요. 그리고는 먹다 남은 빵 조각을 잘근잘근 씹었지요.

"시끄러워! 어서 처먹고 꺼져!"

히스클리프 씨가 소리쳤습니다.

"그뿐이 아니죠. 헤어턴의 재산도 다 빼앗았잖아요. 이제 헤어턴과 나는 친구가 됐으니, 세상 사람들에게 당신의 죄를 다 말하겠어요!"

무모한 아씨는 계속해서 말했지요. 히스클리프 씨는 약간 당황하는 듯한 표정을 짓더니, 자리에서 벌떡 일어나 아씨를 잡아먹을 듯이 노려보더군요.

"때려 보세요. 이젠 헤어턴이 당신을 가만두지 않을 거예요!"

"만일 헤어턴이 너를 끌어내지 않으면, 내가 저놈을 당장 때려 죽이겠어. 감히 헤어턴을 꾀어서 내게 대들려고 해? 헤어턴, 당장 저년을 끌어내. 다시 내 앞에 나타나면 죽여 버릴 거야."

히스클리프 씨가 고함을 질렀어요. 헤어턴 도련님은 기어 들어가는 목소리로 아씨에게 나가라고 사정을 했고요. 그러자 히스클리프 씨가 아씨를 직접 끌어내려고 성큼 다가섰습니다.

"이제 헤어턴은 더 이상 당신 말을 듣지 않아요. 머지않아 헤어턴도 나만큼 당신을 미워하게 될걸요!"

그러자 헤어턴 도련님이 나무라듯이 말했어요.

"조용히 해! 네가 아저씨에게 그렇게 대드는 건 보고 싶지 않아. 이제 그만하면 좋겠어."

"하지만 저 사람이 날 때리게 내버려두진 않겠지?"

"얼른 나가 봐."

도련님이 나직이 속삭였습니다. 하지만 늦어 버렸답니다. 이미 히스클리프 씨가 아씨의 머리채를 휘어잡은 뒤였거든요. 헤어턴 도련님은 때리지 말라고 애원하면서, 히스클리프 씨의 손을 떼어내려 했어요.

순간 히스클리프 씨의 검은 눈이 번뜩였습니다. 마치 아씨의 몸을 갈기갈기 찢어 버리기라도 할 듯한 기세여서, 저는 아씨를 구하려고 황급히 다가갔답니다. 그런데 갑자기 그가 머리채를 놓고 한참 동안 아씨를 노려보았습니다. 그는 손으로 두 눈을 가리고 잠시 서 있다가 다소 가라앉은 목소리로 말했지요.

"너는 내 부아를 돋우지 않는 법을 먼저 배워야 될 게다. 그렇지 않으면 언젠가 진짜 내 손에 죽게 될 거야! 넬리와 함께 나가 있거라. 헤어턴도 네 말대로 하다가 들키면 당장 내쫓아 버리겠다. 만약 네가 헤어턴을 사랑하게 된다면, 이 녀석은 거지가 될 테니 알아서 해. 이제 모두 나가!"

저는 아씨를 데리고 밖으로 나왔어요. 아씨는 그 자리를 벗어나는 게 다행스러웠는지 굳이 고집을 피우지 않았지요. 헤어턴 도련님도 곧 뒤따라 나왔고요. 히스클리프 씨는 점심때까지 혼자 그 방에 있었답니다.

점심때가 되자, 저는 아씨에게 위층에서 따로 식사를 하라고 권했어요. 그런데 정작 히스클리프 씨는 아씨의 자리가 비어 있는 것을 보고는 제게 불러오라고 하더군요. 그는 식사를 하는 내내 아무에게도 말을 걸지 않았고, 음식도 입에 대는 둥 마는 둥 했어요. 그러다 자리에서 일어나더니, 저녁때까지는 돌아오지 않을 거라고 하면서 밖으로 나갔습니다.

히스클리프 씨가 집을 비운 동안, 두 사람은 응접실에서 지냈답니다. 아씨는 히스클리프 씨가 헤어턴 도련님의 아버지에게 어떻게 했는지 말하려 했지만, 도련님이 아씨를 꾸짖어 더 이상 입을 열지 못하게 했습니다. 히스클리프 씨를 비난하는 말은 한마디도 듣지 않겠다고 했어요. 설령 그가 악마라고 하더라도 그의 편을 들겠다고요.

캐시 아씨가 그의 말에 짜증을 내자, 도련님은 자기가 아씨의 아버지를 나쁘게 말하면 좋겠느냐고 되물었습니다. 결국 아씨는 그와 히스클리프 씨의 관계를 인정하지 않을 수 없었어요. 이성의 힘으로는 어찌할 수 없는 강한 유대 관계, 그리고 습관으로 맺어진 쇠사슬 같은 관계를……. 그 둘을 갈라놓는 것이 얼마나 가혹한 일인지를 알아차린 것이지요.

캐시 아씨는 그 때부터 히스클리프 씨에 대해 불평을 하지 않고 미워하는 내색도 하지 않았어요. 이 가벼운 말다툼이 마무리되자, 두 사람은 다시 친구로 지내게 되었지요. 학생과 선생 사이로 돌아가 공부도 열심히 했고요. 그들과 같이 있노라면 지켜보는 것만으로도 위로가 되었고, 시간이 어떻게 가는지 모를 정도로 평안했답니다. 알다시피 제게는 둘 다 자식 같은 존재였으니까요.

헤어턴 도련님은 점차 변화하기 시작했습니다. 그 동안 보여왔던 무지함과 천박함은 사라지고, 영리하고 따스한 성품이 드러났지요. 캐시 아씨의 진심 어린 칭찬에 꾸준히 발전해 갔어요. 마음이 밝아지자 얼굴도 밝아졌고, 품위마저 느껴지게 되었답니다.

저녁이 되자 히스클리프 씨가 돌아왔어요. 그는 소리없이 다가와 우리 세 사람의 모습을 보았지요. 그보다 더 유쾌하고 평온한 풍경은 없었을 거예요. 그래서 그는 차마 야단을 치지 못하는 듯했습니다. 붉게 타오르는 난롯불에 비친 두 사람의 모습은 생기발랄함 그 자체였으니까요.

어느 순간 두 사람이 나란히 머리를 들어 히스클리프 씨와 마주 보게 되었어요. 두 사람의 눈은 서로 많이 닮아 있었지요. 돌아가신 아씨의 어머님, 그러니까 캐서린 마님의 눈을 그대로 닮았거든요. 헤어턴 도련님 역시 조카이긴 하지만 닮은 데가 많았고요.

어쩌면 히스클리프 씨는 캐서린 마님을 닮은 그들을 보고 마음이 너그러워졌는지도 모르지요. 그는 다소 흥분된 표정을 지은 채 난롯가로 걸어갔습니다. 헤어턴 도련님의 손에서 책을 빼앗더니, 펴져 있는 부분을 흘끗 보고 나서 아무 말 없이 되돌려 주더군요. 그리고 캐시 아씨에게 나가라는 신호를 했습니다. 아씨가 나가자, 도련님도 곧 따라 나갔지요. 저 역시 나가려 하자, 히스클리프 씨가 그냥 앉아 있으라고 하더군요.

그는 잠시 생각에 잠기더니 입을 열기 시작했습니다.

"참으로 가련한 끝이야, 그렇지 않아? 그렇게 발버둥쳤는데 이렇게 끝장이 난단 말인가? 두 집을 부수려고 지렛대와 곡괭이를 마련하고 힘까지 길렀건만, 막상 내 힘으로 뭐든지 할 수 있게 되자 그 어느 집도 건드리고 싶지 않아졌어. 이제야말로 그들의 자식에게 복수할 절호의 기회가 왔는데, 그들의 파멸을 즐길 만한 힘도 없고 그들을 파멸시킬 생각도 없어졌단 말이야.

넬리, 이상한 변화가 다가오고 있어. 내 생활에 관심이 없어져서 먹고 마시는 것도 잊을 지경이야. 방금 방에서 나간 두 사람만 명확하게 보이는데, 그들의 모습이 내게 극심한 고통을 주고 있어. 캐시에 대해서는 생각하고 싶지 않아. 내 눈앞에서 사라졌으면 좋겠어. 저 애를 보고 있으면 미칠 것 같으니까 말이야. 하지만 헤어턴은 좀 다르지.

오 분 전까지만 해도 헤어턴이란 놈은 인간이 아니라 내 젊은 시절의 생생한 그림 같았어. 죽은 캐서린과도 너무나 닮아서 그를 보고 있으면 무서울 정도로 그녀가 떠올라. 하지만 그것 때문에 헤어턴이 내게 미치는 영향이 큰 것은 아니야. 내 눈에 무엇인들 캐서린과 연관되지 않은 것이 있겠어? 이 바닥을 내려다보기만 해도 깔려 있는 돌 하나하나마다 그녀의 얼굴이 보이는 것을! 구름에도, 나무에도, 아니 눈에 보이는 모든 것들 속에 캐서린의 모습이 보여! 심지어 내 모습마저 그녀의 얼굴을 닮은 채 나를 비웃어.

그래, 헤어턴의 모습은 죽지 않는 나의 사랑, 나의 비루함, 나의 타락, 나의 자존심, 나의 행복, 그리고 고통의 유령이었어. 이런 생각을 넬리에게 이야기하는 것이 미친 짓일지도 모르지. 다만 내가 왜 혼자 있는 것을 싫어하면서도 그와 함께 있는 것을 고마워하지 않는지 이해할 수 있을 거야. 나는 더 이상 그 애들에게 신경 쓸 수가 없어."

"변화가 다가오고 있다니, 그게 무슨 말이에요?"

제가 놀라 물었지요. 그가 정신을 잃거나 죽을 위험에 빠진 것은 아닌지 걱정스런 마음이 들었거든요. 잃어버린 사랑에 너무 집착해 있는 것 빼고는 크게 문제가 있어 보이진 않았지만요.

히스클리프 씨가 말했어요.

"변화가 온전히 다가올 때까지는 나도 몰라. 지금은 희미하게 느끼고 있을 뿐이지."

"몸이 아픈 건 아닌가요?"

"아니야, 넬리. 그건 아니야."

"그럼 죽음이 두려운 건가요?"

"두렵냐고? 아니! 난 죽음이 두렵지 않아. 그렇다고 죽었으면 좋겠다는 생각이 드는 것도 아니고……. 내가 왜 그러겠어? 건강하게 살고 있는데, 당연히 머리카락이 하얘질 때까지 살아야지! 하지만 이런 상태로는 계속 살 수가 없어! 숨을 쉬어야 된다는 걸 애써 기억해야 될 정도니까. 아무리 하찮은 일도 자극받지 않으면 억지로 하고 있는 것 같고, 산 것이든 죽은 것이든 억지로 관심을 두지 않으면 알 수가 없어.

내겐 한 가지 소원이 있어. 내 몸과 능력으로 그걸 이루고 싶어. 아주 오랫동안 꿋꿋하게 소원의 성취를 열망했고, 그래서 그것이 꼭 성취될 거라고 믿고 있어. 그것을 위해 내 인생 전부를 바쳐 왔기 때문이지. 정말로 기나긴 싸움이었어. 이제 싸움이 끝났으면 해."

그는 이렇게 혼자 중얼거리고는 안절부절못하며 방 안을 왔다갔다하기 시작했어요. 저는 죄책감 때문에 가슴이 아픈 거라고 생각했지요. 그리고 그것이 어떻게 끝날지 몹시 궁금해지더군요.

그 날 저녁부터 며칠 동안 히스클리프 씨는 식사 시간에 나타나지 않았습니다. 하루에 한 끼만 먹어도 살 수 있다고 생각하는 것 같았지요.

어느 날 밤, 식구들이 잠자리에 든 시간에 저는 히스클리프 씨가 현관 밖으로 나가는 소리를 들었어요. 아침이 될 때까지도 돌아오지 않았더군요. 그 때가 4월이라 날씨는 퍽 따뜻했어요. 잔디는 한창 푸르렀고, 남쪽 담장에 있는 두 그루의 사과나무에는 꽃이 활짝 피어 있었지요.

아침을 먹고 나자, 캐시 아씨는 저더러 집 끄트머리에 있는 전나무 아래로 의자를 가지고 가서 일을 하라고 졸랐어요. 헤어턴 도련님에게는 그 곳에 작은 꽃밭을 만들어 달라고 부탁했고요. 조지프의 비위를 맞추기 위해서 짐짓 구석진 곳을 택했던 것 같아요.

저는 파란 하늘과 따스한 햇살, 그리고 봄 향기에 취해 기분이 아주 좋았답니다. 그 때 꽃밭의 가장자리에 심을 꽃을 캐러 대문간으로 갔던 아씨가 황급히 되돌아와서는, 히스클리프 씨가 돌아오고 있다고 전하더군요.

"그가 나한테 말을 걸었어. 될 수 있는 대로 멀리 가라지 뭐야. 하지만 여느 때와 아주 달라 보여서 잠시 동안 그를 빤히 쳐다보았지."

"어떻게 달랐는데?"

도련님이 물었어요.

"환했어. 기운이 넘친다고 할까. 아냐, 그게 아니라 대단히 들떠 보였어. 미칠 듯이 기쁜 것 같은……."

"밤에 한 산책이 즐거웠나 보죠."

저는 무심한 목소리로 말했어요. 하지만 속으로는 저도 그가 기쁜 표정을 지었다는 것이 놀랍고 궁금해, 안으로 들어갈 핑곗거리를 생각해 내고 있었습니다. 그 때 히스클리프 씨가 대문 안으로 막 들어섰어요. 그의 눈은 정말로 기쁨으로 가득 차 있더군요. 얼굴빛이 완전히 달라 보였지요.

"시장하지 않으세요?"

제가 물었습니다.

"아니, 배고프지 않아."

그는 약간 무시하는 듯이 고개를 돌리며 대답했어요.

"밤에 돌아다니는 것은 건강에 좋지 않을 텐데요. 더구나 요즘처럼 습한 날씨에는……. 잘못하면 감기나 열병에 걸릴 수 있어요."

"뭐든 견딜 수 있어. 넬리가 날 내버려두기만 하면 얼마든지 참을 수 있다고. 어서 안으로 들어가. 귀찮게 하지 말고."

그 날 정오에 히스클리프 씨는 우리와 함께 식사를 하기 위해 자리에 앉았는데, 배가 고픈지 음식이 담긴 접시를 손수 받아 들기까지 했답니다. 그는 나이프와 포크를 들고 식사를 하려다가, 갑자기 그것들을 식탁 위에 내려놓고 창 쪽을 뚫어지게 바라보더니 벌떡 일어나서 밖으로 나갔습니다. 그리고 우리가 식사를 하는 동안 정원을 이리저리 거닐었어요. 헤어턴 도련님이 나가서 왜 식사를 하지 않는지 물어보겠다고 했지요. 그는 우리가 히스클리프 씨를 화나게 했다고 생각한 모양이었어요.

"그래, 들어오겠대?"

잠시 후 헤어턴 도련님이 돌아오자, 캐시 아씨가 큰 소리로 물었어요.

"아니. 화가 난 게 아닌 것 같아. 이상하게도 유쾌해 보여. 너한테 돌아가라고 하면서, 어떻게 다른 사람이랑 있는 걸 좋아할 수 있느냐고 물었어."

저는 그의 음식이 식지 않도록 접시를 불가에 두었습니다. 그는 두어 시간 후에야 다시 들어왔는데, 여전히 기쁜 표정을 띠고 있었어요. 가끔 이를 드러내며 웃기도 했고요. 이따금 몸을 떨기도 했는데, 춥거나 기운이 없어서가 아니라 팽팽히 당긴 악기 줄이 떨리듯 전율이 이는 것 같았지요.

"어디서 좋은 소식이라도 들으셨나요?"

"나 같은 사람한테 좋은 소식이 올 데가 있기는 한가? 굶어서 기운이 나는 거야. 그런데 넬리, 내 부탁 좀 들어줘. 헤어턴과 캐시에게 내 근처에 얼씬하지 말라고 일러줘. 나 혼자 있게 해 주면 좋겠다는 뜻이야."

그는 빠르게 중얼거리듯이 말했어요.

"다 나가라는 건가요? 도대체 왜 그러시는 거예요?"

"그렇게 궁금하면 말해 주지. 어젯밤에 나는 사실 참 비참했어. 그런데 오늘은 천국이 눈앞에 있더군. 내 눈에 보여. 천국과 겨우 세 발자국 떨어져 있다는 게……. 넬리도 이제 그만 가 보지 그래?"

그가 손도 안 된 음식 접시를 들고 밖으로 나오는데, 왠지 모르게 마음이 많이 착잡하더군요.

그 후 히스클리프 씨는 계속 집에 있었고, 아무도 그를 방해하지 않았어요. 저녁 여덟 시경, 저는 촛불과 식사를 가지고 그의 방으로 올라가 보았습니다. 그는 창가에 기대어 서 있었는데, 밖을 내다보고 있는 것 같지는 않았어요. 난로에는 재가 잔뜩 쌓여 연기만 피어오르고, 방 안은 후텁지근하고 습한 공기로 가득차 있었지요. 어찌나 조용하던지 김머턴 쪽으로 흐르는 시냇물

소리가 다 들릴 정도였습니다. 저는 창문을 하나씩 닫으며 그가 기대어 서 있는 곳까지 갔어요.

"이 창도 닫을까요?"

저는 짐짓 그의 관심을 끌려고 말을 걸었지요. 그 때 그의 얼굴이 촛불에 잠깐 비쳤어요. 모습이 어찌나 변해 있던지 깜짝 놀랐습니다. 움푹 들어간 눈에 죽은 사람같이 창백한 얼굴, 제가 보기에 그건 히스클리프 씨가 아니라 악령 같았답니다. 저는 겁에 질려서 촛불을 벽 쪽으로 넘어뜨리고 말았어요. 이내 사방이 어두워졌지요. 그러자 그가 귀에 익은 목소리로 말했습니다.

"이런, 멍청하기는. 얼른 다른 촛불을 가져와."

저는 서둘러 밖으로 나가 조지프를 찾은 뒤, 주인님이 촛불을 가져오라 한다고 말했어요. 그 곳에 다시 들어갈 용기가 나지 않았거든요. 조지프는 촛불을 가지고 들어갔다가 금세 나왔는데, 손에 저녁 식사가 담긴 쟁반을 들고 있었어요. 히스클리프 씨가 곧 잠자리에 들 생각이라 아침까지는 식사를 하지 않을 거라고 했다는군요.

곧 히스클리프 씨가 위층으로 올라가는 소리가 났어요. 그는 자기 방으로 가지 않고, 방 모양의 침대가 놓인 곳으로 들어갔습니다. 그 방의 창문은 누구나 드나들 수 있을 만큼 넓었지요. 그가 밤중에 또다시 외출을 할 거라는 생각이 들더군요.

갑자기 저는 그가 사람의 탈을 쓴 귀신이 아닌가 하는 생각이 들었어요. 순간 히스클리프 씨에 대한 이런저런 생각들이 떠올랐지요. 어렸을 적에 그를 보살펴 준 일이며 청년이 될 무렵의 일, 그리고 그 후에 일어난 일들을 차례차례 돌이켜보았어요. 그러자 그런 끔찍한 생각을 한다는 게 참으로 어처구니없다는 생각이 들었습니다.

'그 검은 아이가 어떻게 은인의 집안을 망하게 했을까?'

졸음이 쏟아지는데도 그런 궁금증이 일더군요. 그리고 꿈을 꾸듯이 그에게 어울릴 만한 혈통을 상상해 보았어요. 그러다가 다시 정신을 차려 그의 죽음에 관해서도 생각해 보았습니다. 그는 성도 나이도 정확히 알 수가 없으므로, 비문에 '히스클리프'라고밖에 쓸 수가 없다는 데 생각이 미치더군요. 묘지에 가 보면 실제로 그렇게 돼 있는 것을 볼 수 있을 거예요.

다음 날 아침, 저는 평소처럼 식구들의 아침 식사를 준비했어요. 캐시 아씨와 헤어턴 도련님이 밖에서 먹고 싶다고 해서 작은 탁자를 바깥에 내주었지요.

다시 안으로 들어와 보니, 히스클리프 씨는 아래층에 내려와 있더군요. 그는 조지프와 농장 일에 대해 의논하는 중이었어요. 그는 일에 대해서만은 늘 정확하게 지시를 내리는 편이었는데, 전날보다 더 들뜬 표정으로 빠르게 말을 하고 있었습니다.

조지프가 나가자, 히스클리프 씨는 자기 자리로 가서 앉았습니다. 저는 커피 잔을 그의 앞에 갖다 놓았지요. 그는 커피 잔을 앞으로 당기더니, 두 팔을 탁자에 올리고 맞은편 벽을 바라봤어요. 벽의 한 부분을 뚫어지게 바라보고 있었는데, 어찌나 열심히 보는지 삼십 초가량 숨도 쉬지 않는 듯하더군요.

제가 그가 있는 쪽으로 빵을 밀면서 말했어요.

"이것 좀 드세요. 식기 전에 커피도 마시고요."

그는 제 말은 들은 척도 하지 않은 채 웃기만 했어요. 저는 참다 못해 소리쳤지요.

"히스클리프 씨! 제발 그러지 마세요. 귀신한테 혼을 빼앗긴 사람처럼 그렇게 빤히 보지 말라고요!"

"그렇게 큰 소리로 떠들지 마. 여기에 우리 둘밖에 없나?"

"물론이죠, 두 사람밖에 없어요."

그러자 그는 식탁 위에 놓인 음식을 한쪽으로 밀쳐 놓은 뒤, 더 잘 볼 수 있게 몸을 앞으로 기댔어요. 그제야 저는 그가 벽을 바라보는 게 아니라는 것을 깨달았어요. 이 미터쯤 떨어진 곳을 쳐다보고 있었는데, 그게 뭔지 모르지만 즐거움과 고통을 동시에 주는 것 같았답니다. 고통이 어려 있으면서도 황홀해 하는 듯한 표정이 그런 생각을 하게 하더군요. 넋이 빠져 바라보는 그 대상이 붙박여 있는 것이 아니었나 봐요. 두 눈은 지칠 줄 모르고 그것을 쫓아다녔고, 심지어 저한테 말할 때도 눈동자가 가만히 있지를 않았습니다.

제가 식사를 하라고 다시 권했지만 아무런 소용이 없었지요.

제 잔소리가 귀찮아서, 그는 빵이라도 집으려고 손을 내밀었지만 손가락이 빵에 채 닿기도 전에 자신이 뭘 하려 했었는지 잊어버리고 말더군요. 제가 꾹 참고 앉아서 생각에 잠겨 있는 그의 마음을 돌려 보려 애쓰자, 오히려 짜증을 내며 자리에서 일어났어요. 그는 앞으로 시중을 들 필요가 없다고 말하고는 이내 문 밖으로 사라졌어요.

그 후 몇 시간가량이 불안하게 지나가고 저녁이 왔어요. 저는 늦도록 자리에 들지 못했지요. 그는 자정이 넘어 돌아왔는데, 자기 방으로 곧장 올라가지 않고 응접실에 한참 동안 틀어박혀 있었습니다. 저는 아래층에 귀를 기울이며 이리저리 뒤척이다가 결국 옷을 입고 내려가 봤답니다.

그가 안절부절못하며 서성거리는 소리가 들렸어요. 이따금 괴상한 비명이 들리기도 했고, 또 알아듣기 힘든 말들이 드문드문 흘러나오기도 했지요. 캐서린이란 이름만은 가까스로 알아들을 수 있겠더군요. 그런데 그 말에 사랑과 고통이 뒤섞인 다른 목소리가 겹치는 것이었어요. 꼭 앞에 있는 사람에게 말하는 듯하더라고요. 낮고 진지한, 그의 깊은 영혼에서 우러나오는 말이었지요. 저는 곧장 방에 들어갈 용기가 나지 않아서, 부엌에서 난로를 피우며 인기척을 냈지요. 그가 대뜸 문을 열고 말했어요.

"넬리, 아침인가? 불을 가지고 이리 좀 와 봐."

"네 시예요. 위층으로 가지고 가실 촛불이 있어야 할 텐데. 이

불을 쓰세요."

제가 대답했습니다.

"와서 불을 피워 줘. 여기서 할 일이 있거든."

제가 불을 피우기 위해 의자와 풀무를 갖다 놓는 사이, 그는 숨을 몰아쉬면서 연신 왔다갔다했어요.

"날이 밝으면 사람을 보내 그린 변호사를 불러야겠어. 내가 법률적인 문제에 대해 차분히 생각할 수 있을 때 물어봐야지. 내 재산을 어떻게 처리해야 할지 아직 결정하지 못했거든. 다 없애 버릴 수 있으면 좋으련만!"

"그런 이야기는 하고 싶지 않아요, 히스클리프 씨. 유서는 나중에 쓰세요. 아직은 지금까지 저지른 잘못들을 뉘우칠 여유가 있으니까요! 나는 히스클리프 씨의 정신이 이상해지리라고는 생각조차 하지 못했어요. 이렇게 살다간 누구라도 버티지 못할 거예요. 음식을 드시고 쉬도록 하세요."

"안 먹고 안 자는 것은 내 뜻이 아냐. 일부러 그러는 게 아니라고. 할 수만 있다면 나도 마음껏 먹고 자고 싶어. 그런데 지금 넬리가 하는 말은, 물속에서 버둥대는 사람에게 코앞에 육지가 있으니 그 자리에서 쉬라는 말과 같지! 난 땅에 도착한 다음에 쉴 거야. 그래, 그린 씨를 부르는 것은 그만두지. 그리고 내 잘못에 대해 뉘우치라고 하는데, 난 잘못한 게 없으니 뉘우칠 것도 없어. 내 영혼의 행복은 내 몸을 죽이고 있지만, 정작 영혼 자신은 만족하지 못하고 있거든."

"히스클리프 씨, 당신은 열세 살 때부터 이기적이고 신앙심 없는 생활을 했다는 걸 알아야 해요. 성경에 무엇이 씌어 있는지도 다 잊었죠? 목사님을 한 분 불러서 당신이 이제까지 성경의 말씀에서 얼마나 벗어난 생활을 했는지, 그리고 지금이라도 마음을 고치지 않는다면 절대 천국에 갈 수 없다는 충고를 들어 보는 것도 괜찮지 않을까요?"

"넬리가 화를 내 주니 오히려 고맙군. 내가 어떻게 묻히고 싶은지 되새기게 해 주니 말이야. 내 시신은 저녁에 교회 묘지로 옮겨질 거야. 넬리와 헤어턴이 관을 뒤따를 테지. 아참, 무덤 파는 사람에겐 내가 시킨 대로 하도록 단단히 일러 주면 좋겠어! 목사는 올 필요 없어. 내 무덤 앞에서 기도도 할 필요 없고……. 사실 나는 내가 바라는 천국에 거의 다 왔으니까. 남들이 원하는 천국은 가고 싶지도 않아!"

"그런데 그렇게 굶다가 돌아가셔서 교회 묘지에 묻히는 것을 거절당하면 어떻게 하나요?"

"그 땐 넬리가 손을 써서 몰래 옮겨 줘야지. 그렇게 하지 않으면, 내 영혼이 나와서 사람이 죽어도 영영 없어지는 게 아니라는 것을 확인시켜 줄 테야."

그 때 다른 식구들이 일어나 움직이는 소리가 들리자, 그는 자리에서 급히 일어나서 자기 방으로 갔습니다. 그제야 저는 자유롭게 숨을 쉴 수 있었답니다.

그 날 오후, 조지프와 헤어턴 도련님이 밖에 나가 일을 하고 있을 때 히스클리프 씨가 부엌에 들어왔어요. 몹시 사나운 표정이었는데, 무작정 저더러 같이 앉아 있자고 하더군요. 누군가가 자기 옆에 있었으면 좋겠다는 것이었어요. 저는 그의 이상한 말과 태도에 더럭 겁이 나서 혼자서는 옆에 있을 수 없다고 말했지요.

"넬리가 나를 악령으로 생각한다는 걸 알아. 너무나 끔찍스러워서 점잖은 집에서는 살 수 없는 악마로 보는 거지!"

그는 음흉한 웃음을 지으면서 말했어요. 그 때 마침 캐시 아씨가 부엌으로 들어왔습니다. 그를 발견하자 곧장 제 뒤에 몸을 숨기더군요. 잠시 후 히스클리프 씨는 캐시 아씨에게로 고개를 돌리고는 비웃는 말투로 말했습니다.

"차라리 네가 오겠니? 해치지 않을게. 안 해친다니까! 아참, 나를 피하지 않을 사람은 이 세상에 딱 한 명밖에 없지! 저 애는 정말 동정심이 없다니까! 에이, 망할 것!"

그는 더 이상 다른 사람에게 같이 있어 달라고 부탁하지 않았어요. 날이 어두워지자 방으로 올라가 버렸지요. 그런데 밤새도록 혼자서 신음하고 중얼거리는 것 같았답니다. 헤어턴 도련님이 걱정스런 표정으로 방에 들어가려 하자, 저는 차라리 의사를 불러오는 편이 나을 것 같다고 했습니다.

얼마 후 헤어턴 도련님이 의사를 불러왔지만, 히스클리프 씨는 문을 열어 주지 않았어요. 우리에게 욕설을 퍼부으며 혼자 있게 해 달라고 했지요. 그래서 의사는 그냥 돌아갈 수밖에 없었고요.

다음 날 저녁에는 비가 아주 많이 내렸습니다. 밤새도록 퍼부어 댔지요. 아침에 제가 집 주변을 산책하다가, 그의 방 창문이 열려 있는 것을 보았어요. 방 안으로 비가 마구 들이치고 있더군요. 저는 급히 그 방으로 달려갔습니다.

열쇠로 문을 열고 들어가니 방 안은 텅 비어 있었어요. 저는 낡은 침대에 달린 문을 열었지요. 그 안에 히스클리프 씨가 반듯하게 누워 있었습니다. 그의 눈빛이 어찌나 날카롭고 매섭던지 너무 놀라서 저도 모르게 몸을 움찔하고 말았어요. 그런데 그는 웃고 있는 것 같더라고요. 얼굴과 목에 빗물이 묻고 침구가 흠뻑 젖었는데도 꼼짝 않고 누워 있었어요.

저는 그의 손을 만져 보았습니다. 이미 죽어 몸이 굳어 버렸더군요. 저는 서둘러 창문을 닫은 다음 그의 두 눈을 감기려고 해 보았습니다. 그러나 눈이 감겨지지 않았어요. 저는 겁이 나서 조지프를 소리쳐 불렀지요. 조지프는 발을 질질 끌면서 올라와 소란을 피웠지만, 정작 시신에는 손을 대려 하지 않더군요. 오히려 시신을 보고 능글맞게 웃고 나서는, 무릎을 꿇어 두 손을 들고 원래 주인님의 재산과 권리를 되찾았다는 감사의 기도를 올리는 것이었어요.

저는 무서운 일을 당해서 넋을 잃었고, 제 기억은 복받치는 슬픔을 안고 옛날로 치달았답니다. 가장 많은 학대를 받았던 헤어턴 도련님만이 그 누구보다 진심으로 슬퍼하더군요. 그는 밤새도록 시신 곁에 앉아서 손을 어루만지기도 하고, 그 사납고 조롱하는 듯한 얼굴에 입을 맞추기도 했어요.

의사는 히스클리프 씨가 무슨 병으로 죽었는지 분명하게 말하기는 어렵다고 했습니다. 저는 귀찮은 일이 생길까 봐 그가 사흘 동안 굶었다는 사실을 숨겼어요.

우리는 마을 사람들이 웅성거리는 것을 아랑곳하지 않고, 그의 소원대로 장례를 치러 주었습니다. 헤어턴 도련님과 저, 그리고 인부 여섯 명만이 장례식에 참여했지요.

헤어턴 도련님이 눈물을 흘리면서 손수 그의 무덤에 푸른 잔디를 입혔습니다. 덕분에 지금은 그의 무덤도 다른 사람들의 무덤과 마찬가지로 푸르지요. 저는 히스클리프 씨가 편히 잠들기를 진심으로 바라고 있답니다.

그런데 그 뒤로 마을 사람들은 비 오는 날 밤이면 그와 웬 여자의 유령이 나타난다고 했어요. 그게 사실이 아니란 걸 알면서도 저 역시 비 오는 날 밤에는 밖에 나가는 것이 싫더군요. 그래서 헤어턴 도련님과 아씨가 스러시크로스 저택으로 옮겼으면 하는 것입니다.

마지막 대목에서 넬리는 한동안 침묵을 지켰다. 내가 물었다.

"그럼 저 두 사람은 스러시크로스 저택으로 갈 건가요?"

"네, 결혼하자마자 그럴 겁니다. 새해 첫날 결혼식을 올릴 거예요."

"그럼 누가 여기서 사나요?"

"조지프가 집을 지킬 거예요. 일하는 아이 하나 데리고요. 그들은 부엌에서 지낼 거고, 다른 곳은 잠가 둘 겁니다."

"거기서 살고 싶어하는 귀신들이 차지할 수 있도록 말이지요?"

내가 말했다. 그러자 넬리가 고개를 저으며 말했다.

"아니에요, 록우드 씨. 저는 죽은 자들은 평안하다고 믿어요. 그들의 이야기를 입 밖에 내는 것은 옳지 않아요."

그 때 정문이 닫히는 소리가 들렸다. 산책 나간 두 사람이 돌아온 것이었다.

"저들은 이제 두려울 게 없겠군."

나는 창 너머로 그들의 모습을 바라보며 중얼거렸다. 그들이 문 쪽으로 올라와 마지막으로 달을 올려다볼 때, 나는 얼른 자리를 피해야겠다는 생각이 들었다. 나는 넬리에게 작별 인사를 한 뒤, 그들이 응접실 문을 여는 것과 동시에 부엌을 지나 그 곳을 빠져 나왔다.

스러시크로스 저택으로 가는 길에 교회 묘지 쪽으로 발걸음을 돌렸다. 교회 담 밑을 살펴보니, 겨우 일곱 달 사이에 참 많이 황폐해져 있었다. 들판 옆의 언덕에 있는 묘지 세 개는 금방 찾아볼 수 있었다. 가운데 묘지는 잿빛 들꽃으로 반쯤 덮여 있었고, 에드거와 히스클리프의 무덤은 푸른 잔디로 덮여 있었다.

　나는 무덤 주위를 어슬렁거렸다. 들꽃 사이를 날아다니는 나비들을 지켜보고, 풀밭을 스치는 바람 소리를 들으며 잠시 동안 생각에 잠겼다.

　'저렇게 땅 속에 고요히 잠든 사람들을 보고, 어느 누가 편히 쉬지 못한다고 상상할 수 있을까.'

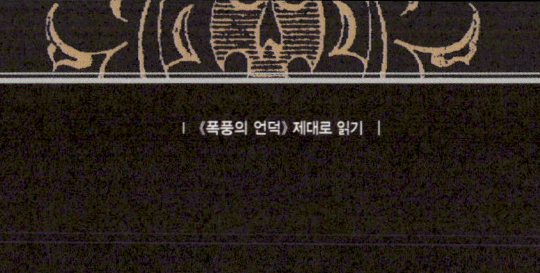

사랑과 증오의
폭풍을 만나다

강혜원 _ 전 서울 상암고등학교 국어 교사

사랑의 또 다른 이름, 증오

애증(愛憎)이라는 말이 있다. 사랑과 증오의 뜻을 동시에 담고 있는 말이다. 참 모순된 것처럼 보이지만, 사람들의 마음속엔 이 모순된 마음이 거짓말같이 옹송그리고 있다. 누군가를 사랑하면서도 미워하는 감정은 감당할 수 없을 만큼 사랑이 깊을 때에 생긴다. 또 상대방이 자신의 사랑을 받아 주지 않을 때, 혹은 가슴으로는 사랑하지만 이성으로는 인정할 수 없을 때, 사람들은 흔히 사랑과 증오의 감정을 동시에 느낀다.

그 중에서도 증오의 감정은 자신의 사랑을 빼앗은 대상이 있을 때에 더욱 극명하게 나타난다.《그리스 신화》에 나오는 이오의 이야기가 바로 그러하다. 사랑의 뒷면에서 무섭게 들끓고 있는 질투와 증오의 마음을 더없이 절절하게 보여 주고 있다.

〈이오와 제우스〉. 검은 안개가 이오의 몸을 휘감고 있다. 검은 안개는 제우스가 헤라의 눈을 피하기 위해 일부러 피워 올린 것이다.

이오는 아르고스라는 도시를 다스리고 있는 왕 이나코스의 딸이다. 그녀의 아름다운 모습을 보고 마음을 빼앗긴 제우스는 이오를 강제로 얼싸안으려 하다가, 헤라의 질투가 걱정되어 주변에 검은 안개를 피워 올린다. 그 때문에 되레 남편의 외도를 눈치 챈 헤라가 눈앞에 나타나자, 제우스는 황급히 이오를 흰 암소로 만들어 버린다. 헤라는 모든 사실을 알고 있으면서도 짐짓 모른 체하며, 그 암소를 선물로 달라고 부탁한다.

그리고 백 개의 눈을 가진 거인 아르고스를 시켜 암소를 감시하게 한다. 아름다운 처녀였다가 졸지에 암소로 변해 버린 이오는 제우스가 보낸 헤르메스의 도움으로 아르고스의 감시를 벗어난다.

〈헤르메스와 아르고스〉. 헤르메스가 피리를 불어 아르고스를 잠재우고 있다. 아르고스 옆에 암소로 변한 이오의 모습이 보인다.

헤르메스는 양치기로 변신한 다음, 아르고스가 있는 곳으로 가서 판의 피리를 불어 그를 잠재운다. 그 일로 걷잡을 수 없는 분노에 사로잡힌 헤라가 이오를 말벌한테 쏘이게 만들자, 제우스는 이오를 두번 다시 만나지 않겠다고 맹세하고 원래의 모습으로 되돌려 놓는다.

〈제우스와 헤라〉. 바람둥이 제우스와 그의 아내 헤라가 다정한 포즈를 취하고 있다. 헤라는 제우스의 바람기 때문에 질투의 화신으로 상징된다.

《그리스 신화》에서 헤라는 제우스의 바람기 때문에 늘 질투와 복수의 여신으로 묘사되고 있다. 하지만 이러한 모습은 신화에서만 볼 수 있는 게 아니다. 사랑의 이름으로 발현되는 질투와 복수의 심리는 문학 작품 속에도 자주 등장하는 주제 중 하나이기 때문이다.

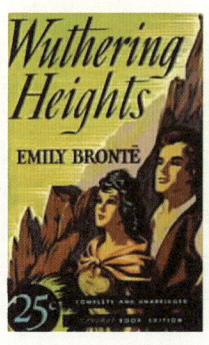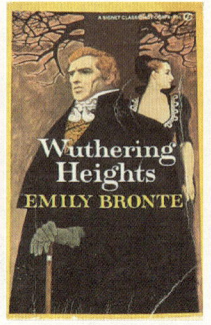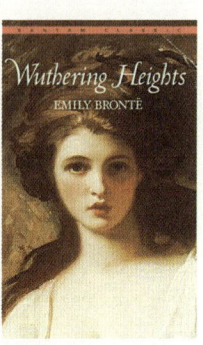

《폭풍의 언덕》의 여러 판본들. 에밀리 브론테는 '엘리스 벨'이라는 필명으로 이 작품을 발표하였다.

1847년에 발표된 에밀리 브론테의 소설 《폭풍의 언덕》 역시 그러하다. 사랑이 증오로 변화하는 모습을 생생하게 보여 줌으로써 사랑과 증오가 하나로 이어져 있음을 여실히 증명해 주고 있다.

이 작품은 영국 요크셔의 황량한 산지를 배경으로, 히스클리프와 캐서린을 중심으로 벌어지는 사랑과 배신, 증오, 복수, 화해의 이야기를 독특한 방식으로 펼치고 있다. 작품이 발표될 당시에는 내용이 지나치게 야만적인 데다 구성까지 허술하다는 비판을 받았지만, 후대로 오면서 영어로 씌어진 작품들 중 최고의 소설 가운데 하나로 평가받고 있다. 이제 그 이야기의 줄기를 따라가 보도록 하자.

폭풍의 언덕에서 피어난 사랑과 증오

영국 요크셔 지방에 워더링 하이츠란 저택이 있다. 어느 날 스러시크로스 저택에 세든 록우드란 사람이 이 곳을 찾아온다. 눈보라 때문에 발이 묶여, 워더링 하이츠에서 하룻밤 묵게 된 그는 한밤중에 창문 밖에서 들려오는 여자아이의 처절한 울음소리를 듣는다. 비명 소리를 듣고 뛰어 올라온 히스클리프에게 좀전의 일을 전하자, 그는 '캐시'라는 이름을 애타게 부르며 서럽게 울부짖는다.

이후 록우드는 가정부 넬리 딘으로부터 워더링 하이츠의 언쇼 집안과 스러시크로스의 린턴 집안에 얽힌 사연을 듣게 된다.

워더링 하이츠의 주인 언쇼 씨는 리버풀에 일을 보러 갔다가 부모 잃은 소년 한 명을 집으로 데려온다. 그리고 히스클리프라 이름을 지어 준 뒤 친아들보다 더 귀하게 키운다. 언쇼 씨의 아들 힌들리는 아버지가 히스클리프를 지나치게 아끼는 것에 반감을 품고 그를 몹시 미워한다.

그러다 언쇼 씨가 세상을 떠나자, 히스클리프를 드러내놓고 하인 취급하며 학대한다. 그러나 힌들리의 여동생 캐서린은 히스클리프와 늘상 붙어 다니며 사랑의 감정을 키운다.

그러던 어느 날 저녁, 히스클리프와 캐서린은 우연히 린턴 집안 사람들이 살고 있는 스러시크로스 저택 근처에 가게 된다. 아이들만 있는 집 안을 엿보다 캐서린이 개에게 물리는 사고가 일어나, 히스클리프는 내쳐지고 캐서린만 그

록우드의 꿈 속에 캐서린이 나타나, 안으로 들여보내 달라고 애원하고 있는 모습.

영상으로 다시 태어난 〈폭풍의 언덕〉

1920년대부터 최근까지 《폭풍의 언덕》이 영화된 것은 10편이 넘는다. 그 중에서 1939년에 만들어진 흑백 영화가 아직까지도 가장 큰 호평을 얻고 있다. 미국의 윌리엄 와일러 감독의 작품으로, 로렌스 올리비에와 메를 오베른, 데이비드 니븐 등이 주연을 맡았다.

원작에 가장 충실한 영화로는 1992년에 만들어진 작품을 들 수 있다. 영국의 피터 코스민스키 감독의 작품으로, 줄리엣 비노쉬와 랄프 파인즈가 주연을 맡았다.

국내에서도 인기가 높은 프랑스 여배우 줄리엣 비노쉬가 여주인공 캐서린 역을 맡아서 많은 기대를 불러일으켰으나 예상 외로 밋밋한 작품이었다는 평가를 받고 있다. 감독이 다큐멘터리 작가 출신이어서 그랬는지, 극의 전개가 책을 넘기듯 기복이 없고 단순해서 흥미를 저하시켰다고 한다. 여기서 히스클리프 역을 맡았던 랄프 파인즈는, 2년 뒤 〈쉰들러 리스트〉(1994)에서 나치 역으로 크게 주목을 받았다.

1939년에 만들어진 영화 포스터.

한편, 2004년에 만들어진 영화 〈폭풍의 언덕〉은 원작과 조금 다른 설정으로 눈길을 끌었다. 크리슈나마 감독이 만들고 에리카 크리스텐슨이 주연을 맡은 미국 영화인데, 시대적 배경을 현대로 설정한 데다 언쇼 씨를 외딴 섬의 등대지기로 바꾸어서 흡사 원작이 다른 작품인 듯한 착각을 일으키게 했다. 하지만 전체적인 뼈대는 비슷하다.

2009년에는 영국 ITV를 통해 2부작 드라마로 제작해 방영되기도 했다. 피터 바우커가 각본을 쓰고, 마이클 벅과 다미안 티머가 공동 연출을 맡았다. 이 드라마는 전체적으로 원작을 충실히 따르려고 노력한 흔적이 엿보였지만, 원작의 깊이를 2시간의 러닝타임으로 담아내기엔 부족함이 있었다는 평이 많았다.

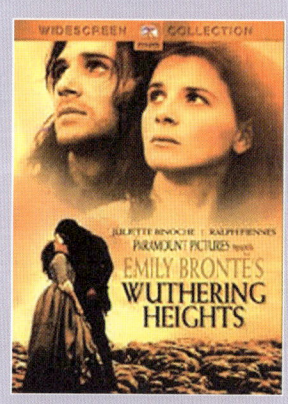

1992년에 상영된 〈폭풍의 언덕〉.

집에 며칠간 머물게 된다.

그 일을 계기로 캐서린은 린턴 집안
의 에드거와 가까워진다. 그리고 얼마
뒤 에드거에게서 청혼을 받자, 히스클
리프에 대한 사랑과 현실적인 조건 사
이에서 갈등하다가 에드거를 선택한
다. 캐서린의 마음을 오해한 히스클리
프는 배신의 상처를 안고 워더링 하이
츠를 떠난다.

그리고 삼 년의 세월이 흐른다. 어떻
게 해서 그리 됐는지는 모르지만, 히스
클리프는 부자가 되어 워더링 하이츠
로 돌아온다.

히스클리프가 죽는 장면.

그사이에 아내를 잃은 힌들리는 아들 헤어턴을 내팽개친 채
무절제한 생활을 하고 있다. 히스클리프는 자신을 학대했던 힌
들리를 도박으로 파멸시키고 워더링 하이츠를 손에 넣는다. 또
한 에드거의 동생이자 캐서린의 시누이인 이사벨라를 유혹해 결
혼한 다음, 그녀를 학대하여 도망가도록 만든다.

한편, 캐서린은 히스클리프를 향한 뜨거운 사랑이 아직도 자
신의 내부에 존재하고 있음을 확인하고 자신을 향한 그의 애증
속에서 괴로워한다. 그러다 병을 얻어 앓다가 자신의 마음을 히
스클리프에게 고백한 뒤, 캐시(앞으로 캐서린의 딸은 캐시라 부르기
로 하자.)를 낳다가 숨을 거둔다.

그 후 이사벨라는 히스클리프의 아들 린턴을 낳아 기르다가
세상을 떠나고, 병약했던 에드거 역시 홀로 캐시를 키우다 세상
을 떠나 캐서린 옆에 묻힌다.

히스클리프는 계략적으로 캐시와 린턴을 결혼시켜, 스러시크로스 저택마저 손에 넣는다. 그리고 병약한 아들 린턴을 방치해 죽음에 이르게 하고, 힌들리의 아들 헤어턴을 들짐승처럼 거칠게 키우며 묘한 쾌감을 느낀다.

하지만 히스클리프는 모든 사람에게 처절하고 참혹하게 복수를 펼치면서도 진정한 행복을 느끼지는 못한다. 결국 캐서린의 영혼을 찾아 밤낮없이 헤매다가 쓸쓸히 숨을 거둔다.

삼각 관계로 뒤얽힌 가계도

소설의 줄기는 언쇼 집안과 린턴 집안을 중심으로 벌어지는 사랑과 증오이다. 캐서린과 에드거의 결혼을 시작으로 두 집안은 복잡하게 얽히고 설킨다. 그 관계를 표로 그려 본다면 어떨까? 가히 '사랑과 증오의 가계도'라는 이름을 붙일 만하다.

에밀리 브론테의 초상화. 그녀의 오빠 브랜웰이 그렸다고 한다.

표를 가만히 들여다보면 소설 속의 등장 인물들은 사랑과 증오, 분노, 두려움, 결혼, 혈연 등으로 복잡하게 얽혀 있다. 이들이 펼치는 사랑은 특이하게도 모두 삼각 관계이다. 캐서린과 히스클리프, 에드거가 그렇고, 캐서린과 히스클리프, 이사벨라가 그렇다.

캐서린은 히스클리프를 사랑하

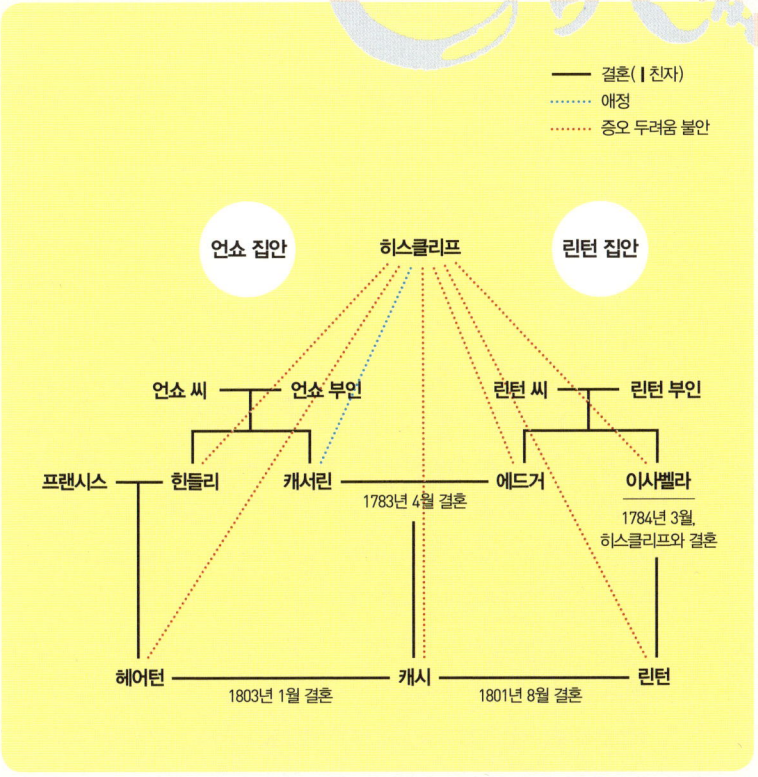

지만 에드거와 결혼했고, 에드거는 그런 캐서린을 사랑하기에 히스클리프를 증오한다. 히스클리프는 자신을 버린 캐서린을 사랑하면서도 미워하는 감정을 품는다. 그러면서 복수의 일환으로 에드거의 여동생이자 캐서린의 시누이인 이사벨라와 사랑 없는 결혼을 한다. 다음 세대인 헤어턴과 린턴, 캐시 역시 삼각 관계를 이룬다.

이들이 주고받는 사랑의 뒷면에는 어김없이 미움과 증오가 도사리고 있다. 히스클리프와 증오, 두려움, 불안의 관계를 이루는 인물은 힌들리와 린턴, 이사벨라, 캐시 등이다. 힌들리는 아버지의 사랑을 빼앗겼기 때문에 히스클리프를 증오하며 학대하고, 히스클리프는 그에 대한 복수심으로 힌들리를 파멸시킨다. 뿐만 아니라 힌들리의 아들 헤어턴을 하인처럼 부리며 거칠게 다루기도 한다.

한편 히스클리프와 이사벨라는 결혼을 했으나, 처음부터 애정 관계가 아닌 증오의 관계를 형성한다. 분노와 복수심으로 맺어진 결혼이기 때문이다.

히스클리프와 그의 아들 린턴은 또 어떤가? 아버지는 사랑 없이 태어난 아들을 시종일관 냉정하게 대할 뿐 아니라 린턴 집안의 재산을 가로채기 위한 도구로 이용한다. 선천적으로 병약한 몸을 타고난 데다 심지가 굳지 못한 아들은 애정 없는 아버지에게 두려움과 공포만 느낄 뿐이다.

히스클리프와 에드거의 관계 역시 증오와 분노의 관계일 수밖에 없다. 지독하게 사랑하면서도 신분의 차이 때문에 캐서린에게 버림받아야 했던 히스클리프로서는 어찌할 수 없는 부분이다. 에드거 역시 마찬가지이다.

히스클리프는 아내 캐서린이 사랑하는 남자이기에 결코 좋아할 수가 없는 대상이다. 이 관계는 에드거와 캐서린 사이에서 태어난 캐시에게 그대로 이어진다.

결국 애정이나 증오, 불안, 두려움의 관계에 해당하는 선들이 모두 한 사람에게로 집중되어 있다. 사랑과 증오의 줄다리기를 펼쳐 가는 중심 인물은 언쇼 집안 사람도 린턴 집안 사람도 아닌, 바로 언쇼 씨가 주워 온 아이 히스클리프다. 말하자면 언쇼 집안과 린턴 집안은 히스클리프를 중심축으로 해서 팽팽하게 삼각

히스클리프는 어떻게 재산을 차지할 수 있었을까?

《폭풍의 언덕》을 보면, 록우드라는 남자가 워더링 하이츠와 스러시크로스의 주인인 히스클리프에게서 스러시크로스 저택을 세내어 사는 것으로 설정되어 있다. 즉 히스클리프는 언쇼 집안의 저택과 린턴 집안의 저택을 모두 소유한 것이다. 그리고 그가 죽은 후에는 헤어턴과 캐시가 스러시크로스 저택으로 옮겨 가서 살게 된다. 히스클리프는 어떻게 해서 두 집안의 재산을 모두 소유할 수 있었을까? 워더링 하이츠의 주인이자 헤어턴의 아

에밀리 브론테가 묻혀 있는 목사관 앞마당의 묘지.

버지인 힌들리의 재산은 도박으로 빚을 지게 해서 빼앗았다지만, 그 집안의 딸이 버젓이 살아 있는 린턴 집안의 재산은 어떤 식으로 가로채었을까?

이것은 당시의 상속 제도와 관련이 있다. 《폭풍의 언덕》이 발간된 시기는 1847년, 작품의 시대적 배경은 1771~1803년이다. 1838년 이전의 상속법에 따르면, 미성년자도 유언을 통해 동산을 처분할 수 있었다. 린턴 집안의 재산은 원래 에드거→이사벨라→린턴→캐시 순으로 상속하게 돼 있었다. 그런데 린턴이 죽기 전 히스클리프가 자신이 린턴 집안의 재산을 상속받을 수 있도록 강제로 유서를 쓰게 함으로써 중간에서 가로채 버린 것이다. 원칙대로 한다면 히스클리프가 죽은 후, 헤어턴과 캐시가 스러시크로스 저택에 들어가서 살 수가 없다. 히스클리프에게는 살아 있는 친족이 없으므로 전 재산이 그 지역의 영주에게 귀속되기 때문이다.

에밀리 브론테의 고향 하워스. 《폭풍의 언덕》의 배경이 된 곳이다.

갈등을 이루며 사건을 전개해 가고 있는 셈이다.

이들의 갈등은 한결같이 사랑에서 비롯되었지만 갈등을 심화시키는 요인들은 각기 따로 있다. 히스클리프의 경우는 신분이다. 말하자면 그가 가진 것, 즉 히스클리프라는 인물의 정체성이 그 요인인 것이다. 언쇼 집안이나 린턴 집안은 제법 넓은 땅을 소유한 젠트리 계급이다. (젠트리란 14~15세기경 영국에서 생겨난 계급이다. 귀족이나 대자본가보다 한 단계 아래로, 도시 자본가나 땅을 가진 지주 계급을 가리킨다.) 따라서 두 집안 모두 당시의 영국 농촌 사회에서 경제적 풍요와 명예를 갖추고 안정적인 삶을 누리고 있었다.

이에 반해 히스클리프는 아무것도 가진 게 없을 뿐 아니라, 어디에서 태어났는지조차도 알 수 없는 미지의 인물이다. 한마디로 뿌리 뽑힌 부초 같은 인생으로 지지 기반이 전혀 없는 셈이다. 캐서린이 히스클리프를 사랑하면서도 에드거를 선택한 이유도 바로 그 때문이 아닌가.

이렇게 복잡하게 얽힌 두 집안의 관계도. 그것은 제 길을 찾지 못한 사랑과 그 때문에 생긴 분노와 증오의 집약이라고 할 수 있다. 물론 그 밑바닥을 들춰 보면 뿌리 내린 사람과 떠도는 사람의 갈등, 그로 말미암은 복수 의지가 점철돼 있는 것이라 할 수 있지만.

모순과 혼돈의 인간형

이제 이 작품에 등장하는 사람들을 좀더 자세히 살펴보도록 하자. 히스클리프, 캐서린, 힌들리, 에드거, 캐시, 헤어턴, 린턴, 이

히스클리프의 실제 모델이 있었다?

《폭풍의 언덕》의 남자 주인공 히스클리프는 워더링 하이츠의 주인인 언쇼 씨가 리버풀에 일을 보러 갔다가 주워 온 아이이다. 이것은 에밀리 브론테의 아버지 패트릭이 들려준 증조할아버지 이야기를 토대로 설정된 것이라고 한다.

에밀리의 할아버지 휴는 일찍이 삼촌 웰슈의 양자로 들어갔는데, 웰슈는 에밀리의 고조할아버지가 리버풀 근방에서 주워 와 양자로 삼은 사람이었다. 웰슈가 워낙 영리해서 양아버지(에밀리의 고조할아버지)의 사랑을 듬뿍 받자, 주위에 시기하는 사람들이 많았다. 그러다 양아버지가 세상을 떠나자, 기다렸다는 듯 주위 사람들은 그를 집에서 내쫓아 버렸다.

그리고 나서 몇 년 뒤, 부자가 되어 마을로 돌아온 웰슈는 합법적으로 브론테 집안의 토지와 가옥을 모두 차지하고 난 뒤, 전부터 마음에 두고 있던 양아버지의 막내 딸(휴의 막내 고모)과 결혼했다.

그 후 히스클리프가 그랬듯이, 휴를 비롯한 집안 사람들을 무지막지하게 학대했다고 한다.

에밀리 브론테가 살던 목사관. 지금은 브론테 박물관이 되어 많은 이들에게 브론테 자매를 추억할 수 있게 해 주고 있다.

사벨라 등은 모두가 특이한 개성을 지닌 인물이다. 적어도 우리 주변에서 흔히 볼 수 있는 평범한 사람들은 아니다. 남다른 증오심, 남다른 애정, 남다른 야성, 남다른 병약함…… 그들은 한결같이 남다른 성격을 강하게 보여 주고 있다.

사촌끼리 결혼을?

《폭풍의 언덕》이 씌어진 19세기 영국에서는 사촌끼리도 결혼을 할 수 있었다. 혈연 관계에 있는 사람들끼리 결혼하는 것을 족내혼이라 하는데, 이는 전 세계적으로 꽤 오랫동안 행해졌던 풍습이다.

이런 경향은 귀족 등의 지배 계급일수록 더욱 강했는데, 재산이나 권력이 분산되지 않고 고스란히 후대로 물려질 수 있도록 하려는 목적을 지니고 있다. 같은 뿌리를 가진 친인척끼리 혼인을 해야 더 진한 피를 지닌 후손을 볼 수 있다는 비과학적인 근거를 믿었기 때문이기도 하다.

이러한 족내혼은 유럽에서 널리 성행되었지만, 이것이 유전적 결함을 가져올 수 있다는 인식은 다른 지역에 비해 매우 늦은 편이었다. 일본에서는 아직도 족내혼이 이루어지고 있지만, 우리 나라는 족내혼에 대해 몹시 엄격한 편이다.

제인 오스틴.

문학 작품 속에서도 족내혼은 심심찮게 발견할 수 있는데, 《폭풍의 언덕》과 비슷한 시기에 출간된 제인 오스틴의 《맨스필드 파크》를 보면 사촌지간인 패니와 에드먼드가 결혼하는 대목이 나온다.

《오만과 편견》에서도 남자 주인공 다시의 이모인 캐서린 부인이 그를 사위로 삼기 위해 갖은 애를 다 쓰는 모습을 볼 수 있다. 그리고 멀리 갈 것 없이 에밀리의 언니인 샬럿 브론테가 쓴 《제인 에어》에도 제인 에어의 사촌인 세인트 존이 그녀에게 청혼하는 장면이 있다.

물론 현실 속에서도 족내혼은 찾아볼 수 있다. 빅토리아 여왕의 남편인 알버트 공이 바로 그녀와 사촌지간이다. 아인슈타인의 두 번째 부인도 그의 사촌이다.

샬럿 브론테.

이 작품의 중심 인물이라 할 수 있는 히스클리프는 모순과 혼돈으로 가득 찬 인물이다. 그의 이름은 히스클리프(히스Heath+클리프cliff), 즉 히스꽃 가득한 벼랑이다. 들판이 아닌 벼랑에 핀 히스꽃은 길들여지기를 거부하는 야생 식물이다. 히스클리프의 성격을 단적으로 나타내 주는 이름인 셈이다. 그것은 폭풍이라 바꾸어 말할 수도 있다. 평온한 언덕에 폭풍처럼 들이쳐서 가만히 서 있는 나무를 흔들고, 하늘을 어둡게 만들며, 사람들을 공포에 떨게 하기 때문이다.

뿌리를 알 수 없는 그는 두 집안 사이에 끼어들어 불행을 불러오는 위험한 인물이다. 문명 세계에 끼어든 야만인 같기도 하고, 평온한 세계에 불화를 일으키는 야수 같기도 하다.

자신의 부인을 학대하기도 하고, 자신의 아들을 복수의 도구로 이용하기도 하고, 사랑하는 여인의 무덤을 파헤치기도 한다. 뿐만 아니라 자신을 학대한 모든 사람들에게 치밀한 복수극을 펼친다.

우리 주변에 히스클리프 같은 인물이 실제로 존재한다면 어떨까? 우리의 편안한 일상을 뒤흔들고, 도덕이나 질서를 부정하는 그를 보며 위협과 두려움을 느끼지 않을 수 없을 터이다. 그는 꽉 짜인 틀과 같은 이 세상을 위협하며, 우리 안에 감추어진 열정과 욕망을 일깨우는 인물이기 때문이다. 아니, 어쩌면 내 안의 또 다른 모습은 아닐까.

캐서린은 그런 히스클리프를 자신의 목숨보다 더 사랑한다. 그녀에게도 야성이 숨겨져 있기 때문이 아닐까. 리버풀로 떠나기 전, 어떤 선물을 사 줄까 묻는 아버지에게 그녀는 대뜸 '채찍'을 주문한다. 무언가를 후려치는 채찍을……. 그런데 아버지는 채찍 대신 히스클리프를 데려왔고, 캐서린은 근본도 알 수 없는 야생마 같은 그를 마음속 깊이 사랑한다.

그러나 캐서린은 사회적인 통념이나 질서를 완전히 무너뜨릴 수 있을 만큼 강하지 않았기에 '히스클리프는 곧 나 자신'이라고 말하면서도 외부적인 조건이 더 나은 에드거와 결혼한다. 그 후 캐서린은 문명과 야만, 사랑과 통념, 히스클리프와 에드거 사이에서 수없이 갈등한다. 그러다 정신 분열증을 일으키고, 급기야는 젊은 나이에 세상을 떠난다.

그렇다면 힌들리는? 리버풀로 떠나는 아버지에게 '바이올린'을 사 달라고 했던 세련된 문화인 힌들리……. 그는 어느 날 갑자기 자신 앞에 나타나 아버지의 사랑을 빼앗아 버린 히스클리프를 끝없이 증오한다. 그러다 아버지가 돌아가시자 하인 취급을 하며 가혹하게 학대하고, 그 때문에 신분이 더욱 추락한 히스클리프를 스스로 떠나게 만든다. 하지만 삼 년 뒤 그는 복수를 하기 위해 돌아온 히스클리프의 술수에 말려들어 전 재산을 잃고 파멸해 버린다.

낭만적인 사랑을 꿈꾸며 자신의 모든 것을 내던지고 히스클리프를 선택한 이사벨라 역시 분노와 증오 속에서 죽어 간다. 히스클리프와 이사벨라의 아들인 린턴은 병약하고 비굴한 인간형으로 그려진다. 그 역시 일찍 세상을 떠난다.

히스클리프는 그를 사랑하거나 미워한 모든 이들에게 혼돈이요 폭풍이자 악마였다. 그 누구도 자기 삶에 끼어든 히스클리프와 화해하지 못했다. 결국 그것은 세상을 지배하고 있는 선과 악, 사랑과 증오, 영혼과 육신, 이 모든 것들의 치열한 싸움으로 나타난다. 그리하여 잠시 잠깐 악과 증오, 살아 남은 육신 등이 승리를 하는 듯이 보이기도 한다.

하지만 그것이 끝이 아니다. 다음 세대인 헤어턴과 캐시에게

《폭풍의 언덕》이 노래로?

《폭풍의 언덕》을 노래로 부른 사람은 열한 살 때부터 작곡을 해서 천재 음악가로 불리고 있는 케이트 부시(Kate Bush)이다. 〈Wuthering Heights〉는 그녀가 EMI와 계약을 맺고 이 년간 작업한 끝에, 스무 살이 되던 1978년에 발매한 데뷔 앨범 'The Kick Inside'속에 수록돼 있다. 이 노래는 고전 문학을 소재로 한 덕분인지 큰 인기를 얻어 영국 차트 1위까지 올랐다.

> 바람 부는 황량한 저 벌판을 구르며 초원에 파묻히기도 했죠
> 내 질투심만큼이나 당신은 조급했어요
> 너무나 열정적이고 너무나 탐욕스러운 당신을 내 사랑으로 만들고 싶었는데
> 어떻게 날 떠날 수가 있나요? 당신을 증오하지만 사랑하기도 해요
> 밤에는 악몽에 시달려요, 내가 싸움에 질 거라 했죠
> 나를 폭풍의 언덕에 남겨 두고 당신은 떠났어요
> 히스클리프, 저예요, 캐시
> 집에 돌아왔어요, 너무 추워요.
> 당신의 창문 안으로 들여보내 주세요
> 히스클리프, 저예요, 캐시
> 집에 돌아왔어요, 너무 추워요.
> 당신의 창문 안으로 들여보내 주세요

― 〈Wuthering Heights〉 중에서

케이트 부시(왼쪽). 1978년에 발매한 데뷔 앨범 'The Kick Inside'. 여기에 〈Wuthering Heights〉가 수록돼 있다(오른쪽).

서 피어나는 진실하고도 순수한 사랑은 그 모든 것들을 물리치고 평화를 되찾아오기 때문이다.

히스클리프 역시, 헤어턴과 캐시의 맑고 깨끗한 사랑을 보면서 자신의 복수 의지가 얼마나 부질없는 것이었는지를 깨닫고 쓸쓸히 죽음을 맞는다.

결국 새롭게 결합한 헤어턴과 캐시가 그 모든 혼돈 속에서 그 전까지 없었던 '선'을 불러온 셈이다. 그렇기에 이 두 사람은 이 작품에서 유일하게 생동감 넘치는 인물로 꼽을 수 있다.

이야기 속의 또 다른 이야기
— 독특한 이야기 구조

두 집안과 히스클리프의 폭풍 같은 과거 이야기, 그리고 그 혼돈의 진행과 결말을 독자들에게 잘 전해 주기 위해 작가는 독특한 이야기 방식을 선택했다. 두 명의 이야기꾼을 등장시켜 과거와 현재를 함께 그려냈고, 적당한 거리를 두고 각 인물들을 바라보게 만들었다.

여기서 잠깐 소설의 이야기 방식에 대해 생각해 보자. 시가 노래라면 소설은 이야기이다. 소설 속에는 이야기를 이끌어 가는 이야기꾼이 있고, 그 이야기꾼은 나름대로 이야기하는 방식이 있다. 세 친구의 이야기 전달 방식을 예로 들어 보자.

① 오늘 아침에 내가 버스를 탔는데 나영이가 앞에 있었거든. 그 때 갑자기 버스가 급정거를 했다가 출발했어. 나영이는 앞으로 몸이 튕겨나갔다가 다시 뒤로 밀려났지 뭐야. 그러면서

동원이 무릎에 철퍼덕 앉게 됐어. 차가 아무리 급정거를 했다고 해도 그렇지, 그럴 마음이 있었으니까 그러지 않았겠어?

② 차가 '끼익'하자 나영이가 '어머머머!'하면서 앞으로 튀어 나갔다가 다시 뒤로 오면서 동원이 무릎에 철퍼덕. 동원이는 '으앗!'하고 외마디 비명

③ 오늘 학교에 오다가 지원이를 만났는데 자꾸만 혼자서 키득키득 웃는 거야. 왜 그러냐고 물었더니, 이야기를 시작하는데…….
"내가 말이야. 오늘 아침에 버스에서 나영이를 봤거든. 그런데 버스가 갑자기 급정거를 하지 뭐야. 그 바람에 글쎄, 나영이가 동원이 무릎에……."

같은 내용이지만, 자세히 들여다보면 이야기를 조금씩 다른 방식으로 풀어간다. 이 중《폭풍의 언덕》에서 말하는 방식과 유사한 것은? 바로 맨 마지막 친구이다. 이 친구의 이야기 속에는 또 다른 사람의 이야기가 담겨 있다. 이야기 속에 또 다른 이야기가 들어 있는 구조, 바로 액자 구조이다.

이 소설은 록우드가 히스클리프가 사는 워더링 하이츠를 방문하는 데서 시작한다. 그러나 록우드는 히스클리프와 캐서린의 사연을 잘 모르는 사람이다. 그는 캐서린의 유령을 본 뒤, 가정부 넬리 딘에게 두 집안에 얽힌 이야기를 듣게 된다. 말하자면 이 소설에서 이야기를 끌어가는 화자는 록우드와 넬리이다. 과거의 이야기는 넬리를 통해, 현재의 이야기는 록우드의 관찰을 통해 독자들에게 전해진다.

액자 구조란 무엇일까?

소설 작품에서 흔히 볼 수 있는 구성 방식으로서, 액자의 틀 속에 사진이 들어 있듯이 하나의 이야기 속에 또 다른 이야기 구조가 들어 있는 것을 말한다. 즉 외부 이야기 속에 내부 이야기가 들어 있는 구성 방식으로, 외부 이야기가 액자의 역할을 하고 내부 이야기가 핵심 이야기가 된다.

액자는 내부 이야기를 도입하고 또 그것을 객관화하여 이야기의 신빙성을 더해 주는 기능을 하며, 이야기 밖에 또 다른 서술자의 시점을 배치하기 때문에 다각적으로 이야기를 전개할 수 있는 이점이 있다.

박지원의 《옥갑야화》와 김만중의 《구운몽》이 이에 해당된다. 그리고 김동인의 〈배따라기〉는 한국 단편 소설사에서 액자 소설 양식을 뚜렷하게 정형화하였다는 평가를 받고 있다. 〈배따라기〉는 1921년에 《창조》 9호에 발표되었으며, 김동인의 작품 중에서 초창기 단편 소설에 속한다. '배따라기'의 어원은 '배 떠나가기'이며, '배타라기'와 같은 방언으로 쓰인다. 이 작품은 일제 강점기에 평양과 영유를 배경으로 하고 있는데, 1인칭 관찰자 시점과 전지적 작가 시점이 동시에 사용되고 있다. 화자인 '나'가 이야기 속의 '그'를 주인공 삼아 형제간의 오해가 빚은 비극을 그리고 있다.

그 밖에 김동인의 〈광화사〉, 김동리의 〈무녀도〉, 〈등신불〉, 전영택의 〈화수분〉, 현진건의 〈고향〉, 황순원의 〈목넘이 마을의 개〉, 이청준의 〈매잡이〉, 〈병신과 머저리〉, 〈선학동 나그네〉, 김승옥의 〈환상 수첩〉 등이 우리나라의 대표적인 액자 소설이다.

김만중의 초상화.

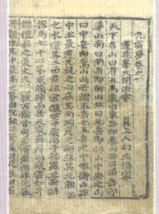

《구운몽》. 조선 시대 숙종 때 서포 김만중(金萬重, 1637~1692)이 남해 유배지에서 어머니 윤씨 부인을 위해 쓴 소설로, 김만중이 국문으로 창작한 것을 그의 종손인 김춘택이 한문으로 번역했을 것이라는 설과 한문이 원본이라는 설이 있다.

흔히 시점은 주제와 연결되어 있다고들 말한다. 작품 속에서 이야기를 이끌어 나가는 화자가 누구이며, 어떤 시각으로 작품을 풀어 나가는가를 제대로 이해할 때 작가의 관점과 작품의 주제를 파악해 낼 수 있기 때문이다.

작품 속의 시간은 크게 두 가지로 나누어 생각해 볼 수 있다. 언쇼 씨가 히스클리프를 데려와 키우기 시작한 때부터 록우드가 워더링 하이츠를 방문한 때까지가 한 부분이라면, 그 이후부터 록우드가 또 한 차례 워더링 하이츠를 방문할 때까지가 또 한 부분이다.

그리고 그사이에 일어난 일들은 넬리가 록우드에게 들려주는 형식으로 처리된다. 말하자면 작품의 기둥이 되는 이야기들은 넬리의 시선을 통해서 우리에게 전해지는 셈이다.

주요 등장 인물들의 어린 시절부터 함께 지내 온 가정부 넬리의 입을 통해 사건이 전개되기 때문에, 우리는 그녀의 생각과 시선에 의존하여 등장 인물들을 바라보게 된다. 넬리는 어느 한쪽의 입장에 치우지지 않고 비교적 객관적인 위치에서 이야기를 이끌어 간다.

특정한 관찰자의 눈을 통해 사건이 전달될 때, 그 사건은 대부분 화자를 통해 한 단계 걸러져서 전해진다. 1인칭 주인공 시점이나 전지적 작가 시점에 비해 주인공들의 내면 세계를 속속들이 이해하기는 쉽지 않다. 그러나 이런 점 때문에 주인공들의 모습이 독자들에게 좀더 신비롭게 느껴질 수도 있다.

만일 이 작품의 주인공인 히스클리프의 시점에서 이야기가 전개되었다면 어떠했을까? 히스클리프의 악마적인 행동이나 광란의 사랑이 설득력 있게 다가오지 않아 독자들의 공감을 불러일으키지 못했을지도 모른다. 아니면 일그러진 눈으로 세상을 바라보기 때문에 작품의 내용이 좀더 거칠어졌을 수도 있다. 다른 인물들의 상황이나 내면을 잘 이해하지 못하게 되었을 수도 있고……

자연을 닮은 인간

《폭풍의 언덕》이 발표된 시기는 1847년이다. 이 작품 속에서 이야기가 시작하는 시간은 1801년이며, 작품 전체가 다루는 시기는 1770년대에서 1803년 정도의 기간이다. 결국 이 작품에는 18세기 후반에서 19세기 초반에 이르는 영국 사회의 모습이 반영되어 있는 셈이다.

18세기 후반, 유럽은 수공업적 농촌의 모습에서 굴뚝으로 연기가 치솟는 도시로 산업의 축이 움직여 갔다. 산업 혁명, 그 진원지는 바로 영국이었다. 공장은 늘어나고 노동자 계급이 새롭게 등장했다.

물론 작품 속에서는 이 같은 격동의 시대가 직접 표현되어 있지는 않다. 하지만 히스클리프가 도시로 나가 돈을 벌었다는 이야기 등을 통해 문맥 사이로 영국 사회의 변화를 엿볼 수는 있다. 언쇼 집안과 린턴 집안이 히스클리프에 의해 몰락하는 것을 보면서, 농촌에 뿌리 내린 자작농이나 젠트리 계급이 도시의 사업가들에 중심적 위치를 내주는 역사적 변화의 일단을 바라보는 사람도 있다.

인간의 사랑과 증오와 욕망을 담은 이야기 줄기 속에서 당시의 사회 상황을 추리해 보는 일은 퍽 흥미로운 일이다. 물론 작품의 성격상 사회적 배경이 작품의 전면에 나타나기가 쉽지 않고, 또

히스클리프는 도시에 나가 무슨 일을 했을까?

캐서린과 넬리의 대화를 엿듣고 홀연히 사라져 버린 히스클리프. 그가 워더링 하이츠를 떠나 어디에서 어떤 일을 했는지는 알 수 없지만, 삼 년 뒤 큰돈을 벌어 캐서린 앞에 나타난다. 과연 그는 도시에 나가 어떤 일을 했던 것일까? 물론 소설 속에서는 그 답을 찾을 수 없다. 당시의 영국 사회를 바탕으로 상상의 나래를 펼쳐 보도록 하자.

히스클리프가 도시로 나간 소설 속의 시점은 1780년대이다. 영국에서 산업 혁명의 불꽃이 점화되어 타오르기 시작할 무렵이다. 기계의 발명과 기술 혁신으로 생산력이 폭발적으로 증대했으며 농업 중심의 사회에서 공업 중심의 사회로 변화해 갔다. 도시에는 공장들이 늘어섰고, 농촌을 떠난 농민들이 도시의 노동자 계급을 형성했다. 공업의 발달과 함께 상업도 발달했다. 해외 무역 역시 활발했다.

도시에 간 히스클리프는 공장 노동자가 되지 않았을까? 처음에는 노동자가 되어 온갖 고생을 했을지도 모른다. 그러다가 노동자들을 관리하는 혹독한 관리자가 되었을 수도 있다. 노동자로만 쭉 살았다면 큰돈을 모으기 힘들었을 테니까.

상점의 견습생이 되어 일하다가 자본을 마련하여 장사를 했을지도 모른다. 당시 영국은 공업의 발달은 물론 상업과 무역에 있어서도 세계 최강을 자랑하는 시기였기 때문이다.

결국 그에게 부자가 될 기회를 제공한 것은 산업 혁명기라는 시대인 듯싶다. 비천한 신분 때문에 사랑하는 여인을 잃게 되자, 복수의 칼날을 갈면서 특유의 강인함과 집요함으로 무언가를 시도하고 이루어 냈음이 틀림없다.

18세기 후반 영국에서 시작한 산업 혁명. 증기 기관을 필두로 방적이나 제철 등의 산업 분야에서 새로운 기계가 차례로 발명되었다. 기계에 의한 공장 생산이 시작되어 자본주의 사회가 탄생하고, 사람들의 생활은 변화를 맞이하였다. 얼마 후 산업 혁명의 물결은 미국과 유럽, 일본에까지 퍼져 나가 세계를 크게 바꾸어 놓았다.

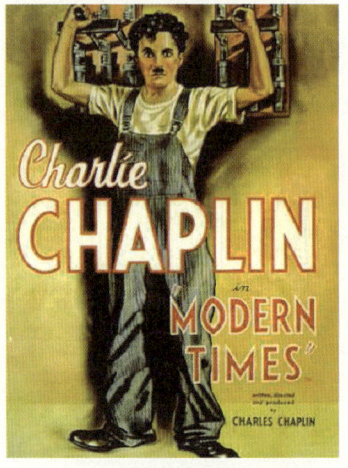

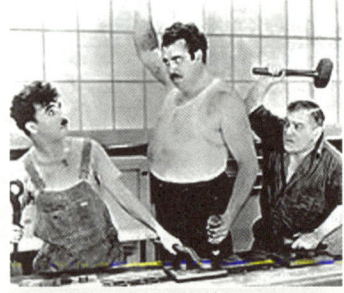

근대화의 문제점을 극명하게 보여 주고 있는 찰리 채플린의 영화 〈모던 타임즈〉. 인간보다 물질이 우선시되는 물질 만능주의와 비인간화의 모습이 잘 나타나 있다.

작가가 그것을 염두에 두고 인물을 창조했다고 단언할 수 없다.

이 소설에선 환상과 현실이 시도 때도 없이 교차하고, 악마적인 것과 낭만적인 것이 수시로 교차한다. 음습한 분위기가 휩쓸고 지나가는 듯하다가 다시 찬란한 햇살이 따스하게 내리쬐는 듯하기도 하다. 참으로 혼란스럽다.

이런 의문들은 '인간과 자연의 관계'를 생각해 봄으로써 실마리를 풀 수 있을 듯하다.

이 소설의 배경은 영국 요크셔 지방이다. 이 곳은 작가 에밀리 브론테가 자라난 곳이기도 하다. 봄이면 히스꽃이 지천으로 피어나는 아름다운 곳이지만, 겨울에는 눈보라와 매서운 추위로 음울한 날씨가 계속된다.

캐서린과 히스클리프의 사랑이 피어날 때는 마치 히스꽃이 핀 것처럼 아름답지만, 엇갈린 사랑과 증오는 겨울의 눈보라와 매서운 추위를 연상하게 한다. 이 같은 배경은 음습하고 혼돈에 가득 찬 등장 인물들의 심리와 어우러지면서 작품의 전체 분위기를 이끌어 간다.

아마도 작가는 꽃피는 봄날의 언덕을 거닐면서 찬란한 사랑을 상상했을지도 모른다. 그러다 어느 날 문득 몰아치는 눈보라를 맞으며 자신의 안온함을 뒤흔드는 격정을 느끼고 야만성 가득한 남자 히스클리프를 창조해 내지 않았을까.

모든 것을 뒤흔드는 폭풍우를 보면서는 광기와 혼란에 가득한 두 집안의 사랑과 증오를 그려냈을 터이다. 모든 혼란 뒤에 다시 찾아온 평화와 새 생명을 보면서 모든 것이 죽어 간 뒤에 피어나는 새로운 사랑을 생각했을 것이다. 이처럼 자연은 우리 삶에 큰 영향을 드리운다. 그리고 그것은 사람들 마음속에 자리 잡은 또 다른 자연을 일깨운다.

우리 속의 또 다른 자연인 《폭풍의 언덕》을 읽는 우리 자신을 생각해 보면 그 말의 의미를 헤아릴 수 있다. 아직 사랑이나 증오에 대해 생각해 본 적이 없는 편안한 상태의 독자인 우리는 폭풍처럼 우리 마음을 흔들고 가는 이 소설을 만난다.

이 소설은 폭풍의 언덕을 오가며 인생과 자연을 생각했던 작가가 새롭게 창조해 낸 세계다. 이 세계는 우리를 끝없이 흔들어 댄다. 록우드가 잠들어 있던 방으로 들어오려고 피 흘리며 매달렸던 캐서린처럼, 이룰 수 없는 사랑을 향해 미친 듯이 달려가는 히스클리프처럼.

그러면서 우리는 그들의 격정을 느끼게 되고, 우리의 삶과 소설 속의 삶 사이에서 갈등과 혼란을 겪는다. 인생에서 사랑이란 무엇인지, 우리를 뒤흔드는 격정은 무엇인지, 죽음 뒤에 피어나는 생명은 무엇인지, 자연과 인간의 관계는 어떤 것인지 새삼 진지하게 생각해 보게 되는 것이다. 그렇기에 소설 속의 인물을 소설 속에 가둬 놓지 말고 우리 삶 속에서, 혹은 나의 내면에서 찾아보는 일이 필요하다.

성실한 사랑의 상징, 히스

히스(heath)는 쌍떡잎식물 진달래목 진달랫과 에리카속의 총칭으로 '에리카(erica)'라고도 불린다. erica는 그리스 어의 ereike(깨뜨리다)라는 뜻에서 유래된 말로, 본래의 의미는 밝지 못하다는 뜻이다.

높이는 대개 15~30cm인데, 간혹 3m에 달하는 것도 있다. 줄기에는 잔가지가 많이 나 있으며, 떨기 모양으로 소복하게 난 것과 쭉 뻗은 것이 있다. 잎은 3~6개가 돌려나는데, 직선 모양인 것도 있고 달걀 모양인 것도 있다. 뒷면에 깊은 홈이 한 줄 있다. 가지 끝에는 여러 개의 꽃이 돌려나거나 작은 꽃이 옹기종기 모여서 달린다. 꽃받침은 종 모양이며, 끝이 네 개로 갈라진다.

꽃 빛깔은 백색·분홍색·적색·홍자색 등 여러 가지가 있다. 1개의 암술에 8개의 수술이 있는데, 수술은 짙은 흑자색이다. 종에 따라 봄·여름·가을 등에 핀다. 서유럽·지중해 연안·아프리카 등지에 분포하며, 현재까지 500여 종이 알려져 있다.

이 꽃에 얽힌 전설이 하나 전한다. 한 전쟁 영웅이 전쟁터에서 싸우다 죽기 직전 전우에게 자줏빛 히스꽃을 내밀며 자신의 연인에게 사랑의 증표로 전해 달라고 부탁한다. 그 전우에게서 자줏빛 히스를 건네받은 여인은 그의 죽음을 알아차리고 뜨거운 눈물을 흘린다. 그 때 그 눈물이 히스에 닿자 꽃 색깔이 흰빛으로 변한다. 그 후로 하얀색 히스는 성실한 사랑의 상징으로 불린다.

또 하나 중요한 것은 소설 속의 인물을 인물 자체로 축소하지 말고 인생의 보편적인 의미로 확대하여 생각해 봐야 한다는 점이다. 그런 과정을 거치고 나면 사랑이나 열정, 생명 등에 대해 여러 가지 깨달음을 얻게 될 것이다. 그래야 이 작품의 마지막 부분에서 새롭게 결합한 헤어턴과 캐시의 사랑이 왜 값진 것인지를 이해할 수 있다.

고독하게 살다 간 작가, 에밀리 브론테

에밀리 브론테는 1818년 가난한 목사의 1남 5녀 중 넷째 딸로 태어났다. 그녀는 영국의 요크셔 주 하워스에 있는 아버지의 목사관에서 자랐는데, 하워스는 산과 들판으로 첩첩이 둘러싸인 산악 지대였다. 그 곳은 훗날 그녀의 문학적 토양이 되었지만, 어머니와 두 언니, 그리고 오빠를 잃은 음울한 기억의 장소이기도 했다.

어머니와 두 언니를 일찍 잃어 따뜻하게 돌봐줄 사람이 없었던 에밀리는, 자기 나름대로의 방식으로 슬픔과 외로움을 견뎌 나가야 했다. 그러한 그녀의 관심은 저절로 자연으로 쏠릴 수밖에 없었다.

보랏빛 히스가 만발한 들판과 우뚝 솟은 검은 바위, 푸른 하늘 아래 끝없이 내뻗은 능선……. 에밀리는 그것들에게서 강렬한 생명력을 느낄 수 있었다. 그리고 인간의 침해를 거의 받지 않은 황야의 야성미와, 힘차고 거침없는 들판에 휘몰아치는 폭풍은 그녀에게 문학적 상상력을 일깨워 주기에 충분했다.

이것은 에밀리뿐만 아니라 4남매 모두에게 공통적으로 주어진 운명이나 다름없었다. 4남매는 함께 모여 자주 공상의 나래를 펴곤 했는데, 아버지가 오빠 브랜웰에게 사다 준 열두 개의 장난감 병정이 그 출발점이 되었다. 그들은 아프리카 해변에 글라스타운 왕국이라는 가공의 나라를 세우고, 갖가지의 모험담을 산문과 시로 엮어 내었다.

여덟 살 때부터 시작된 이러한 상상놀이는 그 후로도 계속되었는데……. 나중에 그녀가 동생 앤과 함께 북태평양에 '곤달'이라는 섬을 만들고, 그 섬을 무대로 곤달 왕국의 이야기를 엮어 내는 바탕이 되기도 하였다. 이 때 쓴 시가 1838년 〈곤달의 시〉라는 제목으로 발표되었는데, 이 작품은 《폭풍의 언덕》의 원형이라 할 수 있다.

에밀리는 다른 두 자매와 함께 여러 번 학교에 들어간 경험이 있었다. 하지만 하워스를 떠나 있을 때마다 건강이 나빠져 학업을 계속할 수가 없었다. 결국 그녀는 집에 머물면서 상상의 왕국을 지키는 도리밖에 없었다.

그러다 1846년 세 자매는 '벨'이란 이름으로 《커러, 엘리스, 액턴 벨의 시집》을 자비로 출판하였다. 이 시집에는 에밀리의 시 21편이 실렸는데, 후대의 비평가들은 한결같이 에밀리에게서 진정한 시인으로서의 재능이 엿보인다고 평가했다. 그러나 이 시집은 두 권밖에 팔리지 않아 커다란 실망감을 안겨 주었다.

그럼에도 세 자매는 계속해서 작품을 썼다. 그리하여 각자의 첫 소설들—《교수》(샬럿), 《폭풍의 언덕》(에밀리), 《아그네스 그레이》(앤)—을 완성하였다. 그들은 자신들의 작품을 출판하기 위해 일 년 반 동안이나 출판사와 교섭을 벌이다가, 비용의 일부를 부담한다는 조건으로 샬럿의 두 번째 소설 《제인 에어》를 출판하기에 이르렀다. 《제인 에어》가 예상 외로 큰 성과를 거두자,

《폭풍의 언덕》이 태어난 곳은?

《폭풍의 언덕》의 배경은 영국 중부의 하워스이다. 주변은 산으로 둘러싸여 있고 거친 벌판이 펼쳐져 있다. 이 곳에서 에밀리 브론테를 비롯한, 앤과 샬럿 등 세 자매가 그들의 문학을 꽃피웠다. 에밀리는 히스꽃이 피고 나비가 날아다니는 이 곳, 황량한 바람이 불어 대고 눈보라가 몰아치는 이 곳을 《폭풍의 언덕》 속에 생생하게 묘사하였다.

이 마을의 중심부에는 육백 년이 된 하워스 교회가 있고, 언덕 쪽으로는 브론테 자매가 살던 목사관이 있다. 바람이 몰아치는 언덕에 있는 목사관은 히스클리프와 캐서린의 격정적인 사랑이 피어난 소설 속의 집과 비슷하다.

지금 목사관은 브론테 박물관이 되어 그들의 가구, 편지 등 유품을 전시해 놓고 있다. 브론테 박물관 뒤에 이십 킬로미터가 넘게 '브론테의 길'이 있는데, 에밀리 브론테는 이 길을 걸으며 히스클리프의 광적인 사랑과 증오를 상상하지 않았을까.

오늘도 많은 관광객들이 이 곳을 찾아, 브론테의 길, 브론테 의자, 브론테 다리 등을 지나며 명작을 태어나게 한 자연의 묘한 힘을 느끼고 돌아가고 있다.

브론테 박물관 뒤에 있는 페니스턴 힐에서 와이컬러까지 이십 킬로미터가 넘게 이어지는 '브론테의 길'.

관광객들의 발길이 끊이지 않는 하워스 역.

브론테 자매.

에밀리와 앤의 작품도 덩달아 출판이 되었다.

　하지만 이 두 사람의 작품은 사람들의 관심을 끌지 못했다. 게다가 사람들은《폭풍의 언덕》이 에밀리의 작품이라는 사실조차 믿으려 하지 않았다.《제인 에어》를 쓴 작가와 동일한 인물일 거라는 소문이 나돌기까지 했다. 뿐만 아니라 '기묘한 작품'이라느니, '야만적이고 반기독교적'이라느니, '저속한 작품'이라느니 하는 혹평이 쏟아져 내렸다.

　여기다 오빠 브랜웰이 가정 교사로 있던 집의 안주인을 사랑하다 쫓겨나 집으로 돌아오는 사건이 발생했다. 브랜웰은 그 상처를 다독거리지 못하고, 술과 아편에 절어 지내다 건강이 나빠져 1848년 9월 급기야 숨을 거두고 말았다. 이에 충격을 받은 에밀리 또한 평소 앓고 있던 폐결핵이 악화되어, 그 해 12월 서른이라는 아까운 나이로 세상을 떠났다.

그런 그녀의 작품이 빛을 보기 시작한 것은 19세기 말과 제1차 세계 대전을 거치면서부터였다. 세기말과 전쟁의 혼란을 거치면서 사람들은 생각의 변화를 맞게 되었고, 그로 해서 뒤늦게 이 작품의 묘미를 깨달은 것이었다. 그 뒤로는 누구나 '진정한 천재'라는 둥, '셰익스피어의 동생'이라는 둥, '지고한 작품'이라는 둥 하면서 찬사를 아끼지 않았다.

　어둠 속으로 묻혀 버릴 수도 있었던 그녀의 작품이 뒤늦게나마 재평가를 받게 된 것은, 작가의 사상이 사람들의 의식보다 한 발 앞서 있었기 때문이다. 말하자면 작가는 그 때 그 때마다 유행하던 사조를 무작정 좇아가지 않고, 자신만의 독특한 문학 세계를 형성해 보였던 것이다.

폭풍의 언덕

첫판 1쇄 펴낸날 2006년 9월 22일
17쇄 펴낸날 2022년 5월 16일

지은이 에밀리 브론테   **옮긴이** 공경희
발행인 김혜경   **편집인** 김수진
주니어 본부장 박창희
편집 길유진 진원지 강정윤
디자인 전윤정 정진희   **마케팅** 최창호
경영지원국 안정숙
회계 임옥희 양여진 김주연

펴낸곳 (주)도서출판 푸른숲
출판등록 2003년 12월 17일 제2003-000032호
주소 경기도 파주시 심학산로 10, 우편번호 10881
전화 031) 955-9010   **팩스** 031) 955-9009
홈페이지 www.prunsoop.co.kr   **이메일** psoopjr@prunsoop.co.kr

ⓒ푸른숲주니어, 2006
ISBN 978-89-7184-471-7 44840
       978-89-7184-464-9 (세트)